KB139286

바리,

바리

초판 1쇄 펴낸 날 | 2016년 4월 5일

지은이 | 이지안
펴낸이 | 서경석

편집책임 | 조윤희 편집 | 이은주, 주은영
마케팅 | 서기원 경영지원| 서지혜, 이문영

임프린트 | (MUSE)
주소 | 경기도 부천시 원미구 부일로 483번길 40 서경B/D 3F (우) 14640
전화 | 032-656-4452 팩스 | 032-656-4453
이메일 | roramce@naver.com 블로그 | bolg.naver.com/roramce
홈페이지 | http://www.chungeoram.com

발 행 처 | 도서출판 청어람
출판등록 | 1999년 5월 31일 제387-1999-000006호
어람번호 | 제11-0031호

ⓒ 이지안, 2016

ISBN 979-11-04-90688-6 03810

뮤즈는 도서출판 청어람 단행본사업본부의 임프린트입니다.

도서출판 청어람은 언제나 여러분의 소중한 작품 투고와 도서 출간 기획 등 다양한 제안
을 기다리고 있습니다. chungeorambook@daum.net

바리

鉢里

이지안 장편소설

목차

아이야, 들어보렴. 내 너에게 재밌는 이야기를 하나 들려주마. 살기 위해선 꼭 명심해야 하니, 지금 잘 들어야 되느니라.

우리가 살고 있는 이 세상엔 총 다섯 개의 세계가 존재한단다. 세계의 중심엔 인간계, 지상(地上)이 있단다. 인간계를 중심으로 위로는 선계와 천계, 아래로는 명계와 지옥이 존재하지.

하늘 바로 아래, 아니지. 아니야. 어쩌면 하늘…… 바로 그곳일지도 모르겠구나. 어찌됐든 세계의 꼭대기에 위치하여 세상을 만들었다던 천상의 신들이 사는 천계(天界). 비록 태생은 인간이나 인간의 껍질을 벗고 등선한 신선들이 머무는 선계(仙界). 그 아래엔 인간들이 무리 지어 살아가는, 그래. 바로 우리가 살아가고 있는 이곳, 인간계(人間界) 가 있단다.

그 밑으로는 하늘의 땅거미가 땅 밑으로 숨는 곳에 존재하는 죽은 자들의 세계인 명계(冥界). 마지막으로 세상의 가장 깊숙한 지하에 위치해 죽음의 연못이 다스린다는 지옥(地獄)이 있지.

아이야, 사랑스러운 대지의 아이야. 인간은 약하기 그지없는 존재란다. 신의 숨결 한 번에 수많은 이들이 목숨을 잃지. 그러니 아이야. 신을 경배하거라. 신을 두려워하여라. 대지 위에 세워진 금은보화와 부귀영화를 믿지 말거라. 제 아무리 인간계에서의 위치가 높다 한들, 제 아무리 신들이 인간계에 대한 간섭을 끊었다 한들, 그 모든 것의 허무함을 깨달아라.

명심하고 또 기억하라, 이 대지 위에 생명을 피울 존재들이여. 신을 경배하라. 신을 두려워하라. 신을 속이려 하지 마라. 그리고…… 의심치 마라. 너희들의 교만은 곧 너희들의 멸망을 부르리……

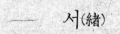 서(緒)

이 이야기는 중원(中原)의 패권을 지닌 주(周)나라 의왕 하(下) 대로부터 시작한다. 선(先)왕 공왕(共王)은 치세 초반엔 영토 확대에 총력을 기울였고, 치세 말엔 원정을 미루고 내정에 충실했으나 갑작스런 병으로 결국 급사하게 되었다. 하여 어린 나이에 주(周)의 7대 왕이 된 의왕(懿王)의 치세는 외척의 득세에 밀려 왕권이 약화되었고, 험윤(獫狁)의 공격을 빈번하게 받게 되어 혼란스러워졌다.

그 후, 건국 176년. 북방 이민족인 험윤은 계략을 바꿔 주(周)나라의 가장 외벽에 위치한 동쪽을 침공했다. 침공한 지 채 한 시진도 지나지 않아 나라의 심장에 위치한 주(周)의 황궁에 급보(急報) 하나가 날아들었다. 마을 하나가 전멸했다는 소식이었다.

피가 주르륵 흘러내리는 가슴을 움켜잡고 쓰러졌던 몸을 어렵사리 일으킨 바리(鉢里)는 순간 말을 잃었다. 그녀의 눈앞에 펼쳐진 세상은 죽음의 향기가 물씬 풍기는 귀기(鬼氣)스러운 풍경이었다.

정갈했던 마을은 불에 타 옛 모습을 잃었고, 그 뼈대만 간신히 형태를 이루고 있었다. 매서운 겨울바람으로 꽁꽁 얼어 있던 땅은 수백 구의 말발굽 자국으로 움푹 패여 있었고, 그 위엔 검붉은 피가 웅덩이를 이뤘다. 그리고…… 그곳에 목숨이 다한 마을 사람들의 시체가 어지럽게 널브러져 있었다.

생명이 다한 곳. 이제 갓 열둘이 된 바리를 제외하고는 한 터럭의 숨결 하나, 종알거리는 새소리 한 번 들리지 않았다. 여기까진 '평범'한 인간이라면 볼 수 있는 상황이자 바리의 왼쪽 눈, 검은 흑안(黑眼)이 보여주는 잔인한 현실이었다. 하지만 운명의 장난은 이것으로 끝나지 않았다.

차가운 칼바람이 재로 화한 마을을 휩쓸고 바리의 긴 앞머리까지 날려 보냈다. 그 속에서 바리의 오른쪽 눈이, 저승길을 본다는 귀안(鬼眼)이 핏빛보다 더 붉은색으로 물들어가고 있었다.

덜덜 떨리는 몸이 주체되지 않았다. 입안이 메말라 건조하기 짝이 없는 목소리가 비명 섞인 절망과 안타까움을 토해내며 대지를 울렸다.

"……보, 보여주지 마…… 보여주지 마! 보이지 말라구!"

죽은 이들의 몸 위로 작은 등불 같은 것들이 떠올라 있었다. 반딧불이 보단 크고, 그보다 더 투명한 것. 땅 위를 덮는 것이 붉은 피와 죽은 이들의 몸뚱이라면, 하늘을 뒤덮는 것은 길 잃은 '그것'이었다. 붉은 대지와 대조되는 그것은 하늘을 메꾸며 두둥실 떠다녔다.

바리는 저것이 무엇인지 본능적으로 깨달았다. 아니, 실은 이미 오래전부터 깨닫고 있었다. 붉은 눈동자가 보여주는 건 평범한 사람은 볼 수 없는 것, 바로 죽은 자들의 세계다. 이승에서 끊어진 그들의 목숨이 저리 떠돌며 지금 그녀의 눈앞에서 아른거리는 것이다. 바리는 멍하니 한 단어를 입안에서 읊조렸다.

'사령(死靈)…….'

태어나 처음 무언가를 인지하기 시작했을 때부터 그녀의 곁에 있었던 것들이 지금 바리의 모든 세상을 집어삼키고 말았다. 바리가 슬픔에 입술을 깨물었지만, 입에서 새어나오는 신음 소리까지 다 막을 순 없었다.

"흐, 흐흑……!"

전멸(全滅).

이젠 부정할 수도 없었다. 이 모든 것은 현실. 그들의 죽음은 이제 현재이자 과거가 되어갔다. 바리의 슬픔에 젖은 시선이 쓰러져 있는 시신으로 향했다. 바리가 아는 모든 이들이 죽었다. 이미 싸늘하게 식은 그들의 얼굴엔 차마 지우지 못한 죽음에 대한 공포와 슬픔이 얼룩져 있었다.

그들을 멍하니 보고 있던 바리는 순간 의문이 들었다.

'저들은 죽었어. 그런데 난?'

숨이 점점 막혀왔다. 바리가 제 가슴을 움켜잡았다.

'나는 살아 있다. 내 심장은 여전히 뛰고 있어.'

아니야, 아니다. 이것이 정녕 '살아 있다'고 할 수 있나?

가슴을 움켜잡은 손이 점점 붉게 물들어갔다. 손끝에 닿는 무언가에 꿰뚫린 흔적에 온몸이 전율했다. 그리고 마치 잔상처럼 무언가가 눈앞을 스쳤다.

"꺄아아악!"

"제발 날 좀 살려줘!"

마을 사람들의 비명. 한 사람 한 사람 차디찬 땅에 쓰러져가고 붉은 혈흔이 땅을 메운다. 땅을 울리는 말발굽 소리와 함께 멍하니 현실을 바라보던 바리의 심장이 푸욱- 하는 소리와 함께 날카로운 창살에 꿰뚫린 것은 찰나였다.

그렇게 바리는 또 하나의 현실을 깨달았다. 자신은 죽었으나 죽지 않았다. 그녀 역시 그들과 같이 침입자에게 '살해'당했으나 멈춘 심장은 어느새 다시 뛰고 있었다. 그녀가 정신을 잃은 것도 단지 몸이 꿰뚫린 것에 대한 '충격'때문이었다.

"뭐야, 이게……."

'믿을 수 없어. 난 죽을 수도 없단 말이야?'

견딜 수 없는 사실을 결국 인지하고 만 바리가 위태롭게 흔들리는 몸을 추스르지도 않고 목 놓아 울기 시작했다.

"흐, 흐어어엉!"

간헐적으로 내뱉는 울음으로 인해 몸이 떨리자, 반동으로 긴 앞머리가 옆으로 쓸리며 그 속에서 눈물로 얼룩진 붉은 눈동자가 드러났다. 바리는 자신의 오른쪽 눈을 뜯을 듯이 잡아챘다.

"모든 것이 이 오른쪽 눈 때문이야. 이 붉은 눈동자 때문에!"

원망스럽다, 이 붉은 눈동자가. 자신이 평범치 않다는 것을 이 눈동자 때문에 깨닫고 말았다. 아니다. 애초에 이 눈 때문에 배척받아 온 것이다. 그리고 이젠 이 모든 상황이 자신의 눈동자 때문인 것 같았다. 정말로 마을 사람들의 말처럼 자신은 있어선 안 되는 존재였던 건가.

'싫어, 싫다고!'

바리는 스스로를 부정했다. 전신을 휩쓰는 슬픔에 자기 자신을 가눌 수가 없었다. 음습한 과거의 기억이 현재의 격한 감정과 격돌되어 함께 휩쓸려 갔고, 눈물로 얼룩져 흐려지는 시야 속에서 바리는 점차 자제력을 잃었다.

이성이 간신히 막고 있는 마지막 경계가 사라지자, 붉은 기운이 귀안에서부터 넘실대며 흘러나왔다. 바리는 이 눈이 무엇인지 정확히는 모른다. 다만, 이 눈이 무슨 역할을 하는지는 어렴풋이 본능적으로 알고 있다.

허공을 맴돌던 사령들이 '친숙'한 기운에 활개를 치기 시작했다.

갑작스런 죽음, 이해되지 않은 상황. 죽은 육체에서 튕겨 나온 영혼들이 자신들의 혼란을 잠재우고자 일제히 바리에게로 다가섰다. 이미 제대로 사고할 능력을 상실한 바리는 그 상황을 묵묵히 바라봤다. 힘이 제어되질 않았다. 점점 귀안에서 흘러나온 붉은 기운이 바리의 몸을 둘러쌌다.

들리지 않던 목소리가 점차 들려왔다. 폭주된 힘으로 인해 귀가 열린 것인지, 아니면 본능적으로 그들이 바리에게 구걸하는지는 구별 가지 않았다. 죽은 이의 목소리가 바리의 귓가를 감쌌다.

[살…… 려줘.]

살려주고 싶어도 나에겐 그런 능력이 없다. 들리지만 대답을 해줄 수 없는 것이 슬프고 고통스럽다.

바리와 가까이 있을수록 그들의 모습이 구체화되어 갔다. 이젠 저들의 살아 있을 적 모습까지 흐릿하게나마 보였다. 바리는 그런 그들이 반가웠다. 이렇게라도 다시 만날 수 있음에 기뻤다. 그리고…… 괴로웠다.

그들이 애절하고도 처절한 눈으로 바리를 바라봤다. 늙은 노파의 모습을 한 사령이 손을 뻗어 바리를 잡으려 했으나 잡히지 않았다. 이어 다급해진 다른 마을 사람들이 바리에게 매달리고자 했지만 모두 허사로 돌아갔다. 그들이 절망스런 눈으로 바리를 바라봤다. 아니, 정확히는 이 모든 것을 가능케 한 바리의 오른쪽 붉은 눈동자 귀안(鬼眼)을.

[구해줘…….]

그들의 감정을 표현하듯 사령들의 모습이 사념(思念)에 물들어 붉게 변해갔다. 그것은 핏빛보다도 더 붉은 절망의 색이었다. 잠시 끊어졌던 눈물이 다시금 바리의 볼을 타고 흘러내렸다. 그와 함께 또 다른 목소리가 바리의 기억 속에서 외쳤다. 저 이들이 살아 있을 적, 그녀를 향해 늘 외치던 말들이었다.

애절한 소리와 경멸과 두려움에 가득 찬 소리가 교차한다. 가슴에 진득하게 남아 있는 상처와 새로운 상처가 바리의 심장을 속절없이 할퀴었다.

"이 역귀(疫鬼)!"

[제발, 우리를…….]

"꺼져라, 이 요괴! 이 역귀야!"

[넌, 넌…… 우리를 볼 수 있잖아…….]

"사악한 저 붉은 눈동자! 저 눈동자가 우릴 죽일 거야!"

꿰뚫린 심장보다도 가슴을 옭아매는 과거의 잔상이 바리의 숨을 억압했다. 귓가엔 죽은 이들의 경멸과 두려움이 담긴 목소리가 들려왔고, 시야엔 그들의 매서웠던 시선만이 가득했다. 그들이 자신을 향해 던지는 돌멩이가 잔상처럼 스쳤다.

언제 이 마을로 흘러들어 온지는 모른다. 어느 순간부턴가 자신은 이 마을에 존재했고, '마을에 버려진 아이'라 하여 '바리(鉢

里)'라 불려왔으며, 이내 배척받았다. 남들과 다른 눈동자를 가졌다는 이유로 마을 사람들의 경멸과 두려움이 가득 담긴 시선을 받았다. 하여 사랑받고 싶었지만, 지금까지 단 한 번도 사랑받지 못했다.

메꿔지지 않은 상처는 더욱더 벌어져 갔다. 바리는 이제 더 이상 견딜 수 없을 지경이었다. 괴롭다. 저들이 저렇게 허무하게 죽어버려서 괴롭고, 끝끝내 사랑 한 번 받지 못하고 모든 것이 끝났다는 사실에 괴롭다.

'싫어. 이제 듣기 싫어. 그만 가. 그만 사라져 줘, 제발······!'

바리는 두 눈을 질끈 감고 양손으로 귀를 막았다. 몸이 덜덜 떨렸다. 그러나 이미 한 번 폭주하기 시작한 귀안은 그녀의 요구에 응하지 않았고, 점점 죽음의 향기가 바리의 코끝으로 다가오고 있었다. 바리의 몸에 사령들이 감겨왔다. 있을 수 없는 그들의 촉감이 느껴져 진절머리가 났다. 그렇게 두려움이 바리를 잠식했다.

'다가오지 마. 다가오지 마, 제발! 세상에 정말로 신이 있다면, 제발 나를 도와줘!'

"도와줘!"

억눌린 목소리로 기어이 토해내고 마는 간절한 염원. 그리고 그 순간 갑자기 모든 것이 멈췄다. 귓가엔 아무것도 들리지 않았다. 목을 조르던 그들의 촉감도 더 이상 느껴지지 않았다. 갑작스런 상황에 바리가 슬쩍 눈을 뜨자, 눈앞에 보인 것은······ 무한한 정적이었다.

자신을 향해 다가오던 사령들이 마치 얼어붙은 것처럼 움직임을 멈췄다. 죽기 직전의 모습을 띄었던 그들의 모습이 사르륵 허물어져 다시 작은 등불 같은 영혼의 모습으로 돌아갔다. 갑작스런 상황에 바리가 멍하니 사령들을 바라보며 자신의 오른쪽 눈을 쓰다듬었다. 귀안은 여전히 힘을 제어하지 못하고 폭주하고 있는 상태였다. 오히려 핏빛으로 물든 귀안이 더 붉고 진하게 변해가고 있었다.

'어, 어떻게……?'

의문이 꼬리에 꼬리를 이어가며 짧은 시간이 지났다. 갑자기 사령들이 일제히 동쪽을 향해 방향을 틀었다. 그들의 갑작스런 행동에 바리 역시 고개를 돌렸고, 이어 그녀의 눈이 경악으로 점차 커져갔다.

가장 먼저 그녀가 본 것은 해가 사라지는 광경이었다. 해가 지는 것이 아닌, 푸른 달이 해를 먹는 모습이었다. 그래, 말로만 듣던 일식(日蝕)이 그녀의 눈앞에서 진행되고 있었다. 대기를 가득 메운 양기가 음기에 사로잡히고 그 음기는 음산한 향을 풍기며 자욱해졌다. 곧 이어 두구구구– 하는 소리가 하늘과 땅에 울려퍼졌다.

그 소리에 화들짝 놀란 바리가 땅을 바라보니, 차갑게 메말랐던 대지가 갈라지고 있었다. 명계(冥界)의 음습한 향기가 대지 위로 새어나오면서 인간계와 명계의 경계가 허물어졌다.

바리는 불현듯 그 옛날, 어느 늙은이가 지나가며 했던 말을 떠올렸다.

"인간계, 그래 이곳 주(周)나라 서쪽 끝엔 선계와 인간계를 잇는 곤륜산의 입구가 있고, 동쪽 끝엔 인간계와 명계를 잇는 영혼의 길이 존재하지."

이곳은 인간계의 가장 동쪽 끝. 하늘을 비추는 두 개의 별이 떠오르는 동쪽 끝이자 명계와 인간계의 접점이었다. 하여 양기보다 음기가 다른 곳보다 많아 마을 사람들이 귀신을 보는 일이 더러 있던 곳이기도 했었다.

바리는 왜 갑자기 그 말이 떠오르는지 알 수 없었다. 다만, 어릴 적부터 은연중에 그 늙은이의 말이 진실이라 생각했었고, 그 말이 지금 현실로써 눈앞에 증명되고 있었다. 순간 귀안이 따갑게 아려왔다. 몸 속 깊은 곳에 숨어 있는 귀기(鬼氣)가 자신에게 속삭였다.

[보이지? 너의 근원이란다. 너를 만들어낸 자가 속한 세계야. '저것'이 바로 죽은 자들의 세계 '명계(冥界)'란다. 모든 것을 집어삼키기 위해, 죽은 자들의 세계가 지상 위로 올라오는 것이야.]

그것의 말처럼 땅이 모든 것을 집어삼킬 듯이 그 끝까지 차츰 갈라졌다. 땅을 가르며 그 사이로 흘러나온 검은 기운이 대기 중에 넘실댔다.

명계의 향기에 취한 영혼들이 땅을 열며 밖으로 나오고자 하나 무언가의 힘에 저지당했다. 반대로 지상에 있던 사령들은 어떻게든 명계로 안 끌려가기 위해 몸을 비틀었지만, 이 역시 불가

사의한 힘에 의해 가로막혔다.

마침내 세상의 모든 빛이 사라지고 어둠만이 자욱해졌다. 오직 사령들의 빛만이 세상을 비추고 있을 뿐이었다. 그리고 그 속에서 바리는 보았다. 저 멀리, 균열이 시작된 그곳에서부터 우아하고도 장엄하게 명계(冥界)에서 지상으로 올라오는 그를⋯⋯.

윤기 나는 길고 검은 머리칼이 반짝이며 바람에 휘날렸고, 붉은 눈동자가 요사스럽게 빛나며 모든 것을 옭매었다. 바리는 그의 마력에 걸린 것처럼 시선을 뗄 수 없었다. 두렵고도 아름다운 사내였다.

마음속에서 귀기가 속삭인다. 아니, 이번엔 바리의 온몸이 속삭이는 것이다.

[왔어. 왔어. 그가 왔어, 명계의 주인! 죽은 자를 다스리는 염라대제(閻羅大帝)! 그가 지상에 강림했어!]

염라대제가 드디어 대지에 발을 디뎠다. 바리와 같은 붉은 눈동자, 그러나 바리의 귀안보다 더 불길하고도 강력한 힘을 가진 그의 두 눈동자가 지상의 모든 것을 억눌렀다.

"이리로 오라, 명계에 속할 자들이여."

그의 말 한마디에 영로(靈路: 영혼의 길)가 환한 빛을 내며 대지 위로 길게 형성되었다. 길고 긴 그 영로는 바리가 있는 곳에서부터 염라대제, 아름다운 명계의 신이 있는 곳까지 이어졌다.

모든 사령들이 마치 속박에 걸린 듯 그가 있는 곳으로 향했다. 경직되어 있는 모습으로 본능적인 끌림에, 혹은 거부하고 싶지만 거부할 수 없는 알 수 없는 힘에 이끌리는 것처럼 보였다.

바리는 멍하니 이 상황을 바라보다 정신을 차렸다. 이윽고 그녀는 사령들과 함께 영로 위에 올라탔다. 점차 그녀의 걸음이 빨라지다 이내 뛰기 시작했다. 아무 생각도 들지 않았다. 다만 저 사내를 만나고 싶은 욕구가 자신을 가득 메울 뿐이었다.

"허, 허억……."

얼마나 뛰었는지 모른다. 갑작스런 뜀박질에 놀란 폐가 조여왔다. 그 고통에 자연스레 얼굴이 찡그려졌지만 바리는 계속해 뛰었다. 마침내 걸음을 멈췄을 땐, 마을의 가장 외곽에 위치한, 거대하지만 앙상한 가지가 눈에 띄는 벚나무 한 그루가 보였다. 그리고 그 벚나무 아래 군왕의 위압감을 내뿜는 아름다운 남신(男神), 염라대제가 서 있었다.

"아!"

염라대제와 바리의 눈이 마주쳤다. 바리가 숨을 멈추며 짧은 단말마를 삼켰다. 자성에 이끌리듯 이곳에 당도한 사령들은 간신히 몸을 비틀어 바리의 곁에서 맴돌았다.

염라대제가 예기치 못한 존재를 차가운 눈으로 응시했다. 그의 시선이 바리의 오른쪽 귀안에 머무는 듯했다. 북풍한설보다 차가운 그 눈길에 바리는 온몸이 얼 것 같았다.

"처음 보는 존재군. 넌 무엇이지?"

"……바리……."

그러다 잠시 멈칫하곤 침울한 목소리로 대답을 바꿨다.

"아니, 역귀. 역귀랬어요, 사람들이……."

그녀의 말에 염라대제가 어이없다는 듯이 웃었다. 그가 손을 들어 바리의 곁에 맴도는 사령들을 가리켰다. 염라대제의 시선을 받은 사령들이 두려움에 파랗게 질려갔다.

"역귀? 틀렸다. 역귀 따위가 사령을 거느릴 순 없다."

바리가 재빨리 고개를 저었다.

"전, 전 이들을 거느린 적이 없어요."

"거느린 것이다."

바리의 부정을 맞받아치는 염라대제의 목소리는 확고했다.

"네 몸 속에 있는 귀신의 기(氣)가 저들을 이끄는 것이지. 그래, 차라리 반인반귀라 하는 것이 옳겠구나. 인간의 기와 귀신의 기가 섞여 있는 육체라⋯⋯. 하여, 죽을 수도 없는 겐가?"

반인반귀(半人半鬼).

그의 말에 바리가 눈을 깜빡였다. 드디어 자신의 정체를 알았다는 기쁨, 그리고 인간이 아니라는 사실에 대한 슬픔과 안타까움이 그녀를 혼란스럽게 했다. 바리가 천천히 손을 들어 자신의 가슴을 쓰다듬었다. 피는 멈췄으나, 상처는 여전히 벌어져 있었다. 날카로운 창에 찔려 가슴에 뻥 뚫린 상처가 만져졌다.

염라대제 율(栗)은 눈앞에 보이는 새로운 존재가 퍽 흥미로웠다. 잔잔한 바다와도 같던 권태로운 일상에 작은 해일이 몰아쳐 왔다. 인간계의 갑작스런 전쟁으로 윤회의 고리가 엉켜 버리고 말아, 수고스러움을 무릅쓰고 길 잃은 사령들을 수습하러 지상으로 올라온 보람이 있었다.

'이치를 어긴 존재라⋯⋯. 세상에 반쪽짜리 존재가 또 존재한다니⋯⋯.'

무심과 흥미. 권태와 잔인함. 차가운 심장과 뜨거운 광기가 융합되지 못하고 율의 몸속에서 자맥질하기 시작했다. 율은 자신의 상처를 쓰다듬는 바리를 잠시 지켜봤다. 권태로운 일상 속에서 희한한 것이 나타나, 자신의 나른함을 깨웠다. 작은 꼬마 계집의 오른쪽 귀안이, 형형하게 붉게 빛나는 그 눈동자가 유난히 눈에 띄었다.

명계의 신들만이 가질 수 있는 귀안을 비록 한 짝이라도 가지고 있는 계집. 존재도, 그리고 능력도 이 세상에 유일무이한 것.

이윽고 율의 시선이 계집 곁을 맴도는 사령들에게로 돌아갔다. 사령들이 흠칫하며 바리 뒤로 숨었다.

'고작 죽은 영혼 주제에 사념을 품다니. 이것도 서 세집의 영향인가?'

자신의 명을 거역하는 것들은 필요 없다. 율이 사령들을 없애기 위해 손을 들어 힘을 응축했다. 공기가 진동하며 음기로 가득 찬 명계의 기운이 그의 왼손에 점차 모였다.

그의 갑작스런 행동에 놀란 것은 바리였다. 바리가 명계의 기운에 두려움을 느끼며 덜덜 떨리는 입을 열었다.

"지금 무, 무슨 짓을 하시려는 겁니까?"

"저것들을 없애려 한다."

"어, 어째서요? 저들을 명계로 이끄는 것이 염라대제께서 하셔야 할 일이 아닙니까?"

예상치 못한 율의 대답에 바리는 당황하여 손을 뻗어 사령들을 뒤로 감췄다. 그녀의 행동에 율의 눈썹이 꿈틀했다. 누군가가 이리 자신의 행동에 토를 다는 것은 신이 아닌 존재치곤 처음이었다. 아니, 설령 신이라 하여도 이리 무례할 순 없다.

"사념에 물든 것들은 명계에 초대받지 못한다. 그래, 너로 인해 사념에 물들었구나. 너의 존재가 저이들에게 허튼 희망을 심어주었겠지. 사령은 본디 투명한 존재. 그것은 감정이 없기 때문이다. 한데, 보아라. 저들의 영혼은 무슨 '색'을 띄느냐?"

바리가 고개를 돌려 사령들을 돌아봤다. 사념. 그래, 이들은 지금 사념에 물들어 있었다. 율의 말이 사실임을 확인한 바리의 얼굴이 새파랗게 질렸다.

'안 돼⋯⋯.'

또다시 바리의 눈에서 눈물방울이 또르륵 볼을 타고 흘러내렸다. 그녀가 염라대제를 향해 무릎을 꿇었다. 자신의 과오다. 귀안을 제어하지 못한 자신의 미숙함이 저들에게 허튼 희망을 심어주었다. 하여 결국 저들의 마지막 안식까지 빼앗고 말았다. 바리가 허물어져 가는 몸을 지탱하고자 두 팔로 땅을 짚었다. 그러곤 간절하게 율을 향해 빌었다.

"몰랐습니다. 저 때문에 명계에 가지 못한다니⋯⋯. 제발, 제발 저이들에게 안식을 허락해 주십시오, 명계의 주인이시여. 제발 저들을 용서해 주세요⋯⋯ 흐, 흐윽⋯⋯."

율은 아이의 질질 짜는 모습이 퍽이나 마음이 들지 않았다. 울음소리라면 명계에서 팔백여 년의 시간 동안 질리도록 들어왔다.

'감히 타인의 용서를 대신 빌다니.'

자신이 여태 보았던 인간들은 절대 저리 남을 위해 빌지 않았다. 바리의 몸 위로 인간의 추악함이 겹쳐졌다. 점차 바리를 바라보는 율의 시선에 어두운 빛이 차올랐다. 그녀가 자신의 오만함을 깨닫고, 인간 특유의 이기심으로 덜덜 떠는 모습을 보고 싶었다.

결국 그는 딱 한 번, 변덕을 부려보기로 했다. 신에게는 변덕이, 그러나 인간에겐 신의 시험이 될 것이다. 이것은 신이 내리는 시험이자 거래였다. 통과한다면 원하는 것을 얻을 것이요, 그렇지 않다면 죽음이 찾아오리라.

율이 손 안에 모아놓은 힘을 증발시켰다.

"좋다. 늘어주지."

율의 대답에 바리가 놀라 고개를 번쩍 들었다. 그녀의 눈에 보인 율은 입꼬리를 끌어당기며 차갑게 웃고 있었다. 그 모습이 아름답고도 이질적이라 소름이 돋았다.

"단, 대가가 필요하다."

"무, 무슨 대가를 원하십니까? 저에게 있는 것입니까?"

"있지, 있고말고."

"무엇을 원하시옵니까?"

율이 검지로 바리를 가리켰다.

"너."

"네? 저를…… 말입니까?"

"대가는 동등해야 한다. 저들이 소중하다면 대가로 너를 내놓아라. 단, 지금 널 명계로 데려가진 않는다. 내가 원하는 순간에 내 것이 되면 된다. 그 순간이 언제든."

자아, 대답해 보라. 율이 매혹적인 목소리로 요구했다. 그는 은근히 기대하고 있었다. 계집이 자신의 오만을 깨닫고 철저히 무너지는 모습을……. 그럼 그땐 흥미고 뭐고 계집을 죽여 버리고 저 사령들을 연옥의 불로 태워 버리고 명계로 내려가리라.

그러나 바리의 대답은 율의 생각을 빗나갔다. 바리가 무척이나 기쁘다는 듯 환하게 웃었다. 더 이상 그녀의 눈꼬리에서 눈물방울이 흘러내리지 않았다.

"좋아요. 저로써 저들이 안식을 찾을 수 있다면…… 드릴게요. 드리겠습니다."

바리는 자신의 존재가 누군가에게 도움이 된다는 것이 기뻤다. 마을 사람들이 구원받을 수 있다는 사실 역시도. 마음 깊은 곳에선 자신이 이리 행한다면, 마지막의 마지막엔 저들에게 사랑받을 수 있지 않을까 하는 욕심도 들었다.

"……평범하지 않는 계집이로고."

율의 눈동자가 한없이 가라앉았다. 인간이란 이기적인 존재라는 명제에 의외의 곳에서 예외가 생겨났다. 결국 율은 이번만큼은 적어도 저 계집은 다르다는 것을 인정해야 했다. 저도 모르게 입가에 미소가 생겼다가 이내 곧 지워졌다.

"재미있군. 좋다."

순식간에 율이 바리의 코앞에 나타났다. 그는 바닥에 주저앉은 바리의 턱을 잡곤 시선을 맞췄다. 열 살 남짓해 보이는 작은 몸집은 율의 몸에 비해 현저히 작았다. 율이 낮은 목소리로 중얼거리듯 말했다.

"약간은 아플 게다."

미처 율의 말이 무슨 뜻인지 이해하기도 전에 일은 벌어졌다. 율이 잡고 있던 바리의 턱을 제 쪽으로 끌어당겨 가느다란 아이의 목에 짧고도 농밀한 입맞춤을 선사했다. 아찔한 순간에 바리의 얼굴이 붉게 물들려는 찰나였다. 원인 모를 고통이 입맞춤을 당한 자리에서부터 퍼져 나왔다.

"으윽……!"

숨을 빼앗아갈 듯한 진득하고도 뼈아픈 고통에 바리의 이마에 땀이 송골송골 맺혔다. 고통스러워하는 바리의 모습을 율이 알 수 없는 시선으로 바라보았다. 그렇게 짧은 시간이 지나, 입맞춤을 당한 그 자리엔 고통 대신 푸른 주인(主印)이 모습을 드러냈다.

"주인(主印)이다. 네가 내 것이라는 증표이지. ……그리고 하나 더."

'하나 더'라는 말에 바리의 몸이 움찔했다. 하지만 의외로 율의 시선은 한결 풀려 있는 듯한 느낌이었다. 율이 시선을 옮겨 바리의 가슴 언저리에 벌어진 상처를 내려다봤다.

"뭐, 이건 신의 작은 선물이라 해두지."

이것 또한 한순간의 변덕에 불과하니까. 그의 말이 끝나자마자 바리의 목에 새겨진 주인이 밝게 빛나며 바리의 상처를 치유해 나갔다. 이어 율의 몸이 바리에게서 떨어졌다. 단 한 걸음에 율은 이미 바리와 서너 보 떨어진 거리에서 등을 돌리고 서 있었다.

"거래는 성립되었다. ……이젠 차디찬 겨울이 끝나고 봄이 올 때지."

그의 말이 끝맺음과 동시에 앙상했던 거대한 벚나무가 때 아닌 꽃을 맺기 시작했다. 하늘하늘 떨어지는 꽃잎이 바리의 근처를 맴돌다, 이내 북풍을 타고 날아갔다. 그 속에서 율의 목소리가 바람과 함께 스쳐 지나간다.

"염라대제, 율(慄). 기억하라. 다시 만날 그 순간까지……."

그 후, 분홍빛이 고왔던 벚꽃은 마치 모든 것이 환상이었다는 듯 흔적을 감췄다. 바리가 다시 정신을 차렸을 땐, 염라대제 율도, 자신 곁에 있던 사령들도, 명계의 문도…… 모든 것이 사라진 뒤였다.

그렇게 그 어느 때보다 차갑고도 매서운 겨울은 스러져 가고, 푸르른 잎이 돋아나는 봄이 돌아왔다. ……시간은 흘러 또 다른 시작을 예고한다.

제 一 장
명계(冥界)로 가는 길

　서왕모가 산다는 곤륜산 끝자락에 인간도, 귀(鬼)도, 신선(神仙)도, 하물며 요괴도 아닌 여인이 하나 있다고 하지. 오른쪽 눈을 깊게 가린 푸른빛 도는 검은 머리칼이 바람에 휘날리면, 그 안엔 저승을 보는 귀안(鬼眼)이 붉게 빛나고 있다 하지 않는가. 왼쪽 눈은 평범한 인간의 눈일진대, 오른쪽 눈은 귀(鬼)의 것이라니……! 하여 항간엔 그 여인을 반인반귀, 저주받은 존재라 칭하며 그녀를 경멸하고 또 두려워한다네.

　그녀가 곤륜산에 자리를 튼 지 어언 백여 년. 죽음과 영생, 그리고 사랑을 관장하는 최상위 여신 서왕모에게 소원을 빌고자 하던 수많은 이들의 발걸음이 그녀가 있고 나서부턴 글쎄 뚝 멎었다고 하지 않은가.

　"……그런데 어찌…… 이리 인간들이 많을 수가 있단 말인가."

바리는 자신의 거처이자 인간계를 한눈에 내려다볼 수 있는 거대한 밤나무 나뭇가지에 앉아 곤륜산 입구에 득실거리는 인간들을 질린 표정으로 내려다보았다. 그녀가 나지막이 못마땅한 한숨을 내쉬었다.

"나에 대한 두려움이 어찌 채 백 년을 못 가는 건지……. 속세에 이 반인반귀보다 더 무서운 요괴라도 나타났단 말이더냐."

머리가 지끈거렸다. 저렇게 인간들이 많이 모여 있을 땐, 꼭 귀찮은 일이 일어나곤 했다. 그녀가 오른쪽 눈을 간질이는 머리칼을 쓸어 넘기자, 그 속에서 붉은 요기(妖氣)를 띄는 귀안이 번쩍이며 드러났다.

짜증 섞인 바리의 부정에 그녀의 곁에 맴돌던 투명한 날개를 가진 나비들이 파닥거렸다. 마치 그녀의 말에 호응해 자신들 역시 저치들이 귀찮다는 듯한 모습이다.

그러길 잠시, 갑자기 나비들이 길을 열며 양 갈래로 갈라졌다. 그 사이로 화려한 깃털을 자랑하며 날개를 크게 펼친 극락조(極樂鳥) 한 마리가 날아들었다. 파드득거리던 극락조가 바리가 앉아 있는 나뭇가지에 살포시 앉았다.

"흥. 요즘은 요괴보다도 인간이 더 무섭단다, 리야."

작은 머리통을 왼쪽으로 끄덕거리며 깃털을 정리하던 극락조는 이내 몸이 점점 커지더니, 사내의 형태로 변해갔다. 남성 치고도 큰 키에 적당한 몸, 짧은 흑발에 짙고 검푸른 눈동자를 지닌 미남자였다. 그에게서 풍기는 청량한 기운은 그가 신선임을 은연중에 드러내고 있었다.

"또 왜 온 거지, 제균?"

쌀쌀맞게 응수한 바리는 그에게서 흘러나오는 인간 내음을 애써 무시했다. 신선 주제에 인간계엔 무슨 볼일이 그리 많은지 마치 제집 드나들듯 인간계에 내려갔다 온다. 그것도 고작 반 척도 안 되는 몸통을 지닌, 붉은 머리에 오색으로 빛나는 장식깃을 목에 달고 봄빛 도는 긴 꼬리를 자랑하는 화려하기 그지없는 극락조의 모습으로.

인간 같은 신선.

바리가 제균을 보며 내린 최고의 욕이자 최악의 평이었다. 수십 년 전, 자신을 찾아온 이 불청객은 수없는 냉대에도 꿋꿋이 곁을 맴돌았다. 제균은 언제나 그렇듯, 바리가 앉아 있는 나뭇가지 옆에 앉아 자신이 인간계에서 보고 듣고 온 소식을 들려주기 시작했다. 마치 어린 아이들에게 재미난 이야기를 들려주는 이야기꾼과도 같은 모양새였다.

"지금 인간계에 아주 재밌는 소식이 있다더구나. 신왕 유왕이 왕위에 오른 지 채 한 해도 지나지 않아, 자신의 애첩 포사를 왕비 자리에 올려놓은 건 내가 지난번에 말해줬었지? 그런데 이번엔 글쎄 그 계집을 위해 꽤 재밌는 짓까지 벌였지, 뭐냐. 고작 어린 계집 하나 웃기겠다고 봉화를 피워 올렸다니! 미쳐도 아주 미친 게지. 쯧쯧. 제후들이 짖어대는 소리가 여기까지 들리는 것 같아."

실감나게 말을 내뱉은 제균이 마치 실제로 소리가 들린다는 듯이 오른손을 들어 귀를 후벼 팠다. 가뜩이나 안팎으로 어수선

한 나라가 멍청한 왕 하나 때문에 결국 그 명을 달리하게 생겼다. 하긴, 이 정도면 이 나라도 꽤 오래갔다.

신랄한 그의 설명에 아닌 듯하면서도 바리는 생각에 빠졌다. 처음엔 제균이 전해주는 인간사가 자신과 무슨 상관이랴 했지만, 점차 인간계에 일어나는 일들이 자신과 어떻게든 인연을 갖게 된다는 것을 깨달았다. 불길한 기운을 품은 사건은 곧 사기(死氣)를 품은 해일이 되어 대지 위를 덮치고, 예기치 않게 이승과의 인연이 끊어진 사령들은 길을 잃고 헤매게 된다.

바리는 자신의 곁을 맴도는 나비들을 바라봤다. 손을 슬쩍 들어 올리니 투명한 나비들이 그녀의 손에 모여들었다. 이들은 언제나 자신을 따른다. 하지만……

"……후. 역시 귀찮아."

한숨을 내쉰 바리의 얼굴엔 귀찮은 기색이 역력했다. 그녀가 결국 나뭇가지에서 일어섰다. 굵다곤 하지만 그 위에 서 있기엔 매우 위험천만한 곳. 하지만 바리는 흔들림 한 점 없었다.

곤륜산 끝자락이자 입구, 인간계와의 경계에 위치한 밤나무에서 아래를 내려다보면 인간계 전체가 훤히 보였다. 바리의 시선은 주나라 황궁에 닿아 있었다.

'피바람을 몰고 올 악재.'

이내 바리는 궁을 둘러싼 마을들로 눈을 돌렸다. 저곳엔 하루하루를 살아가는 인간들이 있다. 수명의 끝을 알 수 없는 자신에 비해 유한한 삶을 사는 저들은 자신과는 악연, 그리고 귀찮고도 거북한 존재. 그 이상도 그 이하도 아니었다. 하찮고, 가엾고, 약한 저들은 자신의 갈 길을 곧잘 잃고 말지. 과거에도, 지금도, 그리고…… 곧 있을 미래에도.

잠시 인간계를 응시하던 바리가 시선을 돌려 옆에 앉아 있는 제균을 바라봤다. 그녀의 시선을 느꼈는지 제균이 고개를 들었다. 그가 그녀와 시선을 맞추곤 싱긋 웃었지만, 바리의 표정엔 변화가 없었다.

"잠시 마중하고 오겠다."

짧은 인사를 고한 바리가 발을 떼었다. 평범한 인간이었으면 즉사할 높이었지만, 그녀는 인간이 아니었다. 반인반귀인 그녀는 곤륜산에서 오랜 세월을 보낸 탓인지, 어느 정도의 도력 역시 갖게 되었기에 자연스레 바람을 타고 흘러 내려갈 수 있었다. 바리는 공기의 무게를 못 느끼는 듯, 가볍게 공중을 디디며 곤륜산 숲 자락으로 모습을 감췄다.

그 모습을 바라보던 제균의 눈엔 따스함과 애정이 담겨 있었다. 한편으론 안타까움이 엿보이기도 했다. 정말로 귀찮았다면, 가지 않으면 그만인 것을……. 백여 년의 세월 동안 이어진 행위.

"……사랑스러운 아이. 하지만 아직도 멈춰 있는 바리. 넌 도대체 언제쯤 위로받을 수 있을까."

그의 말은 아주 잠시 대기 중에 머물렀다 이내 사라져 버렸다. 그 후 얼마 지나지 않아, 바리와 제균이 있었던 밤나무엔 약간의 체온만이 남아 있을 뿐, 아무것도 존재하지 않았다. 저 멀리, 밤나무 밖으로 작은 극락조 한마리가 날아가 버리는 것이 희미하게 보일 뿐이다.

바리가 발을 멈춘 곳은 밤나무와 그리 멀지 않은 곤륜산 입구 안쪽의 작은 연못이었다. 바리는 잠시 입구를 바라보다 눈을 돌렸다. 때가 되면 올 아이들이었다.

그녀가 느릿한 발걸음으로 연못에 다가가 발을 담갔다. 곤륜산의 정기를 머금은 연못이어선지 차가운 북풍이 불 적에도 연못 물은 언제나 따스했다. 전해져 오는 온기가 바리의 마음을 녹이자, 바리의 얼굴에 작은 미소가 생겼다. 잠시 하늘을 바라본 그녀가 천천히 눈을 감았다.

어느새 해가 저물어가고 있었다. 바리는 선계의 기운과 융합되지 못하는 이질적인 기운, 하시만 사신에겐 퍽 익숙한 기운에 눈을 떴다. 해질녘, 붉은 세상 속에서 바리의 오른쪽 귀안이 호응하듯 핏빛으로 진해졌다.

'왔나.'

점점 더 가까워지는 기운에 고개를 돌려보니, 자신을 찾아온 투명한 사령 무리가 보이기 시작했다. 그녀를 만나기 위해 인간계에서부터 이곳, 인계와 선계의 경계인 곤륜산까지 온 지친 무리가.

초대받지 못한 그들이 이곳까지 오기 위해 수많은 역경을 겪었음을 잘 안다. 자신 역시 이 곤륜산에 오기 위해 셀 수 없을 정도로 길고 긴 낮과 밤을 보냈었다. 그 시간 동안 겪었던 온갖 더럽고 힘든 일은 아직까지도 이가 갈리기에, 바리는 차마 자신을 찾아 이곳까지 온 저들을 내치지 못했다. 그들의 간절함을 이해하기에 그녀는 늘 귀찮아하면서도 이곳까지 마중을 오고 만다.

바리가 점차 자신을 향해 달려오는 사령들을 향해 손을 뻗었다. 사령들은 자신을 받아준 바리에게 감사하며 속도를 올려 날아들었다. 밝은 빛을 뿜어내지만, 정작 투명한 모습을 한 작은 불빛 같은 사령의 형태가 바리에게 다가감에 따라 변화해 간다. 점차 두 쌍의 날개를 펼치며 투명한 나비의 모습을 한 이들이 자신들의 목적지인 바리의 손에 안착한다.

"어서 오너라."

언제부터였는지 모른다, 사령들과 함께한 것이.

인간계에 대한 기대를 버리고, 그 힘든 여행길을 간신히 버텨 내며 곤륜산으로 도망치듯 와 이곳에서 백여 년을 살았다. 길고 긴 시간 속에서도 사라지지 않고 진득이 남은 감정이 하나 있더란다.

끊었노라 다짐했던 인간들에 대한 미련. 아니, 정확히는 죽은 자들에 대한 미련이다. 동질감인 것인가. 안타까움인 것인가. 그도 아니면 어린 날, 아무것도 할 수 없었던 것에 대한 속죄인가.

무엇인지는 너무 오래돼 이젠 알 수 없지만, 중요한 건 결국 자신이 아무리 밀어내도 기어코 곁으로 다가오는 사령들을 받아들였단 것이다. 다행히 이젠 어느 정도 귀안을 제어할 수 있었기에, 저들이 사념에 물든다 하여도 그들이 원한다면 언제든 제 힘으로 명계로 흘려보낼 수 있었다.

"이제 다 온 건가."

바리는 곁에 모여든 새로운 사령들을 확인하며 자리에서 일어났다. 기다린 손님들이 대충 다 도착한 것 같았다. 바리가 떠날 채비를 하며 흙 묻은 옷을 털고 있을 때였다. 갑자기 사령들이 날개를 퍼덕이며 바리를 붙잡았다.

"음?"

유별난 그들의 행동에 바리는 의아해졌다. 바리가 옷을 잡고 늘어지는 사령을 쓰다듬으면서 원인을 묻고자 했지만, 곧 그럴 필요가 없음을 깨달았다. 화악— 하는 바람 소리와 함께 저 멀리서 무수히 많은 사령들이 곤륜산을 향해 날아오는 것이 보였다. 바리는 순간 자신에게 다가오는 엄청난 사령의 수에 숨을 멈췄다.

"하!"

수십은 족히 되어 보이는 사령들에 바리는 순간 아연실색했다. 수십 년 만에 보는 거대한 사령들의 무리였다. 바리가 지끈거리는 이마를 손으로 부여잡았다. 이윽고 사령들이 투명한 나비의 모습으로 변하며 바리의 근처에 안착했다. 얼떨떨한 상황이지만, 바리는 결국 그들을 반겼다.

"오느라 수고가 많았느니라."

한두 마리는 곤륜산을 넘어올 수 있으나, 수십 마리가 다 같이 곤륜산으로 온다는 것은 거의 불가능한 일이었다. 염원(念願)이 그 정도로 강하지 않은 한. 바리의 품에 안긴 사령들이 긴장을 풀며 울기 시작했다. 우웅거리는 소리와 함께 그들의 영혼이 떨려왔다.

하나의 염원보단 둘의 염원이, 또는 더욱 강한 염원이 바리의 귀안에 반응하게 된다. 제 아무리 바리가 힘을 조절하고 있다 해도, 그녀가 가까이 있다는 사실 하나만으로 영(靈)들이 시끄럽게 울어댔다. 이윽고 무리의 울음이 뭉쳐져 사념을 표현한다.

[제발…….]

[……그녀를…… 되살려 주세요.]

[……찾아주세요……. 그녀를……, 제발…… 반혼(返魂)을…….]

바리는 처음 있는 일에 퍽 당황하고 말았다. 일단은 상황을 정리하는 것이 먼저였다. 내키진 않았지만 바리가 귀안의 힘을 약간 해방했다. 흐릿하게 붉은 귀기(鬼氣)가 흘러나와 영혼들을 감싸 옭아맸다. 결국 그들이 비명을 지르며 무리가 깨져 나가고 나서야 잠잠해졌다.

바리가 한숨을 내쉬며 고개를 돌려 자신이 떠나온 밤나무를 노려봤다. 아니, 정확히는 밤나무 뒤에 위치한 제균의 은신처를 태울 듯이 노려보는 것이었다.

'제균. 하등 도움 안 되는 신선 같으니라고. 쓸데없는 이야기만 주절주절 늘어놓더니, 정작 중요한 이야기를 안 해줬단 말이지?'

작게 이를 간 바리가 무리를 이끌고 하늘을 날았다. 이 상황을 모르고 자신의 집에서 희희낙락 놀고 있을 멍청한 신선의 은신처, 개잎갈나무를 목적지로……!

"으, 으악!"

갑작스런 봉변에 극락조의 모습을 하고 있던 제균은 앉아 있던 나뭇가지에서 추락했다. 제균의 짧은 비명소리가 사뭇 애처롭기도 했으나, 그의 추락을 지켜보는 바리의 눈은 차갑기 그지없었다.

제균과 좋은 시간을 보내던 푸른빛이 돋보이는 앙증맞은 새가 놀란 새가슴을 부여잡고 푸드덕거리며 하늘로 날아갔다. 땅과 장엄하게 입맞춤을 나눈 제균은 극심한 고통에 머리를 붙잡았다. 충격으로 인해 어느새 그의 모습은 신선으로 돌아와 있었다. 그가 눈물을 머금고 나무 위에서 자신을 노려보는 바리를 도끼눈으로 올려다봤다.

"왜, 왜, 왜! 어찌 소중하디소중한 친우를 이리 내팽개쳐!"

울려 퍼지는 제균의 목소리가 참으로 극악하기 그지없었다. 그러나 바리는 눈 하나 깜짝하지 않았다. 일말의 죄책감 따위, 들리가 없다.

"친우? 난 멍청한 신선 따위를 친우로 둔 적 없다."

돌아오는 바리의 냉대에 제균은 멈칫했다. 정신을 차려보니 바리가 분노에 차 있는 것이 눈에 보였다. 그는 자연스레 자신이 오늘 잘못한 것이 있나 기억을 뒤적거렸다. 바리는 그날의 일은 필히 그날에 바로 응징했기에 오늘의 기억만 잘 찾으면 된다. 하지만 안타깝게도 기억나는 것이 전혀 없다.

의심스럽긴 하지만 일단 우기고 보자.

몰려오는 두려움에 목소리가 한 풀 죽었지만, 그는 부나방처럼 여전히 바리의 행동에 대한 부당함을 주장했다.

"왜, 왜 그러느냐! 내 기억엔 잘못한 것이 없느니!"

제균의 항변에 바리는 싸늘하게 고갯짓으로 자신의 주변에 모여든 무리를 가리켰다. 덩달아 제균의 눈썹이 작게 움찔했다. 도력(道力)으로 사령을 본다는 것은 어림도 없으나, 바리의 힘으로 참 쉽게도 투명한 나비 모양의 사령들이 선명하게 보였다. 평소보다 수 배는 많아 보이는 모습에 제균의 이마에 식은땀이 흘렀다.

"숫, 숫자가 좀 많구나."

"좀?"

따스한 봄날에 북풍한설이 몰아치는 것 같다. 결국 제균은 더 이상의 항변은 무의미하다는 것을 깨달았다. 제균은 전투 의지를 상실하고는 가볍게 땅을 디뎌 바리가 서 있는 나무 반대편에 위치한 상록수에 올라섰다. 이윽고 제균이 자신의 손가락 굵기만 한 나뭇가지에 풀썩 앉았다.

금방이라도 부러질 정도로 가느다란 나뭇가지는 마치 아무 무게도 못 느끼는 듯, 흔들림 하나 없었다. 제균은 사뭇 침울하고도 애처로운 표정으로 바리를 바라봤다. 물론 속으로는 마음껏 투덜거리면서.

'사랑스럽단 말, 취소다! 취소!'

"리야, 무엇이 그리 문제더냐. 어찌하여 사령들의 수가 이리 많아?"

"후우……."

바리가 화를 삭이고 침착해지기 위해 숨을 크게 내쉬었다.

"오늘 인간계에서 들은 이야기 중에, 나에게 전해주지 않은 것이 있지 않나?"

바리의 말에 제균이 고개를 갸웃했다. 전하지 않은 것은 없다. 자신의 낙(樂)이 인간계에서 소식을 듣고 바리에게 전해주는 것인데, 빼먹은 것이 있을 리 만무하다.

"없는데?"

제균의 말에 바리의 눈썹이 꿈틀했으나, 제균의 표정엔 거짓이 없어 보였다.

"정말로? 하다못해 학살이나 작은 전쟁이라도?"

"응."

바리는 잠시 고민에 빠졌다. 신선은 화술로 교묘하게 상황을 빠져가는 능력은 탁월하나 거짓말은 하지 못한다. 바리가 손을 뻗어 자신의 곁에 맴도는 무리를 가볍게 스치듯 만졌다. 붉은 기운이 엷게 일렁이더니 이내 사령들이 생전의 모습으로 형상화되었다.

그 모습을 지켜보던 바리는 순간 생각치도 못한 상황에 퍽 당황하고 말았다. 인간의 모습을 하고 있는 사령들이 입고 있는 옷은 주나라 백성들이 입는 옷이 아니었다. 제균이 눈을 가늘게 뜨며 이를 유심히 쳐다봤다. 특이한 옷맵시와 주나라 백성들과는 약간 다른 인상이, 어디서 본 듯했다. 잠시 골몰히 생각하던 제균이 눈을 크게 뜨고 손으로 사령들을 가리켰다.

"아, 기억났다! 저들은 포국의 백성들이 아니더냐. 옷이 꽤나 고급스럽고 모두가 여인인 것을 보아하니, 포사를 따라온 포국 궁녀들 같은데?"

바리가 더 말해보라는 듯 제균을 노려봤다. 제균이 움찔거리며 말을 이었다.

"음, 포국을 모르느냐? 포국(褒國). 나 역시 제대로 아는 것은 없다만 듣기로는 주나라 섬서성의 남동쪽에 위치해 있다고들 하더구나. 포사가 바로 그 포국 출신 아니더냐. 포국에서 공녀를 바쳤으니, 당연히 따라온 포인들이 있겠지. 그런데 왜 이렇게 대거 죽는 일이 발생한 거지?"

"그럼 혹, 포사가 죽었다는 소식은?"

"있을 리가. 아침에 말하지 않았더냐. 계집 하나 웃기겠다고 봉화까지 피워 올린 것을."

제균의 말에 바리는 혼란스러워졌다. 그들은 반혼을 요구했다. 저들은 어째서 대거 죽었으며, 포사는 어인 일로 죽었다는 거지?

"하아……."

바리는 이 모든 것이 부질없고 귀찮게 여겨졌다. 그동안 인간계와 떨어져 잘 살았다고 생각했건만, 결국 이런 식으로 엮일 줄이야. 앞으로의 일이 막막해졌다. 제균이 대화를 곱씹어보더니 이내 눈을 빛내기 시작했다.

"바리야. 혹, 재밌는 일이 생긴 것이 아닐까? 응? 알고 있는 것이 있으면, 이 오라비랑 나누지 않으련?"

"죽고 싶나, 제균."

바리의 눈이 싸늘해졌다. 자신은 머리가 아파오는데, 저치는 저리 흥미롭게 여기다니. 하지만 제균은 바리가 눈을 흘기든 말든 두근거리는 마음을 진정시킬 수 없었다. 어딘가 상기된 모습이다.

결국 더 이상 도움 될 것이 없다는 사실을 인정한 바리가 한 순간에 연기처럼 모습을 감췄다. 그녀를 놓쳐 버린 제균의 애절한 목소리가 절절하게 들리는 듯도 했다.

인간계와 엮이느니, 차라리 사령들과의 연을 끊어버리겠다고 생각했었다. 더 이상 누군가에게 사랑받길 원하지 않기에 그들과 엮일 이유도 없었다. 하여, 그들을 위해 애써 명계(冥界)에 갈 생각 역시 추호도 없었다.

그런데 이건 정말 아니지 않는가. 요 며칠, 해가 지고 몸을 누이려 들어온 밤나무 안에서의 일은 참으로 고통스럽기 그지없었다. 바리는 귀를 양손으로 막으며 등을 돌려 잠을 청하고자 했다. 그러나 여전히 애달픈 목소리가 계속해 파고들었다.

[제발…… 포사를, 그녀를…… 되살려 주세요.]

[……그녀는…… 억울…… 하게…….]

[……몸은…… 아직…… 살아 있으니…… 빨리…….]

[……명계를 건널 수 있는 이여……. 반혼을…… 그녀를…… 제발…….]

"아아아악!"

결국 바리가 잠자기를 포기하며 벌떡 일어나 앉았다. 벌써 삼일째였다. 얼마나 잠을 못 잤는지 바리의 눈 밑에 그림자가 진하게 내려와 있었다. 바리가 빨갛게 충혈된 눈으로 사령들을 노려봤다. 형형히 빛나는 그 모습에도 그들은 그녀에게 매달렸다. 달이 차오름에 따라 진해지는 음기의 기운에 사령들 역시 더욱더 모양을 갖춰갔다. 이젠 바리의 힘 없이도 그들의 모습이 형상화되는 상황까지 오고 말았다.

아침엔 제균이 아는 것을 공유하자며 고통을 주는데, 저녁엔 사령들까지! 바리가 치밀어 오르는 짜증을 여과 없이 표출했다. 필히 그중엔 제균에게 돌아갔을 분노도 포함되어 있으리라.

"나는 명계에 갈 수 없다 하지 않았느냐! 아무리 나라도 명계는 쉽게 못 가!"

하지만 바리가 아무리 설명을 해도 요지부동이었다. 사령들은 계속 같은 말을 반복했다.

[제발······.]

[······포사를······ 착한······ 포사님을······.]

갈수록 바리의 인상이 험악해졌다. 저들의 말을 요약하자면, 왕비 포사의 몸을 다른 이가 빌려 쓰고 있고, 포사의 영혼은 죽었다는 것이다.

'말도 안 되는 소리.'

제 아무리 그것이 사실이라 하더라도, 반혼은 있을 수 없는 일이며 그 전에 명계에 간다는 것 자체가 어불성설이었다. 결국 바리는 마지막 수단을 쓰기로 했다. 바리가 그들을 노려보며 싸늘하게 웃었다.

"좋다. 그렇다면 너흰 나에게 무엇을 주겠느냐. 설마 공으로 받아갈 것은 아니겠지."

바리의 말에 그들이 잠시 머뭇거렸다. 그 모습을 보며 바리는 회심의 미소를 지었으나 곧 그 미소는 완전히 사라지고 말았다.

[무엇이든…… 무엇이든 드릴 테니…….]

[영원히…… 당신 곁에 잡혀 있어도…… 좋으니…… 제발…….]

무엇이든.

바리는 저 말이 참으로 싫었다. 겨우 억눌렀던 과거의 기억을 다시금 떠올리게 하고 말 테니까.

그녀는 불가능한 일에 매달려 결국 상처 받고 만 멍청한 계집을 잊고 싶었다. 자신의 모든 것을 준다는 말을 이젠 믿지 않는다. 남는 것은 허무와 상처. 다시는 같은 일을 반복하기 싫어 사랑받길 포기했고, 인간계에서의 모든 기억을 감추고 살았는데……!

바리의 눈빛에 잔인한 불꽃이 일렁이며, 더욱 짙어졌다.

"하면, 나에게 수백 년간 종속된다 하여도?"

[네…….]

"지금 당장 영혼이 갈가리 찢겨나간다 하더라도?"

[네…….]

"다시는 환생할 수 없을 텐데?"

[……그래도…… 괜찮습니다…….]

"어째서!"

그들의 망설임 없는 대답에, 화를 참지 못한 바리에게서 결국 노성이 터져 나왔다. 귀안이 바리의 분노와 함께 심하게 일렁거렸지만, 과거처럼 힘을 제어하지 못하는 상황은 벌어지지 않았다.

[소중하니까요…….]

사령 주제에, 달의 힘을 빌려 잠시 인간의 형상을 띤 주제에 저들은 웃었다. 그 위로 열 살 남짓한 작은 계집의 미소가 겹쳐져 간다.

결국 바리는 떠올리고 말았다. 진즉에 퇴색되어 흐릿한 잔상으로도 남지 않았어야 할, 어릴 적 자신의 모습을……. 그 작은 계집도 마을 사람들을 위해 무릎을 꿇고 염라대제와 거래를 했었다. 그 대가로 목에 주인(主印)을 채워더랬지.

그 후로 바리는 단 한 번도 염라대제를 만난 적이 없었다. 그는 아마 지금쯤이면 자신을 까맣게 잊어버렸을 것이다. 지금 생각해 보면 분명 신의 장난이었던 것 같다.

머릿속으로 여러 가지의 계산을 끝낸 바리가 한숨을 내쉬며 잠시 지친 눈을 감았다 떴다. 그녀의 목소리가 한결 가라앉아 있었다.

"되었다. 대가 따윈 필요 없다. 단, 원하는 바를 이루면 바로 명계에 속하라. 인간계의 사념에 짙게 물드는 것은 좋지 않아."

바리의 말에 사령들의 영혼이 고맙다는 듯, 따스한 색으로 물들어갔다. 그 모습에 왠지 모르게 바리는 허탈해졌다. 그녀가 머리칼을 쓸어 올리며 밤나무 은신처에서 나와 하늘을 올려다봤다. 하필이면 밤하늘에 뜬 달은 만월이었다. 사령들이 어서 가자며 그녀를 재촉했다. 덕분에 바리는 오늘도 잠자기는 글렀다고 생각했다.

명계로 가는 길은, 바리가 있는 곤륜산과는 정반대의 곳에 위치한다. 주나라 서쪽 끝에 위치한 곤륜산에서 대륙의 동쪽 끝으로 가야 했다. 하지만 바리는 떠오르는 안 좋은 기억에 절대 동쪽, 과거 자신이 살았던 마을의 흔적이 남은 그 곳에 가고 싶지 않았다. 결국 그녀는 다른 길을 선택하기로 했다.

'이런 걸 전화위복, 다행스러운 일이라 해야 하나?'

세상엔 명계로 가는 길은 오직 하나나, 샛길이 단 한 군데 존재하긴 한다. 그것도 이 곤륜산에. 그럼에도 바리가 처음부터 그 샛길을 생각하지 않았던 것은, 그 길은 오직 '신을 위한 배려'이기 때문이다. 정확히는 곤륜산의 주인, 서왕모와 그녀의 지인들을 위한.

'신의 길'을 허락받지 못한 존재가 함부로 쓰고자 한다면, 사지가 찢겨나가고 영혼이 갈가리 부서질지도 모른다. 곱게 살아 돌아오지 못할 것이 분명하나, 다행인지 불행인지 바리는 완벽한 인간이 아니었고, 죽지 않는 육체가 있었다. 게다가 그녀에겐 부서질 영혼이 있는지 없는지조차 모른다.

더군다나 오늘은 만월의 날. 바리의 몸속에 흐르는 귀기가 만월의 영향으로, 그 힘이 극대화되는 시기다. 하여, 운이 좋다면 자신에게 배어 있는 인간의 냄새를 최대한 죽이고, 귀(鬼)의 모습으로 명계를 무사히 다녀올 수 있을지도 모른다.

'……이 모든 것이 운명이란 말인가.'

바리의 시선이 달에서 곤륜산 정상에 위치한 서왕모의 궁으로 옮겨 갔다. 저 언저리에 명계로 가는 또 하나의 문이 있다. 그곳을 바라보는 바리의 눈동자엔 수많은 생각과 고뇌가 담겨 있었으나, 결국 바리는 오늘 당장 명계로 떠나기로 마음먹었다.

'천재일우(千載一遇)의 기회를 놓쳐선 안 되겠지.'

일단 그녀는 마음을 가다듬었다. 아무리 자신이라 할지라도 명계로 가는 것은 그만큼 부담이 되는 일이었다. 잠시 천천히 숨을 가다듬은 바리가 자신의 근처에서 맴도는 사령들을 흘깃 보고는 힘차게 도약했다. 곤륜산 북쪽 기슭에 위치한 서왕모의 궁, 요지성궁(瑤池聖宮) 아래에 위치한 명계의 문, 지하사문(地下死門)을 향해.

제균은 지금 정신이 없었다. 자신이 왜 이곳까지 끌려왔는지 아무리 생각해도 도무지 그 이유를 모르겠다. 제균은 자신의 몸을 이리 무식하고도 무자비하게 잡고 있는 바리를 흘깃 올려다봤다. 물론 이 행동이 가능한 것은 오로지 자신이 극락조의 모습을 하고 있었기 때문이다. 작은 몸이 편해 잘 때조차 극락조의 모습을 한 것이 화근이었다.

바리가 바람을 타며 가볍게 산기슭을 넘고 있었지만, 반동으로 자신의 몸이 아래위로 흔들리는 것은 어쩔 수 없나 보다. 이것이 바로 멀미라는 것인가. 인간일 적에도 편안히 가마를 타고 다녔고, 신선이 되어선 유유히 날아다녔기에 이런 상황은 난생처음이다. 살다 살다 별짓을 다 당한다.

제균은 더 이상 반응할 힘도 없었기에 온몸의 힘을 뺀 뒤, 바리에게 제일 궁금한 질문을 던졌다.

"바리야. 나는 도대체 여기에 왜 있는고?"

"명계에 데려가려고."

돌아오는 바리의 대답은 참 간결했고, 또 무심했다.

"뭐? 어디?"

생각치도 못한 대답이다. 아니, 왜?

"어째서! 신선과 귀(鬼)는 상극이란 말이다! 신선에게 명계의 기운은 독이라고!"

제균의 일갈에 그의 몸을 움켜진 바리의 손에 힘이 들어갔다.

'으, 으악! 신선 살려!'

그의 머리통 바로 위로 바리의 이 가는 소리가 들렸다.

"언제는 신선도 '귀신 신(神)'자를 쓰고, 귀신도 '귀신 신(神)'자를 쓰니 결국은 같다며?"

분, 분명 그러긴 했다, 한 오십 년쯤 전에. 하나 그건 바리, 네 곁에 있기 위해서 생각해 낸, 다시 말하면 급조한 임기응변이었단 말이다!

점차 제균의 이마에 식은땀이 흘렀다. 그래봤자 작은 새의 모습을 하고 있었기에 털이 약간 축축해지는 것뿐이라 티는 새똥만큼도 나지 않는다.

이윽고 바리는 불쾌한 것이 생각났는지 제균의 몸을 터뜨릴 듯 쥐었다. 숨이 막힌 제균의 얼굴이 빨개졌다. 하지만 그녀는 눈치채지 못한 채, 여전히 앞을 바라보며 명계의 문을 향해 빠르게 날아갔다.

"오늘 아침까지만 해도 징징대지 않았나? 궁금하다며?"

"내가 언제 명계 따위에 관심을 가진 적이 있더냐!"

"있지. 있고말고. 그것도 요 삼 일 동안 줄기차게 묻지 않았더냐. 인간계의 재미있는 일을 공유하자면서."

"헉."

제균에게서 짧은 단말마가 터져 나왔다.

이런 젠장. 설마하니 포사와 관련된 일이 명계로 가는 일이 되었을 줄이야. 제균이 때 늦은 후회를 했으나, 정말로 이미 늦어 버린 뒤였다.

제균은 아마 명계로 들어가기 전까진 죽어도 모르리라. 바리가 그를 데려온 것은 그에 대한 괘씸함뿐만이 아니라, 혹여라도 있을지 모르는 명계에서의 어떤 '불미스럽고도 안타까운 일'에 대한 대비책으로 쓰기 위해서란 것을.

곤륜산에 둥지를 튼 지 백여 년의 시간이 흘렀지만 바리는 단 한 번도 서왕모의 궁 근처엔 가본 적이 없었다. 혹시라도 자신이 허락받지 못한 존재라 하여 곤륜산에서 쫓겨날까 내심 두려움을 가지고 있었던 것이 지금까지 이어졌던 것이다.

하여 명계로 가는 길을 찾는 것 역시 처음이지만, 예상외로 바리는 길을 헤매지 않고 수월하게 앞으로 나아갔다. 곤륜산이 그녀의 존재를 인지하고 그녀가 원하는 곳으로 인도했기 때문이다.

'역시 사랑의 여신, 서왕모의 산이군. 모든 존재에게 자비를 베푼다는 건가.'

뭐, 무슨 이유에서든 상관은 없다.

바리가 목적지를 향해 날아오른 지 어언 한 시진이 지났다. 산 정상으로 올라갈수록 산세가 가파르고 기복이 심해져 갔다. 바리가 흘깃 고개를 돌리니 사령들이 열심히 날개를 퍼덕이며 따라오고 있었다. 그 모습이 안타까우면서도 기특했다.

"조금만 더 힘내거라. 이제 곧 도착이다."

그녀의 말에 사령들이 힘차게 날갯짓을 했다.

지하사문에 도착한 바리는 이름 그대로의 모습에 헛웃음을 지었다. 이래서 땅 아래에 위치한 죽음의 문, 지하사문(地下死門)이라는 것인가?

바리가 푸른 옥색으로 옅게 빛나는 연못을 바라봤다. 연못의 가장자리 깊숙한 곳에 옥석(玉石)으로 만들어진 지하사문이 있었다. 저곳에 가고자 한다면 물속으로 들어가야 한다.

연못으로 흘러드는 물길을 따라 시선을 올려다보니, 곤륜산 정상인 옥산(玉山)에 위치한 서왕모의 요지성궁에서부터 물줄기가 흘러나오고 있었다. 아마도 정확히는 요지성궁 안, 서왕모의 정원에 있다는 반도원(蟠桃園) 옆에 위치한 얼지 않는 샘물인 곤륜지(坤崙池)가 물의 근원이리라.

요지성궁을 바라보는 바리의 눈동자가 깊어졌다. 그녀는 곤륜산에 살면서 단 한 번도 서왕모를 본 적도, 하다못해 그녀의 숨결조차도 느껴본 적도 없었다. 그런 생면부지인 존재가 천계의 여주인, 왕모낭랑의 소유에 침입하게 되다니. 이 일이 알려지면 선계와 천계가 발칵 뒤집어질 것은 불 보듯 뻔했다.

'후. 이제 와서 죄책감 따위를 느끼려는 건가.'

바리의 얼굴에 잠시 쓸쓸한 미소가 떠올랐으나 이내 다시 사라졌다. 이제 명계로 갈 시간이다. 손 안에서 제균이 이제야 정신을 차렸는지, 바스락거리는 것이 느껴졌다.

"여긴……."

제균이 작은 새머리를 들어 주변을 둘러보다 화들짝 놀라고 말았다. 날개가 바리 손에 잡혀 있어, 그는 짧은 목을 뻗어 부리로 연못을 가리키며 물었다. 그의 목소리가 당황스러움에 잘게 떨렸다.

"바리야. 너, 너 설마…… 저, 저 문으로 가려는 것은 아니지? 응? 아니라고 해주겠니? 응? 여긴, 왕모낭랑의 소유지란 말이다!"

그러나 친절함이 결여된 바리는 대답 대신 자신의 힘을 해방시킴과 동시에 물속으로 들어갔다. 마치 귀(鬼)와 같은 모습이었다. 그녀에게서 퍼져 나오는 붉은 안개가 주인의 모습을 따라가며 이내 지하사문 안쪽으로 그 자취를 감췄다.

밖에서 본 연못은 찰나의 일렁임만이 있었을 뿐이다. 그것도 곧 잔잔하게 가라앉아 누군가가 지나갔다는 흔적 하나 남아 있지 않았으나, 이 모습을 요지성궁에서 바라보는 한 여인이 있었다. 여인의 곁엔 청조(靑鳥) 세 마리가 곁을 지키며 날아다녔다.

그녀는 바로 이 곤륜산의 주인이자 영생과 죽음, 재앙과 형벌, 그리고 사랑과 운명을 주관하는 최상위 여신, 왕모낭랑 서왕모(西王母)였다. 바리가 지나간 연못을 지켜보던 그녀의 눈동자가 그리움에 잠겼다. 가느다란 고운 목소리가 조용히 천공을 울린다.

"내, 그대에게 눈물짓고 말했지요.

흰 구름은 하늘에 떠 있고, 산봉우리 드높이 솟았는데. 그대 가시는 길은 아득하고, 산과 내가 우리 사이를 떼어놓았네. 바라건대 그대 오래 사시어, 다시 오실 수 있기를…….

그대, 웃으며 화답해 주길.

동쪽의 내 땅으로 돌아가, 나라를 잘 다스리리. 만백성이 잘 살게 되면 그대를 볼 수 있으리. 삼 년이 되면, 내 다시 이곳으로 돌아오리.[1]"

사무치는 그리움은 거대한 해일이 되어 서왕모의 마음을 무너뜨렸다. 이내 서왕모의 눈에서 눈물이 또르륵 떨어져갔다.

"……희만……."

희만. 서왕모와 사랑을 나눴다고 세간에 알려진 주(周)나라 5대 왕, 목왕(穆王)의 본명이었다.

❋

명계(冥界). 죽은 자들의 세계. 살아 있는 자는 절대로 들어갈

---

[1] 목천자전(穆天子傳): 기원 전 5~4세기경 중국의 가장 오래된 역사 소설이자 최초의 기행문. 지은이 미상. 목왕과 서왕모가 주고받은 시 구절 발췌.

수 없다는 지하의 세계를 지금 바리가 건너고 있었다. 바리의 예상과 달리 명계로 향하는 길엔 죽음이 끌어당기는 강도, 육체를 녹이는 지옥의 염화도, 영혼을 망가뜨리는 죽은 이의 원한이 담긴 비명도 그 무엇도 없었다.

하지만 그래서 더 고요하고, 적막하고, 건조한 슬픈 곳이었다. 바리가 어두운 명계를 묵묵히 걸어가며 나직막이 속삭였다.

"이곳은 무덤과 다를 바가 없구나. 이것이 안식인가……. 이것이…… 그대들의 마지막인 것인가."

그녀의 말에 사령들이 날개를 퍼덕이며 바리의 곁에 매달렸다. 마치 그러지 말아달라는 것처럼 몸을 비볐다. 드디어 바리의 손에서 해방된 제균이 바리 어깨 위에 앉아, 그녀의 어깨를 부리로 콕콕 찔렀다.

"슬프더냐. 이곳 역시 너에겐 위로가 되지 않는 겐가."

제균의 목소리는 낮게 가라앉아 있었다. 명계의 음기가 제균의 도력과 상충되어 그의 힘을 빼앗아가는 것도 있었지만, 그보다 더 그를 힘들게 하는 것은 명계로 갈수록 어두워지는 바리의 얼굴이었다.

제균의 질문에 바리가 허탈하게 웃었다.

"제균. 무엇을 바라는가, 이 반인반귀에게. 난 완벽하지 못한 존재, 세상의 이치를 어긴 존재다. 내 비록 원해서 이리 태어난 것은 아니나, 그 어디에도 속하지 못하니 당연히 이곳 역시 나의 안식이 될 수 없을 터."

돌아오는 바리의 대답에 제균은 아무 말도 할 수 없었다. 왠지 그녀가 울고 있다는 생각이 들 뿐이다. 인간에겐 인간계가, 신선에겐 선계가, 천상의 신에겐 천계가, 하물며 죽은 이에게도 명계와 지옥이 있거늘……. 반인반귀인 그녀에겐 그녀를 위한 세계가 없다니. 세상엔 이리 많은 세계가 존재하는데!

"……울지 마라, 바리야. 난 네가 울면 어찌해야 할지 모르겠다."

"바보 같긴. 난 울지 않는다. 울고 있는 것은 네가 아닌가? 명계의 바닥이 새 눈물로 가득 차겠구나."

그제야 제균은 자신의 눈에서 떨어져 흐르는 눈물방울을 깨달았다. 바리의 말대로 자신은 스스로도 모른 사이에 눈물을 흘리고 있었다. 자신의 눈물로 인해 바리의 어깨 언저리가 축축이 젖었으나, 그녀는 이를 질책하지 않았다.

제균이 고개를 돌려 바리를 올려다봤다. 나는 이리 슬픈데, 여리디여린 우리 바리는 어쩌려나. 그런데 그의 생각과 달리 바리는 울지 않았다. 제균을 내려다보는 바리의 눈엔 흔들림이 없었다.

슬픔 한 점 없이 깨끗한 눈동자, 그래서 더욱더 이질적이고 기시감이 느껴지는 모습을 하고는 바리는 새하얗게 웃었다.

"제균. 새똥 같아 보이는 네 눈물이 그다지 좋지만은 않구나."

"뭐, 뭐라!"

제균이 얼굴을 찡그리며 날개를 퍼덕였으나, 바리는 신경 쓰지 않는다는 듯 매몰차게 고개를 돌렸다. 그 모습을 바라보는 제균의 눈이 안타깝게 가라앉는다.

바리는 다시 앞을 응시하며 묵묵히 걸었다. 더 이상 그에게 해줄 말이 없었다. 지난 백 년간 고민한 것임에도, 자신 역시 아직도 그 답을 찾지 못했으니…….

어쩌면 마음 깊은 곳에선 이미 포기한지도 모르겠다. 자신은 처음부터 외로운 존재였고, 그 어느 축에도 끼지 못한 존재였기에 그녀 스스로 정해 버렸다. 곤륜산 구석에 위치한 푸르디푸른 밤나무 한 그루. 작다면 작고, 크다면 큰 그곳이 자신의 안식처이니 다른 곳은 이제 필요 없다고 단념했다.

그럼에도 가끔씩 마음이 흔들리는 때가 오면 바리는 스스로에게 속삭였다. 진정한 안식은 오직 나 자신에게 있다고.

생각이 꼬리에 꼬리를 이어가며 깊어진다. 어둠이 과거의 잔물결 속으로 점차 잠겨간다. 더 깊이, 더 아래로. 깊어지는 생각을 따라가다 보니 바리는 잔상처럼 한 사내의 목소리와 그의 부드러운 손길을 떠올렸다. 순간 마음속이 울렁거린다.

'뭐지, 이건?'

귀안이 붉게 물들며 그 사이로 기운이 새어나왔다. 이것은 실제로 일어나는 일인가, 나의 환상인가. 그것도 아님 망혼들의 저주인가. 바리가 고개를 숙여 자신의 몸을 내려다봤다. 몸이 작아져 있었다. 이윽고 자신이 서 있던 공간이 일그러져 갔다. 새롭게 창조된 무의 공간에서 바리는 자신을 보았다. '저것'이 정녕 자신인지는 모르나, '저것'은 분명 자신의 모습을 하고 있었다.

아직은 어렸던 그때. 슬픔에 잠겨 하염없이 눈물을 흘리던 작았던 나. 사랑을 갈구하던 지독히 외로운 존재.

속삭인다. 누군가가 자신에게 속삭인다. 누군지 모를 이가 그녀의 상처를 어루만진다.

[울지 마라. 나약함을 극복해라. 강해져라. 스스로를 사랑해라.]

아아, 그대는 누구인가? 나를 위로하는 그대는 정녕 '나'인가, '귀(鬼)'인가, 그도 아니면 도대체 누구인가. 모습을 보여다오. 이리 환상 속에서 나를 위로한다며 혼란스럽게 만들지 마라.

그녀의 귀안이 점점 더 붉게 변했다. 붉은 기운이 바리의 온몸을 감싸며 점차 잠식해 간다. 귀기가 바리의 다리를, 팔을, 몸을, 마음을 차츰 먹어치운다. 붉은 안개 사이로 마지막에 남은 것은 바리의 얼굴뿐. 그녀가 자신을 보며 구슬프게 우는 '그것'을 향해 차갑게 비웃었다.

"나를 더 이상 농락하려 하지 마라. 내가 너를 잡아먹기 전에 관두는 것이 좋아."

바리의 말이 끝남과 동시에 과거의 기억은 비명을 지르며 사라져 갔다.

"쯧."

바리는 짧게 혀를 차며 눈을 깜빡였다. 붉게 변한 귀안이 새어 나온 힘을 억누르며 잠잠해졌다.

역시 명계란 말인가. 그동안 명계로 가는 길이 참 무던히도 쉽다 하였다. 방금 것은 사념(死念)이 가득 녹아 있는 명계의 기운이 바리의 눈을 속여 장난을 쳐 온 것이었다. 마음속 깊이 묻어 놓은 과거를 이용해, 그녀의 어둠에 파고들어 죽음의 나락으로 끌어당기려 하다니…….

'어쭙잖은 것. 나의 어둠은 나의 존재 자체. 한낱 망령 따위가 파고들 수 있는 것이 아니다.'

바리는 죽은 이의 망령이든, 사귀(邪鬼)든, 그 무엇이든 자신을 건드리려 한 것에 대해 마음껏 비웃었다. 그녀의 눈에 냉기가 서렸다. 그녀가 당당히 고개를 들고 앞을 바라봤다.

바리는 걷고 또 걸었다. 깊어져 가는 죽음의 향기에 그녀는 이제 명계에 다 와간다는 사실을 인지했다. 저 앞에 하얀 빛이 일렁였다. 빛 가까이에 약 10척은 넘어 보이는, 청동으로 만들어진 거대한 명계의 문이 보였다. 저 문이 바로 진정한 명계의 입구. 저 문 뒤편엔 '그'가 있다.

어릴 적, 짧디짧은 만남을 흉터처럼 새겨 버린 염라대제, 율.

하지만 바리는 곧 얼굴을 찡그려야 했다. 귀찮은 일이 하나 더 생겨 버린 것 같다. 명계의 입구를 지키는 파수꾼의 모습에, 바리는 잠시 발걸음을 멈춰 어둠 속에 몸을 숨겼다.

명계의 문 바로 아래, 몸은 하나이나 아홉 개의 사자 머리를 가진 거대한 괴수가 누워 있었다. 그런데 그보다 더 기이한 것은 그 괴수의 몸 위로 또 한 마리의 사자가 연화좌(蓮華座)를 사이에 깔고 앉아 있다는 것이었다. 크고 풍성한 백색 갈기가 사자의 몸 전체를 뒤덮고 있는 모습이 참으로 신비하고도 경이로웠다.

바리는 고민했다. 보아하니, 괴수 위에 앉은 사자가 이곳의 '진정한' 파수꾼일 터. 과연 자신의 힘으로 저곳을 뚫고 갈 수 있을까? 바리가 한참 고민에 빠져 있는 사이, 문득 제균의 목소리가 작게 들려왔다.

"저것은 태을구조천존의 신수(神獸)가 아니던가. 아니, 그럼 저 위에 앉아 있는 사자는 뭐지?"

"태을구조천존?"

"그래, 태을구조천존. 천계의 최상위 신이다. 이 세상을 창조했다던 원시천존(元始天尊)과 같은 고대 신이기도 하지. 저 아홉 머리의 사자는 분명 그의 신수이다."

제균의 설명을 들은 바리의 얼굴이 더욱 심각해졌다. 천계 최상위 신의 신수가 왜 명계에 있단 말인가. 신수가 있다면 분명 신도 왔을 터. 아무리 제가 가진 힘이 특이하고 기이하기는 하나, 신이라니. 신수라니! 어림도 없는 일이다.

하지만 자신은 꼭 저 문을 지나가야 한다. 여기까지 온 것은, 사령들의 소원을 이뤄주기 위해서다. 이대로 포기할 순 없었다.

바리가 여전히 제 어깨에 앉아 있는 제균을 돌아봤다. 그를 내려다보는 시선이 오묘했다.

"제균."

"응?"

"신이나 신수가 신선을 죽이는 일이 있었나?"

"글쎄. 내가 듣기로는 아직까진 없었던 것 같던데."

그의 대답에 바리의 눈빛이 이상하게 반짝이는 것 같았다. 제균은 설마하며 마음 속 불안감을 애써 무시하려 했다.

"마지막으로 하나만 더 물을게. 신선은 쉽게 죽나?"

"그럴…… 리가 없지 않느냐."

"알았다. 제균."

알았다며 고개를 작게 끄덕이는 바리의 표정이 한층 밝아졌다. 바리가 결의를 다진 얼굴로 귀안의 힘을 개방했다. 붉은 기운이 넘실대며 주변의 모든 것을 먹어치웠다. 사령들이 불안감에 몸을 떨며 바리의 곁에 꼭 붙었다.

바리는 마음을 다지며 빠르게 길을 지나쳐 날아갔다. 그녀의 붉은 귀기가 잔상처럼 긴 그림자를 만들며 흩어져 갔다. 명계의 파수꾼이 이상한 낌새를 감지한 것은 한순간이었다. 순식간에 몸을 일으킨 아홉 머리의 사자가 저 앞에서 문 쪽으로 날아오는 바리를 향해 입에서 불을 토해냈다. 바리가 엄청난 열기를 간신히 피하며 손에 쥔 무언가를 사자를 향해 날렸다. 바리의 안타까운 목소리가 작게 들리는 것 같다.

"미안, 제균. 유비무환이라……. 대비책은 이럴 때 쓰라고 있는 것이라 생각되는구나."

"으아아아아악!"

그렇게 제균은 한 마리의 새가 되어, 아니지. 그는 이미 한 마리의 극락조였으니 눈물을 머금고 절절한 비명을 지르며 사자에게로 날아갔다. 분명 그의 의지로 행한 행동은 아니었지만, 바리의 힘으로 인해 궤도가 전혀 바뀌지 않았다.

아홉 머리의 사자 위에 앉아 있던 사자가 제균을 향해 포효를 터뜨렸다. 바리는 제균이 사자의 시선을 뺏는 순간을 노렸다. 제균의 알록달록한 깃털에 놀란 파수꾼이 제균에게 시선을 빼앗긴 틈을 타, 바리가 재빨리 문 가까이로 다가섰다.

바리의 발걸음이 가볍게 멈춰 섰다. 저승의 사자(使者)의 모습이 음각된 명계의 문 앞에 선 바리가 깊게 숨을 들이마셨다.

'드디어 도착했어. 이제 진정한 명계(冥界)다.'

잠시 생각을 정리한 바리가 굳은 얼굴로 두 팔에 강한 힘을 실어 문을 열었다. 끼이익, 육중한 소리를 내며 문 안의 세계가 마침내 바리의 눈앞에 펼쳐졌다. 바리는 무의식중에 숨을 멈췄다. 밀려오는 신들의 위압감에 몸이 떨려왔다.

"……초대 받지 못한 것이 왔군. 누구냐?"

차가운 눈빛. 감정 없는 목소리. 백여 년 전, 마을에서 본 모습에서 전혀 변한 것이 없는 그가 옥좌에 앉아 명계에 들어온 바리를 내려다봤다.

죽음을 관장하는 명계의 군주, 염라대제(閻羅大帝).

빠르게 기억이 백여 년 전으로 돌아간다. 어린 계집이 염라대제의 그래, 바로 저 물음에 멍청하게 '역귀'라 대답했지.

'하지만 지금은…….'

다른 것은 보이지 않는다. 염라대제 곁에서 자신을 흥미롭게 쳐다보는 붉은 머리의 아름다운 여인도, 자신의 뒤를 쫓아 들어온 명계의 파수꾼도, 파수꾼의 입에 물린 제균도, 그 어느 것도 바리의 시선을 흩뜨리지 못했다.

바리는 오직 염라대제만을 똑바로 응시하며 가볍게 예를 갖추며 입을 열었다. 얼핏 들으면 경쾌함이 묻어나는 것과도 같았다.

"저는 반인반귀. 세상의 이치를 어긴 존재가 명계의 신들께 인사를 올립니다."

……몸의 떨림이 멈췄다. 그렇게 바리는 염라대제와 다시 재회했다. 죽음만이 이어줄 거라 생각했던 만남이, 예기치 못한 사건으로 다시 이리 이어지게 되었다.

제 二 장
거래

　문 안의 세계인 진정한 의미의 명계는 거대한 대전(大殿)으로 이어졌다. 바리가 현재 있는 곳은 명계의 신들이 죄인을 심판하는 곳, 사자(死者)가 최초로 방문해서 자신이 앞으로 갈 곳을 정하는 주절음천궁(紂絶陰天宮) 그 중앙이었다. 그리고 청문장을 중심으로 세 개의 옥좌가 마치 사자(死者)의 숨을 조여오듯 둘러싸고 있었다.

　좌(左)엔 곱슬거리는 붉은 머리칼과 짙은 갈색 눈동자가 눈에 띄는 화려한 여인이, 우(右)엔 언제 들어온 건지 모를, 문 앞에서 파수꾼 역할을 한 사자가 풍성한 백색 갈기를 휘날리며 느긋하게 누워 있었으며, 마지막으로 정중앙엔 명계를 다스리는 염라대제가 거대한 옥좌에 앉아 차가운 시선으로 바리를 내려다보고 있었다.

가장 먼저 바리를 보고 반응한 것은 좌측에 앉아 있던 미인이었다. 살아 있는 이는 명계에 올 수 없다는 오랜 불문율이 방금 깨져 버렸다. 게다가 그 존재가 평범한 존재가 아니라니. 구화가 두 눈을 반짝이며 입술을 말아 올렸다.

"호오, 오랜만에 신의 길로 찾아온 이가 참으로 흥미로운 존재가 아닐 수 없구나. 반인반귀라? 처음 듣는 존재로다. 세상에 그런 불완전한 존재가 있을 수 있단 말인가."

침상 같은 옥좌에 몸을 길게 뉘인 백사자가 제 손에 들린 제균을 툭툭 건들면서 느긋하게 대답했다. 제균은 더 이상 반응하기도 귀찮은 듯한 모습이었다.

"본디 이물교혼(異物交婚)은 금지되어 있으나, 아예 없는 것은 아니지. 저것과 비슷한 것을 하나 더 알고 있다."

파수꾼의 말에 놀란 것은 다름 아닌 바리였다. 사자가 나른히 풀린 눈으로 바리를 내려다보며 말을 이었다.

"……저 멀리, 동해 용왕이 다스리는 나라에 비형랑이라는 반인반귀가 있다. 그 역시 저 계집과 같이 인간과 귀(鬼) 사이에서 태어난 이물교혼의 흔적이지. 뭐, 반인반귀가 아닌 존재도 있긴 하지만."

사자의 시선이 문득 염라대제에게 닿았지만, 염라대제는 여전히 한없이 차가운 얼굴을 하고 있을 뿐이었다. 바리는 사자의 말에 동요를 드러냈다. 마치 망치로 머리를 맞은 듯한 강한 충격이었다.

'나와 같은 이가 있다니. 비록 동해 용왕이 다스리는 나라가

어딘지는 모르나, 존재한다. 이 세상에, 나와 같은 반인반귀인 존재가.'

그 사실은 온몸의 세포를 요동치게 했다. 참을 수 없는 희열에 피가 들끓었다. 그런 바리를 유심히 지켜보던 구화의 시선이 잠시 그녀의 목에 멈췄다. 그녀의 예리한 눈썰미는 바리의 목에 새겨진 익숙한 기운을 풍기는 주인(主印)을 놓치지 않았다.

'……제대로 찾아왔구나.'

곧 그녀의 목에서 눈을 뗀 구화가 빙긋 웃으며 다시금 입을 열었다.

"흥미로운 이야기로구나. 그래, 아이야. 무엇을 위해 여기까지 온 것이냐."

그제야 자신이 이곳에 온 목적을 상기한 바리가 한 걸음 앞으로 나와, 바로 앞 상석에서 싸늘히 내려다보는 염라대제를 향해 입을 열었다.

"염라대제시여, 제가 이곳까지 온 것은 바로 반혼을 요청하기 위해서입니다."

순간 염라대제의 눈썹이 꿈틀거렸다. 하지만 바리는 상관없다는 듯, 무심한 얼굴로 손을 들어 자신의 주변에 맴도는 사령들을 어루만졌다. 신들의 위압감에 움츠려 있던 그들이 바리의 손가락에 얼굴을 비볐다.

"이 아이들이 말하길, 억울하게 죽은 영혼이 있다 합니다. 몸은 살아 있으나 영혼이 강제로 명계로 보내졌다면, 그것은 아직 죽을 운명이 아닌 게지요. 하여, 그 불쌍한 영혼의 반혼을 요청

합니다."

한순간 명계에 적막감이 돌았다. 구화가 두 눈을 빛내며 바리와 염라대제를 돌아봤고, 사자는 손 안에 쥔 제균을 갖고 놀며 상황을 주시했다. 이윽고 염라대제의 낮고 굵은 목소리가 주절음 천궁 대전에 울려 퍼졌다.

"불허(不許)한다."

물론 그리 쉽게 허락해 주리라고는 생각하지 않았지만, 일말의 동정도 없이 단칼에 거절한 염라대제의 행태에 바리는 그만 울컥하고 말았다.

"어째서입니까!"

"네가 말한 일은 있을 수도 없으며, 설령 그렇다 한들 반혼은 윤회의 사슬을 엉클어지게 만드는 일. 불가한 일이다."

염라대제의 말에 바리의 얼굴이 딱딱하게 굳었다. 바리는 냉정을 되찾기 위해 숨을 멈추고 잠시 눈을 감았다 떴다. 다시 뜬 눈은 형형하게 빛나고 있었다.

"그럼 거래는 어떠합니까? 과거 인간계를 수습하러 올라온 염라대제께서 이리 말씀하셨지요. 사념에 물든 사령은 명계로 돌아올 수 없다고요. 하오나 제가 지상에서 길 잃은 영혼들을 이리 데려왔으니, 그 수고에 대한 대가라 하면 어떨지요."

바리의 맹랑한 말에 염라대제가 어이가 없다는 듯 조소를 흘렸다.

"내가 언제 네게 사념에 물든 영혼을 데려오라 한 적이 있던가? 필요 없다. 요구하지 않은 것에 대한 대가라니. 어불성설일

지어다."

돌아오는 염라대제의 싸늘한 대답에 바리의 눈에 결국 분노가 차올랐다. 그녀의 붉은 귀안이 분노로 인해 음습함을 머금으며 더 짙고 어둡게 일렁였다. 분노를 참기 위해 입술을 깨물었으나, 입술이 파르르 떨리는 것이 느껴졌다.

'당신은 그때도 지금도 똑같아. 죽은 자를 위해 존재하는 염라대제가 어째서 그리 무심한 거지? 어째서 그리 냉정한 거지? 어째서!'

바리가 뭐라고든 염라대제에게 쏘아붙이기 위해 입을 달싹거리려던 그때였다. 팽팽하던 이들의 대치상황에 구화가 끼어들었다. 그녀의 청아한 목소리가 어둡게 가라앉은 대전의 기운을 내쫓았다.

"하나, 방법이 아예 없는 것도 아니지 않는가?"

순간 염라대제의 눈빛이 날카로워졌지만, 그녀는 신경 쓰지 않는다는 듯이 염라대제의 시선을 무시하며 노래하듯 말을 이어갔다.

"태령이라면 불가능한 일도 아니지. 지옥 사면권을 가진 태을구조천존. 그대라면, 반혼이 가능하지 않은가?"

구화가 백(白)사자를 돌아보며 빙긋 웃었다. 그녀의 말에 새삼스레 놀란 것은 바리였다. 역시 그는 평범한 사자가 아니었던 건가. 하나 태을구조천존, 천신이라니……. 그래서 자신의 신수 위에 앉아 있던 게로군.

갑작스럽게 지목당한 태령의 몸이 움찔거렸지만, 그는 이내 콧

방귀를 뀌었다.

"거절한다. 사적인 일은 나의 영역이 아니리."

태령이 제균을 가지고 놀며 퉁명스레 대답했지만, 구화는 여전히 웃는 낯이었다.

"후후, 태령. 그런 말은 손에 쥔 신선부터 놓고 말하라. 모든 일엔 대가가 있는 법. 그대가 지금 누리는 유희는 저 아이가 이곳에 오지 않았다면 불가능했을 터. 너에겐 어려운 일도 아닌 것을, 어찌 그리 야박하게 구는가?"

그녀의 말이 허를 찌른 듯 태령의 털이 곤두섰다. 그가 더는 대꾸하지 않고 팽하니 고개를 돌려 버렸다.

"흥!"

구화는 그것이 태령의 허락임을 알아챘다. 곧바로 그녀의 시선이 염라대제에게로 향했다. 그녀의 눈빛은 말없이 대답을 재촉하고 있었다. 하지만 염라대제는 대답 없이 감정 없는 눈으로 바리를 내려다볼 뿐이었다. 그와 바리의 시선이 짧게 엉켰다. 결국 찰나의 정적 끝에 그의 입에서 무거운 허락이 떨어졌다.

"……마음대로 하라."

그에 구화가 만족스러운 표정을 지으며 청문장 중심에 서 있는 바리를 내려다봤다.

"이들의 허락이 다 떨어졌으니 이제 네가 원하는 일을 이룰지도 모르겠구나."

"그럼……!"

"하나 모든 일에는 대가가 따르지. 그러니 내 그대에게 한 가지 제안을 하겠다."

기대하고 있던 바리의 미간에 미세하게 실금이 갔다. 역시, 너무 쉬이 일이 풀린다 했다.

"무엇을 말이십니까?"

"아이야. 네 주변에 얽혀 있는 사령들을 보자니 네 능력이 어느 정도인지 궁금해지는구나. 명계로 온 영혼들은 그들의 생(生)에 대한 심판을 받기 전, 영혼의 방에 모이도록 되어 있단다. 아마 지금쯤이면 네가 말한 영혼도 그 방에 있겠지. 하니, 네가 영혼의 방에서 그 영혼을 구별해 낸다면 내 태령의 능력으로 반혼을 허락하마. 어떠냐. 해보겠느냐."

구화의 예기치 못한 제안에 태령이 이번에는 관심을 가지는 것이 보였다. 저 멀리서 그의 '그럼 그렇지'라는 작은 목소리도 들려왔다.

'어찌 명계의 신들은 저리도 거래를 좋아하는 것인지……'

바리는 작게 한숨을 내쉬었다. 하지만 아무리 불만스럽다 한들, 그녀에겐 구화의 제안을 가장한 강제적인 조건에 거부할 수 있는 권리가 없었다. 저 제안을 받아들이지 않으면 거래는 깨지고 말 것이다.

"……해보도록 하겠습니다."

"그래. 그럴 줄 알았느니라. 단, 그 일은 식사 후에 하도록 하자꾸나. 비록 명계라 시간의 흐름을 느낄 수는 없다 하나, 살아 있는 존재인 네겐 부담이 될 것이니."

바리가 고개를 살짝 숙이며 그녀의 말에 수긍했다.

"원하시는 대로 하시길. 명계의 신이시여."

한결 순종적이게 된 바리의 모습에 구화가 작게 웃으며 고개를 저었다.

"아니, 그리 부르지 말거라. 나는 지옥의 피의 연못을 다스리는 여신, 지두부인 구화(謳花)다. 구화라 부르도록 하라."

"……네, 구화님."

원하는 답변을 들은 구화가 만족스러운 표정을 지었다. 그녀의 얼굴에 포근한 부드러움이 퍼져 나갔다.

"자아, 오래간만에 먼 곳에서 손님이 찾아왔으니 성대한 만찬을 열도록 하지."

말을 마친 그녀가 허공을 휘젓듯 작게 손짓을 하자, 순식간에 어디서 등장했는지 모를 시종들이 나타났다. 그들은 주인의 명령에 복종하듯, 무릎을 바닥에 꿇고 양손을 가슴에 교차시키며 고개를 숙였다.

"부족함 없이 연회를 준비하도록 하라."

그녀의 명령이 끝남과 동시에 시종들이 일사불란하게 움직이기 시작했다. 그런 시종들을 바라보는 바리의 눈이 가늘어졌다. 시종들은 얼굴을 검은 천으로 가리고 있었다. 검은 천 사이로 얼굴이 보일 리 만무하나, 바리의 붉은 귀안은 그것을 가능케 했다. 그들의 눈동자가 동공 없이 검게 물들어 있었다.

'인간이 아니로다. 죽은 자들이 시종을 하고 있는 것인가.'

바리는 곧 시선을 거뒀다. 저들이 무엇인지 상관없었다. 어차피 자신은 모든 일을 끝내면 이곳 명계를 떠날 몸. 최대한 저들과 엮이지 않는 것이 나을 터였다.

'후······. 어서 지상으로 돌아가고 싶어.'

괜한 두통이 이는 것 같아 바리가 작게 고개를 흔들었다. 그런 그녀 앞에 시종 하나가 서더니 공손히 고개를 숙였다. 바리의 눈동자가 의문에 휩싸이자, 의문을 풀어준 것은 그녀를 계속 주시하던 구화였다.

"저 아이가 앞으로 너의 시중을 들어줄 게다. 자아, 네가 쉴 만한 곳으로 데려다줄 터이니, 어서 따라가 보거라."

여인의 모습을 한 시종이 몸을 비틀며 주절음천궁 뒤편으로 손짓을 했다. 잠시 망설이던 바리는 이내 묵묵히 그녀를 따라나섰다.

바리가 주절음천궁 대전에서 나가고, 이 전체를 무심히 바라보던 태령 역시도 어슬렁어슬렁 일어났다. 여전히 그의 뭉툭한 손엔 이미 정신줄을 놓고 기절한 제균이 쥐어져 있었다. 이어 곧 태령의 모습도 대전에서 사라지자, 비로소 둘만 남게 된 염라대제, 율이 차갑게 구화를 쏘아붙였다.

"무슨 짓을 꾸미려는 게지, 구화."

만년설보다도 더 차가운 율의 시선이 구화를 노려봤지만, 그녀는 전혀 괘념치 않았다. 오히려 그녀의 입매는 곡선을 그리며 휘어졌다.

"시작은 네가 아닌가? 내가 모를 줄 알았나, 저 아이의 목에 찍힌 너의 주인(主印)을. 남에게 무심한 네가 유일하게 선물을 전해준 상대가 아니더냐."

"너랑은 상관없는 일이다. 계집과 거래한 것은 한순간의 변덕이었을 뿐."

"흥, 그러면서도 저 아이를 매번 찾아갔으면서. 쥐새끼처럼 아이가 잠든 틈을 타 말이지. 아아, 아이가 참으로 탐스럽게 자라지 않았던가. 옛날의 그 계집아이는 온데간데없고, 어느 순간 참한 여인이 되어 네 눈앞에 나타났구나."

"시끄럽다."

"그러니 취해라, 율. 내가 애써 물어다준 기회를 이대로 걷어차 버리진 않겠지."

계속된 구화의 도발에 결국 율에게서 거센 노성이 터져 나왔다.

"닥쳐라, 구화!"

"이대로 사라지려 하지 마!"

구화 역시 지지 않고 목청을 높였다. 평소의 온화했던 그녀의 모습은 이미 사라지고 없었다. 한편으론 초초해 보이기도 했다. 쉽게 물러서지 않을 것 같은 구화의 모습에 율이 낮게 한숨을 내쉬며 짧게 축객령을 내렸다.

"그만 가봐라. 피곤하군."

구화가 자신의 옥좌에서 몸을 일으켜 사뿐한 발걸음으로 율에게 향했다. 그의 앞에 선 그녀가 한결 누그러진 모습으로 그의 얼굴을 부드럽게 쓰다듬었다.

"네가 다시금 그 계집에게 관심을 갖기 시작했음을 내 모르지 않는다. 그 아이를 보던 네 눈동자에 어렸던 흥미를 내 모르지 않아."

"……"

"현명한 선택을 하기 바란다, 율. 난 절대 널 방관하고 있지만
은 않을 것이란다."

마지막으로 율의 턱을 손가락으로 집어 톡톡 건드린 구화가 이
내 주절음천궁 대전을 빠져나갔다. 그녀의 긴 옷이 바닥에 끌리
는 소리가 나지막하게 들려왔다.

홀로 대전에 남은 율은 구화의 말을 곱씹으며 손바닥에 얼굴
을 파묻었다. 치밀어 오르는 비릿한 광소를 애써 집어삼켰다.

"웃기지도 않은 짓을 했군, 구화."

구화가 어디까지 알고 있든 상관없다. 그녀의 계획으로 계집이
제 스스로 이곳까지 왔더라도 모든 것은 결국에 자신의 뜻대로
흘러가리라.

율의 얼굴을 덮고 있던 무표정한 가면이 깨졌다. 손가락 사이
로 보인 그의 눈빛은 무척이나 지쳐 있으면서도, 어쩐지 알게 모
르게 희열이 배어 있었다. 가라앉아 있던 검은 눈동자가 핏빛과
함께 요동치기 시작한다.

그들이 바리를 다시 부른 것은, 그로부터 약 두 시진이 지나서
였다. 시종의 뒤를 따라 그녀가 도착한 곳은 화려한 만찬이 준비
되어 있는 연회장이었다. 연회장엔 이미 다른 명계의 신들이 자

리에 앉아 있었다. 자신이 마지막으로 도착했음을 깨달은 바리가 재빨리 신들을 향해 고개를 숙였다.

"늦어서 송구합니다."

"되었다. 우리도 이제 막 온 참이란다. 자, 어서 앉으렴. 너를 위한 만찬이니."

구화가 바리를 반기며, 그녀를 염라대제의 맞은편에 앉혔다. 바리는 의식적으로 염라대제와 눈이 마주치지 않게 시선을 회피했다. 왜 하필 그의 맞은편인 건지. 그녀는 새어나오려는 한숨을 삼켰다.

"입에 맞았으면 좋겠구나. 자, 그럼 이제 시작하지."

만찬은 의아하리만큼 조용하게 이뤄졌다. 바리가 식사를 시작하던 찰나, 막 정신을 차린 제균이 바리에게 뭐라 외치려 했으나, 무언가의 힘에 막혀 목소리가 나오지 않았다. 갑자기 시선이 흐릿해졌다. 감기는 눈 사이로 제균이 마지막으로 본 것은 입가에 미소를 띠우는 구화, 그리고 붉은 기운이 옅게 퍼져 나오는 짙게 변한 그녀의 귀안이었다.

적은 음식으로 허기만 채운 바리의 시선이 자연스레 염라대제에게로 향했다. 그를 마주하는 건 두렵지만, 그럼에도 그에게 계속 신경이 쓰이는 건 어쩔 수 없었다.

'안 먹는 건가……?'

그는 식사를 하지 않았는지 앞에 놓인 접시가 깨끗했다. 그가 잔을 집어들었다. 보랏빛의 포도주가 미끄러지듯 입안으로 흘러 들어갔다. 바리는 마치 주술에 걸린 듯 그의 행동 하나하나를 놓치지 않았다.

얼마나 시간이 흐른 것일까. 마치 일 각이 여삼추와도 같았다. 그녀의 감각을 깨운 것은 염라대제의 시선이 그녀에게 닿음으로써였다. 순간 그와 두 눈이 정면으로 마주쳤다.

"아!"

낮은 탄성을 터뜨린 바리가 화들짝 놀라며 고개를 재빨리 돌렸다.

'설마 눈치챈 건 아니겠지.'

바리는 가슴이 빠르게 뛰는 것을 숨기기 위해 양손을 강하게 움켜잡았다.

식사를 끝내고 명계의 신들과 함께 영혼의 방으로 이동한 바리는 숨을 멈췄다. 그녀의 두 눈동자가 한없이 흔들렸다. 이윽고 오른쪽 눈이 따끔거리며 아려오기 시작했다. 겨우겨우 뻗어 나오려는 힘을 억누르고 있지만, 그녀는 영혼의 방에서 울려 퍼지는 사령들의 비명 소리에 귀를 막고 싶었다.

[살려줘.]

[구해줘.]

[난 죽은 거야?]

[이곳은 너무 차갑고 무서워. 돌아가고 싶어.]

제발, 제발, 제발…… 이어지는 사령들의 소리는 바리의 신경을 곤두서게 했다. 영혼의 방은 귀(鬼)의 목소리가 들리는 바리에겐 저주와도 다름없는 곳이었다. 어둡고 음습한 공간인 영혼의 방 안쪽 벽 창살 아래, 영혼들은 그곳에 갇혀 울었다.

이런 바리의 상태를 짐작한 듯 구화가 그녀의 어깨를 부드러운 손길로 쓰다듬었다. 구화와의 접촉에 사령들의 목소리가 점차 바리에게서 멀어져갔다.

"힘든 것이냐, 아이야. 포기하고 싶니?"

그녀의 질문에 바리는 아무런 대답도 하지 않은 채 잠시 눈을 지그시 감았다. 구화의 힘 아래 잠시 그들의 목소리가 들리지 않지만, 저곳에서 그녀가 원하는 포사의 영혼을 찾기 위해선 힘을 개방해야 한다. 힘을 개방하면 저 수많은 이들의 영혼의 울음이, 비명이, 그들의 생전 모습이 보여지겠지.

'하나 약속을 지켜야 해. 사령들과 한 약속을…….'

이 모든 것은 자신이 가진 힘의 대가. 이 세상에 무조건적인 것은 없다. 원했든 원치 않았든, 자신은 귀안(鬼眼)을 가졌고 평범한 인간은 가질 수 없는 힘을 품었다. 죽은 이를 보고 그들의 목소리를 듣는 것은 그것의 대가.

바리는 천천히 눈을 뜨며 고개를 저었다. 그녀의 눈은 맑게 개어 있었다.

"포기할 리, 없지 않습니까."

그녀의 모습에 구화가 흡족하게 웃었다. 그런 이들을, 뒤에서 율이 쳐다보고 있었다. 정확히는 '폭주'하지 않은 바리의 귀안, 그녀의 힘을……. 상황이 점점 흥미롭게 돌아갔다.

영혼의 방 창살 너머에 갇힌 영혼들을 뚫어지게 바라보던 바리가 마지막으로 뒤편에 서 있던 염라대제를 돌아봤다.

"거래는 꼭 지키셔야 합니다."

"신은 허언(虛言) 따윈 하지 않는다."

그의 확답에 그제야 바리는 마음을 놓을 수 있었다. 그래, 이 모든 것은 거래. 자신이 해낸다면 대가를 받을 수 있다. 바리의 옆에서 사령들이 날개를 퍼덕이며 그녀의 몸을 감쌌다. 걱정된다는 듯, 조심하라는 듯한 그들의 모습에 바리가 작게 미소를 지으며 속삭였다.

"걱정 마렴. 약속은 꼭 지켜줄게."

바리가 시선을 들어 정면을 바라봤다. 창살 너머에 갇혀 흐느끼는 영혼들이 보였다. 정적이 방 안을 감쌌다. 바리는 뒤에서, 혹은 옆에서 자신을 지켜보는 많은 시선이 느껴졌지만 곧 감각에서 지워 버렸다. 그녀는 잠시 눈을 감으며 호흡을 가다듬었다.

'해낼 수 있어.'

감긴 오른쪽 눈 사이로 붉은 기운이 스멀스멀 기어 나왔다. 천천히 눈을 뜬 바리는 이어 완벽하게 귀안을 개방했다. 일순 안개 같은 붉은 기운이 폭발적으로 터져 나오더니 바리의 몸을 감싸며 방 전체로 퍼져 나갔다.

귀안의 해방과 함께 영혼들의 생전 모습이 뚜렷하게 보이기 시작했다. 그들의 목소리가 여과 없이 아까보다 더 투명하고 깊게 들려왔다. 그들은 바리의 정신을 덮칠 듯 위험한 모습으로 그녀에게 다가가지만 창살에 가로막히고 말았다. 수많은 영혼들이 공간 밖으로 나오고자 창살에 매달렸다.

[내보내 줘! 날 꺼내달라고!]

[살려줘! 난 아직 더 살고 싶단 말이야!]

그런 그들을 바라보는 바리의 눈은 슬픔과 안타까움, 하지만 그보다 더한 냉정함을 품고 있었다. 자신은 과거의 어린 날, 그때의 그 계집처럼 더 이상 그들에게 휩쓸리지 않았기에.

귀안이 점점 더 검붉게 잠겨갔다. 죽음의 향기가 숨을 조여왔지만 바리는 신경 쓰지 않았다. 대신 그녀의 붉은 입술이 살짝 열리자 그 사이로 애절하고도 슬픈 목소리가 허공에 울려 퍼졌다.

넋이야- 하아- 아- 넋이로다
이 망자씨 이케 가시면 언제 와요
오만 날을 일러 주시오 애처런 인간의 명세로구나
삼천벽도 요지연으 숙낭자를 보러 갔소
표진강 숙행이는 때도 못 찾나 봐 지리산 포수가 봐
어느 때나 대씨기와 구공은 정담회포를 풀을까[2]

떠나야 하는 이들을 위한 망자풀이(亡者-)가 공간 가득 울려 퍼졌다. 바리가 노래를 부르며 천천히 영혼을 가둔 창살에 다가섰다. 그녀의 붉은 눈동자가 슬퍼하는 영혼들을 가득 담았다. 그녀는 잠시 영혼들을 어루만지듯 창살을 손끝으로 쓸어내다가 이내 창살 사이를 통과하듯 그 안으로 손을 집어넣었다. 붉은 귀기(鬼氣)가 바리의 손끝에 물들어 이 모든 것을 가능케 만들었다.

2) '서부평야 씻김 굿' 중 일부 발췌.

넋이오 넋이로다 원와진생으 무별령 넋이 열령

에-심심삼캐느 옥호강 염심불사 물색상 아지매 염주 법개강허고

외성의 무불가 평등사 나무 화척의 간고 서방 대교조

이-무량수 여래불 극락세계 사십팔원 중생

넋이요 넋이요 넋이로다

사령가(死靈歌)가 천천히 모든 이들의 가슴 안에 울려 퍼져갔
다. 곱고도 청아한 소리가 퍼져 나갈수록 영혼들이 점차 잠잠해
졌고, 모두가 숨죽이며 그녀에게서 시선을 떼지 못했다. 이내 사
령가가 아쉬움을 남기며 끝이 나자, 이어서 바리의 입에서 또 다
른 소리가 흘러나왔다. 바로 귀(鬼)의 소리였다.

[자아, 포사. 내가 그대를 찾아 이곳에 왔느니, 어서 나에게로
오라.]

그녀의 말에 언령(言靈)이라도 걸린 듯, 점차 영혼들의 형상이
일그러지더니 다시 둥근 불빛으로 돌아와 허공에 둥둥 떠다녔
다. 바리는 그 속에서 손을 휘젓다 마침내 자신의 손에 잡힌 '그
것'을 느꼈다.

자신을 찾아 다가온 '그것'에, 바리는 손을 거침없이 영혼의 창
살 너머에서 빼냈다. 그녀의 오른손 안엔 작고도 가녀린 한 영혼
이 안착해 있었다. 바로, 그녀가 찾아 헤매던 포사의 영혼이었다.

바리가 눈매를 곱게 접으며 환한 얼굴로 뒤돌아봤다. 그녀는
명계의 신들을 향해 손을 내밀더니 곧 천천히 손가락을 폈다. 바

리의 손바닥에 조용히 앉아 있던 영혼이 허공으로 떠올랐다.

"찾았습니다, 명계의 신들이여. 이 영혼이 바로 제가 반혼을 요구했던 포사의 영혼입니다."

그것을 확인한 구화와 태령의 눈동자가 커졌다. 이내 구화에게서 만족스런 웃음이 터져 나왔다.

"후후후, 해냈구나. 해냈어. 그럼 우리 역시 약속을 지켜야겠지."

구화가 자신의 옆에서 사자의 모습을 한 채 바리를 멍한 눈빛으로 바라보는 태령을 돌아봤다.

"태령."

그녀의 부름에 태령이 화들짝 놀라며 정신을 차렸다. 이윽고 태령의 몸이 환한 빛에 휩싸였다. 빛 사이로 드러난 것은 백색의 갈기가 인상적이었던 사자의 모습이 아닌, 장난기 많아 보이는 어린아이의 모습이었다.

태령이 바리를 향해 손을 뻗었다. 그의 자그마한 손 안에 밝은 빛들이 모이더니 이내 하얀 꽃물이 아름다운 흰 국화가 생겨났다.

"나는 죽은 자를 구제해 주는 신, 태을구조천존. 자, 죽은 자여. 내 이름을 부르거라. 그리하면 너의 소원이 이루어질 터이니."

바리의 손에 잠자코 놓여 있던 포사의 영혼이 태령의 말에 반응하듯 영혼의 불빛을 반짝였다. 바리의 힘을 이어받은 포사의 목소리가 조용히 밖으로 흘러나왔다.

[태을구조천존.]

포사가 잠시 멈칫하다 다시 조심스럽게 남은 그의 이름을 불렀다.

[태을구조천존, 태을구조천존…… 태을구조천존.]

총 열 번의 외침. 마지막 호명이 끝남과 동시에 하얀 국화가 공중에 두둥실 떠오르더니 바리의 손 위에 올라 있는 포사에게로 향했다. 이윽고 하얀 국화가 포사의 영혼에 파고들었다. 푸른 빛이 약하게 터져 나오며 포사의 영혼이 형상을 갖추듯 모습이 변해갔다.

바리는 놀라움을 감출 수 없었다. 하얀 손끝, 작은 몸, 오목조목한 이목구비, 흑단 같은 머리채가 뚜렷하게 형체를 가지며 색을 머금는다. 이것이 반혼(返魂). 죽은 자를 되살리는 것. 완전히 생전의 모습을 되찾은 포사가 바리를 향해 예를 갖췄다.

[지상과 명계의 중재자께 예를 갖춥니다. 감사합니다, 바리님. 우리들의 안식처여.]

말을 끝낸 포사의 몸이 점차 흐릿해졌다. 살아 있는 자는 명계에 있을 수 없는 세계의 법칙에 따라, 지상으로 영혼이 인도되는 것이다.

"자, 어서 네 육신으로 돌아가라, 포사."

바리의 말에 작게 고개를 끄덕인 포사의 모습이 이내 연기처럼 흔적 없이 사라져 버렸다. 바리의 얼굴엔 숨길 수 없는 기쁨이 가득했다. 자신이 해냈다는 생각보다 그들에게 도움이 되었다는 것이, 누군가에게 감사라는 것을 받았다는 사실에 가슴이 벅

찼다. 기쁨의 눈물이 방울방울 차올라 눈가에서 반짝였다. 바리가 명계의 신들을 향해 진정으로 마음에 우러나오는 예를 취했다.

"약속을 지켜주신 것에 감사의 말씀을 올립니다, 명계의 신들이시여."

그녀의 행동에 구화가 가볍게 고개를 끄덕였고, 태령의 몸은 다시 사자의 모습으로 돌아갔다.

"그럼 이만 나가자꾸나."

"네, 구화님."

바리가 구화를 따라 영혼의 방을 나섰다. 원하는 바를 다 이뤘으니, 이젠 지상으로 돌아가기만 하면 됐다. 하나 기쁨에 겨워 그녀는 미처 자신에게 닿은 염라대제의 시선을 놓치고 말았다. 침묵을 고수하며 계속 바리의 뒤만을 좇던 그의 눈동자가 위험한 빛을 띠었다.

바리는 다시 주절음천궁 대전 중앙에 섰다. 그녀는 이미 사령들을 명계에 귀속시킨 후였다. 그녀의 어깨엔 태령의 손아귀에서 겨우 벗어난 제균이 앉아 인사랍시고 신들을 향해 작은 머리통을 끄덕였다. 제균은 어서 빨리 지상으로 돌아가자는 듯, 바리의 어깨를 콕콕 부리로 찧어댔다.

"알았어, 제균."

성화스런 제균을 달랜 바리가 제법 예법을 차리며 명계의 신들에게 작별을 고했다.

"덕분에 제가 할 일이 모두 끝났으니, 이제 지상으로 돌아가고자 합니다."

흘러나오는 목소리가 제법 가벼웠다. 그것은 아마 부담감을 떨쳐낸 바리의 마음을 대변하는 것일 터였다. 반나절도 안 걸린 명계에서의 시간이 마치 수일은 지난 것 같았다. 그만큼 참 많은 일을 겪었다. 이젠 아마 다신 명계로 내려올 일이 없을 것이다. 명계의 인연은 이것으로 끝이겠지. 하지만 바리는 곧 돌아오는 말에 숨을 멈출 수밖에 없었다.

"누가 네게 가도 좋다고 하였지?"

"예?"

만찬 이후로 한마디도 하지 않던 염라대제의 첫 말이었다. 바리가 놀라 고개를 들었다. 옥좌(玉座)에 오만하게 앉은 그가 자신을 내려다보고 있었다.

"그 무슨……."

당황한 바리에게 해답을 준 것은 구화였다. 그녀의 얼굴에선 언제 그랬냐는 듯 더 이상 웃음기를 찾아볼 수 없었다.

"아이야. 명계의 음식을 입에 댄 자는 명계의 소속이 된단다. 그것은 불변의 이치. 하나 그보다도 더 먼저 그대는 이미 명계, 아니지. 정확히는 염라대제의 소관이 아니더냐?"

"알고 계셨던 겁니까?"

구화의 말에 바리의 눈빛이 한없이 흔들렸다. 바리의 눈동자엔 배신감과 당혹, 분노, 절망이 어지럽게 섞여 있었다. 설마 모든 것을 다 알고 있었던 건가. 자신이 염라대제와 만난 적이 있음을, 그리고 우리 둘 사이에 이루어졌던 거래를!

'이런, 바보같은!'

바리는 어떻게든 냉정함을 찾고 싶었으나 쉽지 않았다. 어서 이곳을 떠나고 싶으나 발이 땅에 묶인 것만 같다.

그 모습을 내려다보던 염라대제가 마침내 자리에서 일어났다. 천천히 옥좌 아래 계단으로, 신의 위엄을 풍기며 내려오던 그가 바리에게 다가섰다. 바리는 온몸에 마비가 온 듯 그 어떤 움직임도 보일 수 없었다.

염라대제의 발걸음이 목적지인 바리 앞에 닿았다. 그의 검게 가라앉아 있던 눈동자가 붉은빛을 머금었다. 흥미와 소유욕, 그리고 광기(狂氣)로 얼룩진 그의 눈동자가 바리를 옭아맸다. 그녀가 저도 모르게 떨리는 손으로 목을 집었다. 목 언저리의 주인(主印)이 타들어가는 느낌이었다.

"윽!"

바리의 입에서 짧은 신음 소리가 터져 나왔다. 그럼에도 그녀는 여전히 그에게서 시선을 뗄 수 없었다.

'저 눈…….'

어디선가 본 적 있는 기시감이 든다.

시간은 과거로 빠르게 돌아간다. 그 옛날, 그와의 첫 만남이 있었던 커다란 벚나무 아래로. 눈물로 얼룩진 작은 계집이 염라대제에게 무릎을 꿇고 간청하고 있었다. 그녀의 모습을 차갑게 내려다보던 염라대제가 한순간 계집 앞에 섰다. 그가 몸을 숙여 계집에 목에 짧은 입맞춤을 선사하자, 계집은 치밀어오르는 아

품에 숨을 헐떡였다. 이윽고 염라대제는 계집의 시야에서 사라지고, 그의 목소리가 바람에 휘날리는 벚꽃과 함께 머나먼 곳에서 환영처럼 들려왔다.

바리의 코앞에 선 염라대제가 굳게 다물고 있던 입을 열었다. 그의 붉은 입술이 바리의 시선을 잡아끌었다.

"자, 내 이름은 뭐지?"

기억하라. 다시 만날 그 순간까지⋯⋯. 내 이름은⋯⋯.

백여 년 전의 짧은 만남. 그러나 뚜렷한 잔상. 환상에 이끌리듯 그녀의 시선이 흐릿해져 갔다. 바리는 입에 고인 침을 삼켰다.

"⋯⋯율. 염라대제, 율."

그녀의 말이 끝남과 동시에 푸른 주인(主印)이 목에서부터 차츰 바리의 전신을 옭아맸다.

'아아. 숨이 막혀⋯⋯.'

율의 붉은 눈동자, 시리게 비틀린 입매, 그리고 타들어갈 듯한 목의 고통. 바리가 정신을 잃는 건 한순간이었다. 그녀의 몸이 땅으로 쓰러지려던 찰나, 굵직한 사내의 팔이 그녀의 몸을 받아들었다. 자신의 팔에 안긴 바리를 내려다보는 율의 시선은 차가운 그의 표정과 달리 뜨거웠다. 그의 목소리가 나지막하게 공간에 울려 퍼졌다.

"내가 원하는 순간에, 내 것이 되면 된다. 그 순간이 언제든."

⋯⋯과거의 거래. 바리에게서 받지 않았던 대가는, 백여 년의 시간이 흘러서야 치러지게 되었다.

율은 결국 자신이 또다시 일으킨 변덕에 한숨을 내쉬며, 바리에게 낮게 속삭였다.

"……이유가 무엇이든 돌아온 것은 너다. ……남은 시간 동안
유희거리 하나 있는 것도 나쁘지 않겠지."

제 三 장
만인경(萬人鏡)

"염라대제, 율. 기억하라. 다시 만날 그 순간까지……."

수일 동안 사령들의 괴롭힘으로 인해 누적된 불면, 명계에서의 긴장감, 그리고 율의 힘에 의해 강제로 정신을 잃은 바리가 다시금 눈을 떴을 땐 이미 이틀이 지나 있었다. 몸을 가까스로 일으킨 바리는 침상머리에 기댄 채 기억을 정리했다. 마지막 기억을 수면 위로 끌어낸 바리는 허탈하게 웃을 수밖에 없었다.

'설마 그 말이 언령으로 걸려 있었을 줄이야.'

염라대제의 이름에 걸린 주박. 결국 그 이름을 기억하는 한 자신은 언제든 그의 소속이 될 것이고, 그렇기에 그것은 영원히 존재할 계약이었다. 자신은 절대…… 그의 이름을 잊어버릴 수 없을 테니까.

바리가 입술을 깨물었다. 피로로 하얗게 튼 입술이 금방 붉게 변했다.

'이제 어떻게 해야 하는 거지?'

끝이 보이지 않는 길에 버려진 미아 같았다. 헤어날 수 없는 어둠이 자신을 끌어당겼다.

바리가 한동안 멍하니 자신의 앞날을 생각하고 있을 때였다. 드르륵– 굳게 닫혀 있던 방문이 열리며, 바리의 눈에 붉은 머리칼이 들어왔다. 자신이 기억하는 한 붉은 머리칼을 한 존재는 단 한 명뿐이었다.

'지옥의 연못을 다스리는 여신……'

구화를 바라보는 바리의 눈동자가 싸늘하게 식어갔다. 한없이 가라앉은 흑안과 검붉게 물든 귀안이 대조되며 차가운 빛을 발했다. 바리가 예의를 갖추기 위해 침상에서 내려오는 것을 그녀가 만류했다.

"일어서지 않아도 된다."

구화가 우아한 몸짓으로 바리가 앉아 있는 침상에 걸터앉았다. 그녀의 짙은 남청색 비단옷이 사르륵거리며 음률을 자아냈다. 구화는 여전히 뚱한 얼굴을 하고 있는 바리의 모습에 설핏 웃음이 났다. 이럴 거라 진즉에 예상하고 있었다.

"후후, 아이야. 아직도 그리 화가 나 있는 것이냐."

"어찌 화가 나 있지 않겠습니까. 이리도 어이없는 상황이 벌어졌는데요."

돌아오는 바리의 대답은 퉁명스럽기 그지없었다. 얼굴엔 이 상황을 내켜하지 않음이 확연히 드러났다. 그럼에도 구화는 이런 바리를 무례하다 꾸짖지 않았다. 오히려 그 모든 것을 부드러이 다 받아냈다. 입가엔 여전히 자애로운 미소가 걸쳐져 있다.

"화를 풀렴. 나 역시 어쩔 수가 없었단다."

잠시 말을 멈춘 구화는 바리와 시선을 마주쳤다. 바리는 구화의 두 눈동자를 바라보며 이질감을 느꼈다.

한 쌍의 귀안(鬼眼). 자신과는 다른, 완전한 존재.

'……하긴. 이곳의 모든 것이 이질적이지.'

바리가 속으로 자조하며 웃었다. 그런 바리를 아는지 모르는지, 구화가 조심스레 입을 열었다.

"아이야. 널 이곳으로 부른 것은 율도, 그 가여운 사령들도 아니란다. 바로 나란다."

"예?"

예기치 못한 말에 바리의 눈이 경악으로 커져갔다.

"내가 포사의 영혼을 보내 너를 만나게 했다. 포사는 본디 아이를 낳다 죽었어야 하는 존재. 한데, 내가 원시천존이 정해놓은 세계의 규칙을 교묘하게 피해, 그래. 편법으로 그녀의 생을 이어주기로 했고, 대신에 조건을 걸었단다. 곤륜산에 사는 너를 찾아가 이곳으로 데려오기로."

약속대로 그들은 바리를 이곳으로 데려왔고, 자신은 그 대가로 포사를 반혼시켰다. 태령의 힘으로 그녀는 앞으로 칠 년을 더 살 수 있을 터였다.

"그 덕분에 율은 널 완벽한 자신의 권속으로 취할 수 있게 되었지."

"어째서입니까?"

바리는 터져 나오는 비명을 참으며 겨우 말을 내뱉었다. 그럼에도 손은 혼란스런 마음을 고스란히 드러내며 잘게 떨리고 있었다.

"……그에게 필요한 게 너라 생각했으니까."

"그게 무슨 말이십니까?"

"내가 어찌 너를 알고 있을까? 내가 어떻게 너와 율의 계약을 알고 있는지에 대해 궁금하지 않느냐. 지두부인이 되어 명계의 신으로 오백 년을 넘게 산 내 곁엔 늘 율이 있었다. 그러니 내가 그가 너와 계약을 한 것을 아는 게 그리 이상한 일은 아니지."

"……."

"아이야. 혹, 명계의 신이 어떻게 태어나는지 아느냐?"

구화의 물음에 바리는 대답하지 못했다. 구화는 그럴 줄 알았다는 듯 낮게 웃었다.

"명계의 신은 정확히 말하면 신이 아니란다. 그래. 만들어진 신, 반신(半神)이라 표현하는 것이 옳겠구나. 우리는 인간으로 태어났으나 죽어서는 신이 되었다. 하나, 이것은 보는 것처럼 명예로운 일이 아니란다. 우린 '벌'로써 이곳에 신으로 존재한단다."

그래, 이것은 지독한 벌이었다. 서왕모의 명을 받아 본디 지하의 주인이던 염제 신농 대신 이곳을 지켜야 하는 형벌. 용서받을 수 없는 가장 큰 죄를 지은 인간들이 영겁의 시간 동안, 소멸하는 그 순간까지 이곳에 붙잡혀 죽은 이들의 비명과 함께 살아야 하는 것이다. 구화의 목소리가 애잔함을 담아 잘게 흔들렸다.

"평범한 인간이라면 진즉에 소멸해 버렸을 것을, 율은 홀로 이 명계에서 인간의 영혼을 가지고 천 년을 살아왔느니라. 죽은 이의 비명을 매일같이 듣고 사는 율의 고통을 우리가 감히 짐작이나 할 수 있겠느냐"

자신이 다스리는 세계는 명계 밑의 지옥. 율이 거르고 골라 보낸 죄수들을 감옥에 가둬두면 끝이었다. 하지만 명계는 그렇지 못했다. 눈을 감고 있는 순간에도 그들의 피눈물이 보였고, 귀를 막고 있는 순간에도 그들의 비명이 들렸다.

"하여 난 그를 위해 널 이곳으로 데리고 왔느니라."

구화가 하던 말을 잠시 멈췄다. 그녀의 이야기가 차갑게 얼어붙은 바리의 마음을 흔들었다. 바리는 명계의 신이란 자리가 그런 것인지 생각지도 못했다. 그런 그녀를 묵묵히 바라보던 구화가 조심스레 바리의 손을 잡았다. 차가울 줄만 알았건만, 따스한 체온이 마주잡은 손을 타고 바리의 안으로 흘러 들어왔다.

"아이야. 나는 율에게 갚아야 할 빚이 있느니라. 크나큰 빚이 그동안 나를 억눌러 왔단다. 나는 이제 그 빚을 갚고 싶구나."

"······저에게 무엇을 바라시는 겁니까?"

짧은 침묵 끝에 간신히 토해낸 질문. 구화가 자신의 손 안에 가득 들어온 바리의 손을 토닥이며 말을 이었다.

"나랑 거래를 하자꾸나. 딱 일 년이다. 일 년 동안만 이곳에서 율의 곁에 있어주어라. 일 년 뒤엔 내, 율의 권한을 침범하는 일이 있더라도, 그리하여 내가 소멸하는 한이 있더라도 책임지고 너를 지상으로 보내주마. 그러니…… 제발, 일 년 동안만은 이곳에 있어주지 않겠느냐?"

명령이었다면, 고압적인 목소리였다면, 바리는 분명 거절했을 것이다. 그러나 거래라 말하면서도 간절히 부탁하는 구화의 목소리에 바리는 그럴 수 없었다.

"내 지두부인의 권한을 걸고, 아니. 내 이름을 걸고 꼭 지키겠노라. 그러니 들어줄 수 있겠는가."

거래로 포장한 약속이자, 타인을 위한 여신의 부탁. 그 누가 말했던가. 신들은 한없이 변덕스러운 존재라고. 그 누가 속삭였던가. 신들과의 거래는 위험한 불장난과 같다고. 신들은 절대 손해 보는 거래 따윈 하지 않는다.

그럼에도 바리는 결국 고개를 끄덕일 수밖에 없었다. 간절함을 숨긴 구화의 표정이, 누군가를 위해 부탁하는 구화의 모습이 어렸던 자신과 겹쳐졌다. 잊어버린 줄 알았는데, 아직까지도 그 작디작은 외로운 계집아이가 제 안에 남아 있었을 줄이야.

바리에게서 작은 한숨이 흩어져 나왔다. 그녀의 숱 많고 긴 검은 속눈썹이 나비의 날갯짓처럼 떨렸다.

"전 또…… 이렇게 손해 보는 거래를 하고 마는군요."

구화의 입가에 만족스러운 미소가 퍼져 나갔다. 그녀의 붉은 머리칼이 웃음소리에 따라 작게 춤을 췄다.

"후후. 고맙구나, 고마워. 아! 이런, 내가 여태 너의 이름을 묻지 않았구나. 쯧, 이런 결례를……."

구화가 자신의 실수를 깨닫고 미간을 옅게 찌푸렸다. 어찌 이런 실수를······.

"바리. 바리라 불러주십시오."

순간 구화는 그 이름에 담긴 뜻을 떠올렸다. 바리(鉢里). 마을에 버려진 아이.

'아아, 가여운 아이로고······.'

구화가 저도 모르게 바리의 손을 힘줘 잡았다. 가엾고 안타깝고, 여리디여린 아이. 그렇기에 그녀는 소망했다.

'제발, 이 모든 것이 옳은 것이길······.'

구화가 잡고 있던 바리의 오른손을 들었다. 남색의 비단 장막이 그녀의 팔 아래로 넓게 펼쳐진다. 이어 그녀가 바리의 손등 위로 경건함을 담아 조심스레 입을 맞췄다. 바리의 눈동자가 동그랗게 떠졌다.

"나 지두부인 구화는 지금부터 바리의 수호자가 될 것이며, 이 약속은 내가 존재하는 한 그대가 그 어느 세계에 있든 유효하다. 앞으로 그대가 무슨 짓을 하더라도, 그것이 설령 세계의 규칙을 어기는 일이더라도 나는 영원히 너의 편을 들겠노라."

이것은 여신의 '영원의 언약(言約)'.

구화는 자신의 남은 모든 시간을 바리에게 걸었다. 자신이 설마 다른 누군가를 위해 영원의 시간을 걸게 될 줄이야. 얼떨떨한 얼굴을 한 바리를 바라보는 구화의 표정은 더없이 자애로웠다.

"선물이란다, 아이야. 그 어떤 위험에서든 내 너를 지켜줄 것이다. 자, 난 이제 가봐야겠구나. 지옥을 오랫동안 내버려 둘 수가 없어."

특히나 지옥의 연못 너머엔 귀찮은 녀석이 있거든. 구화가 한쪽 눈을 찡그리면서 작게 덧붙였다.

고운 비단결이 부드럽게 유영했다. 사뿐사뿐한 그녀의 발소리가 조용히 멀어져 갔다. 그런 그녀의 뒷모습을 멍하니 바라보던 바리의 표정이 흔들린 건 한순간이었다. 바리의 오른쪽 눈에서 눈물 한 방울이 반짝이며 떨어져 내렸다. 바리는 떨어져 흐르는 눈물을 부러 닦지 않았다.

처음. 처음이었다. 자신을 지켜준다는 이를 만난 것은⋯⋯. 누군가의 따스함을 느낀 것이⋯⋯.

적막한 방 안에, 울음을 머금은 목소리가 조용조용하게 퍼져 나갔다.

"무슨 이유에서든 좋아. 그것으로 인해 설령 지옥의 염화에 불타는 고통이 찾아오더라도⋯⋯."

바리는 말을 다 끝내지 못하고 눈을 감았다. 마치 눈물의 여운을 즐기는 듯한 모습이었다.

'더 이상 외로워하지 않아도 된다면, 더 이상 고독하지 않아도 된다면⋯⋯.'

아아, 이곳에 온 것은 정녕 운명인 건가.

✵

방문을 조용히 닫은 구화는 그림자가 비치지 않게 벽 너머로 몸을 숨겼다. 어둠 속에서 그녀의 눈동자가 힘을 머금고 붉게 빛났다.

"거기에 있는 것을 압니다, 천선."

그녀의 말에 마치 물에 기름을 탄 듯, 갑자기 어둠이 일렁이기 시작하더니 극락조 한 마리가 모습을 드러냈다. 극락조는 평소와는 다르게 영험한 기운을 몸에 두르고 오색으로 빛이 났다. 제균이 날갯짓 한 번 없이 하늘에 떠 있는 상태로 구화를 노려봤다.

"명계의 일에 바리를 끼어들게 하지 말았어야 했습니다, 지옥의 여신이여."

어떻게든 이곳을 빠져나가려 했거늘! 제균은 만찬 때 구화가 자신을 강제로 재운 것을 기억하고 있었다. 결국 일이 이렇게 되어버리고 말았다. 제균은 분통이 터지려는 것을 간신히 억눌렀다.

구화는 그런 제균을 바라보며 설핏 웃음을 흘렸다.

"그대도 저 아이에겐 오히려 이것이 낫다 생각하지 않습니까? 반인반귀를 온전히 받아들일 수 있는 곳이 오직 이곳뿐이라는 것을 모르지 않으실 텐데요."

당황하지 않았다면 거짓이리라. '어쩌면'이란 생각으로 머릿속 한편에 치워놓은 생각을 들켜 버린 제균은 쉽사리 입을 뗄 수 없었다.

어느 세계도 바리를 온전히 받아들이지 못한다. 그 반쪽짜리의 귀안(鬼眼)이 그녀를 각 세계에서 유리(遊離)시켜 버렸다. 곤륜산 역시 임시 거처일 뿐이었다. 서왕모가 과연 바리를 받아들일 수 있을지도 의문이지만, 하필이면 바리는 서왕모의 허락 없이 명계로 통하는 길을 사용해 버렸다. 모든 것이 불안정하기 그지 없었다. 그래. 차라리 명계에서 신들의 비호를 받고 살아가는 것이 나을지도……

구화가 그 틈을 타 자신의 목적을 꺼냈다. 이 일의 적임자는 인간계를 자유자재로 다닐 수 있는 이 신선뿐이다.

"천선께 부탁이 있습니다."

"무엇을?"

"지금 당장 인간계로 가주십시오."

제균의 눈이 가늘어졌다. 구화가 숨을 고르며 다시 말을 이었다. 청량한 자연의 기운을 품은 신선의 기와 명계의 기가 상충되며 서로의 힘을 갉아먹었다. 이미 명계의 기에 익숙해질 대로 익숙해져 버린 구화는 제균의 기운이 자신에게 부담이 되는 것을 느꼈다.

'하여 태령이 저 신선을 좋아하는 것인가.'

태령 역시 신성을 머금은 천계의 신이니.

"……주나라의 구중궁궐, 그곳에서 무엇이 일어나고 있는지를 살펴주세요. 무언가 잘못 돌아가고 있는 것 같습니다. 전 포사와 거래를 하였지만, 그것은 온전히 포사와의 거래. 제 계획대로라면, 포사의 영혼이 저 아이와 함께 이곳으로 왔어야 합니다."

구화의 말은 생각지도 못한 것이었다. 제균의 눈동자가 흔들렸다. 설마……!

"하나, 바리와 함께 온 것은 다른 아이들이었지요. 포사의 영혼은 명계에 있었고요. 제가 예민한 것인지 모르겠지만…… 확실히 일을 끝맺는 것이 낫지 않겠습니까?"

곤륜산에서 바리와 함께 있었던 아이들은 포국에서 온 포사의 시녀들이었다. 그 아이들은 바리에게 포사의 반혼을 요청했다. 강하고 깊은 염원. 결국 그 염원은 바리를 움직였고 이곳으로 오게 만들었다.

'한데 실은 그게 아니라면?'

만약 이 일에 다른 이가 관련되어 있는 것이라면? 그리하여 또 다른 운명이 만들어져 나가고, 그것으로 말미암아 세계의 균형에 균열이 생긴다면? 세상은 또다시 혼란에 휩싸이고 원시천존의 분노를 피할 수 없으리라.

"알겠소."

한숨을 내쉰 제균이 짧게 고개를 끄덕이곤 날개를 폈다. 금빛의 몸이 하늘로 떠오르다 이내 허공에서 사라졌다. 그의 날갯짓에서 떨어진 신선의 기운이 금색의 가루가 되어 공기 중에 녹아내렸다. 그 모습을 뒤에서 보고 있던 구화의 눈은 흔들리고 있었다.

'된 건가.'

이로써 바리의 곁에서 신선이 떨어져 나갔다. 물론 그녀가 제균에게 말한 것은 모두 사실이었으나, 그것만이 목적은 아니었다. 바리의 곁에 도력이 높은 저 신선이 계속 붙어 있게 된다면, 바리와 율의 관계에 자칫 변수가 될지도 모른다. 구화는 터져 나올 것 같은 안타까움을 참으며 눈을 감았다. 눈가가 파르르 떨려왔다.

'돌아오는 일식에 모든 것이 결정된다.'

그는 끝내 소멸을 선택하고 말 것인가.

'아아, 어찌 이 모든 것이 그에겐 이리도 잔혹한 건지……'

그녀의 힘이 개방되고 신의 힘을 담은 붉은 귀기(鬼氣)가 차츰 흩어져 나오기 시작했다. 귀기(鬼氣)는 그녀의 몸을 보호하듯 감싸 안았고, 그 일렁임 속으로 구화의 모습이 점점 삼켜져 갔다. 어느덧, 검붉게 덧칠된 기운 속으로 그녀의 모습이 완전히 사라져 갈 때, 그녀의 고운 목소리가 공기 중에 나지막하게 흘러 나왔다.

"내가 해줄 수 있는 것은 여기까지라네, 율."

이제 모든 건 바리의 손에 달렸다. 그녀가 감았던 눈을 떴다. 붉은 안개 속에서 그녀의 두 눈동자가 어둡고도 짙게, 검붉은색을 한 채 도드라졌다. 이내 그곳엔 그 어느 흔적도 남지 않았다. 마치 모든 것이 환상이었다는 듯이……

구화가 나간 뒤로 얼마나 시간이 흘렀는지 가늠조차 되질 않았다. 붉은 해가 그 너른 날개를 펼쳐 하늘을 뒤덮었을까, 아님 별의 장막이 고운 비단결처럼 하늘거릴까? 명계의 모든 것은 어둠. 그리고 무한한 정적과 고요로 가득 차 있을 뿐이다.

"여긴 참으로 고독한 곳이구나."

바리는 자신 역시도 곧 모든 것에 무감각해지는 것이 아닐까 생각하다 이내 몸서리쳤다. 그녀는 어둡고 축축한 기운이 언제든 잡아먹고자 시시때때로 노리는 이곳에 익숙해지기 싫었다.

바리가 상념을 떨쳐 버리기 위해 침상에서 일어섰다. 그녀가 움직이기 시작하자, 어느샌가 그녀에게 배정된 시종이 소리 없이 방 안으로 들어왔다. 시종은 말없이 바리의 옷을 제법 익숙하게 갈아입혔다.

바리의 눈길이 시종의 얼굴 전체를 가린 검은 천에 닿았다. 그 짧은 시간에 바리는 귀안(鬼眼)에 약간의 힘을 개방하여 시종의 전체를 훑었다. 지난번에도 느낀 거지만, 시종들은 사자(死者)였고, 그 영혼이 가슴에 박혀 육체를 지탱하고 있었다. 바리가 힘을 가다듬으며 짧게 혀를 찼다.

'어찌 이리도 잔인한 짓을……. 육체를 영혼에 족쇄로 달아놔 모든 감정을 죽여놓다니.'

늘 사령들의 속삭임을 들어오던 바리에겐 모든 것이 안타까웠다. 어떤 죄를 지었기에 이들에게 감정까지 앗아간단 말인가.

어느덧, 시종은 마지막으로 바리의 허리에 아름다운 동백꽃이 수놓인 짙은 적색의 허리띠를 곱게 매달고 있었다. 일을 다 마친 시종은 예를 취하고는 곧바로 방에서 나갔다.

"하아."

짧게 한숨을 내쉰 바리가 부드러운 최고급 비단의 감촉을 느끼며 방문을 나섰다. 바리의 움직임 한 번에 그녀의 몸을 둘러싼 고운 분홍빛 비단이 그 속에서 화려하게 만개한 해당화를 품고 춤을 추듯 자유롭게 유영했다.

명계를 제대로 둘러본 적이 없는 바리가 갈 곳은 그리 많지 않았다. 그나마 익숙하다 싶은 길로 걸어 나가니, 역시나 발이 멈춘 곳은 주절음천궁(紂絶陰天宮) 대전에 위치한 청문장이었다.

'왜 하필 이쪽으로……'

아무리 털어버렸다 한들, 여전히 꺼려지는 것은 사실이었다. 잠시 미간을 좁힌 바리가 망설임 없이 발걸음을 돌릴 때였다. 대전에서 율의 목소리가 들려왔다. 그의 목소리는 바리에게 향했을 때보다 더 소름이 돋을 정도로 한없이 낮고, 차갑고, 무심했다. 바리는 마치 자력(磁力)에 이끌리듯 대전 쪽으로 향했다.

"아!"

바리가 나지막이 탄성을 내뱉었다. 저도 모르게 얼굴을 일그러뜨렸다.

'도대체 이건……'

대전을 가득 채운 것은 다름 아닌 죄인들의 비명과 울음소리. 바람을 가르며 찢어질 듯한 괴로움과 절망이 주절음천궁에 울려 퍼졌다. 듣고 있기만 해도 머리가 지끈 아려올 정도였다. 그럼에도 바리는 괴로움을 참으면서까지 시선을 뗄 수 없었다.

무릎 꿇고 심판을 청하는 사자(死者)들을 율이 짙은 위엄을 내보이며 표표히 내려다보고 있었다. 율의 옆엔 그들의 죄업이 담긴 명부(命簿)가 기이하게 공중에 떠 있었다.

[신님, 제발 한 번만 봐주세요.]

인간일 적 모습을 한 사자(死者)들이 율의 곁으로 엉금엉금 기어가려 했다. 그들이 뻗은 손이 율의 힘에 차단되어 파지직거리며 연기처럼 사라졌다. 육체가 없음에도 마치 아픔을 느낀 듯 영혼들은 비명을 지르고, 그 사이에 다시 형체가 갖춰지는 상황이 계속 반복되었다.

[아악! 살, 살려주세요! 제발 용서를, 자비를……!]

그들은 끝없이 빌었다. 죽음을 알되 인정하지 못했고, 죄를 인정하되 진정으로 뉘우치지도 못한 그들은 그저 살기 위해 빌었다.

'윽. 더는 보고 있을 수가 없어.'

바리는 치미는 토기를 참을 수 없었다. 그녀는 덜덜 떨리는 손을 겨우 들어 입을 틀어막았다. 이내 바리의 시선이 율에게로 향했다. 자신은 이리 떨어져 있음에도 힘든데 그는 어떠할까.

"염라대제……."

짧은 신음이 입을 막은 손 사이로 새어나왔다. 율은 검은 천으로 얼굴을 가리고 있던 시종보다 더 감정 없는 얼굴로, 마치 인형처럼 검게 일렁이는 영혼들을 내려다보고 있었다. 차가움? 냉소? 아니다. 정말로 감정을 잃은 듯한 그 모습에 바리는 시선을 뗄 수 없었다.

"시끄럽군."

한순간이었다. 율의 눈동자가 시린 불꽃을 태우기 시작했다. 염라대제의 신력을 담은 귀안이 차츰 개방되었다. 검은 안개가 대전 바닥에서부터 차오르기 시작하더니 이내 사자(死者)들이 즐비해 있는 곳을 둘러쌌다. 그리고 그 속에서 커다란 거울이 나타났다.

약 팔 척 정도 되어 보이는 거울을 둘러싼 죽음의 낫이, 마치 사자를 위협할 듯 날카롭게 빛났다. 그 속에서 거울은 염라대제의 힘을 머금고는 반사광처럼 모든 것을 튕겨내며 아무것도 비추지 않고 있었다.

"보아라. 그 안에 무엇이 있는지를."

율의 명령에 맨 앞에 있던 사자(死者)가 조심스레 고개를 들어 거울을 바라봤다. 아무것도 비추지 않았던 거울이 검게 일렁이면서 사자의 모습을 담았다. 거울에 비친 모습을 보며 사자는 사시나무처럼 떨며 애처로운 비명을 질러댔다.

[아, 아아, 아아악!]

그 안에서 보이는 것은, 바로 자신의 생전의 죄들이었다. 의식해서 지은 죄, 모르고 지은 죄 등 모든 죄업이 생생히 살아나 사기(死氣)가 되어 온몸을 억눌렀다. 추하기 그지없는 더러운 사기가 아가리를 벌리며 웃자, 생전 모습이 일그러지기 시작했다. 눈알이 도려내지고, 온몸의 구멍엔 피가 흘러내렸다. 그 처참한 모습에 사자의 비명이 대전을 갈랐다.

[끄아아아악!]

"생전의 죄업을 잊을 수 있을 것 같았더냐. 그것을 영원히 피할 수 있을 거라 생각했느냐, 어리석은 인간아."

냉소를 끝으로 사자에 대한 심판은 끝이 났다. 더 이상 볼 것도 없었다. 생전의 죄에 저리도 짓눌리는 이에게 베풀 자비가 있을 리 만무했다. 모든 것엔 업이 따른다. 이것은 세계의 법칙이자 명계의 규율이다.

"오만한 자여, 지옥이 그대를 반길 것이다."

그의 말이 끝남과 동시에 검은 기운이 사자의 몸을 둘러쌌다. 그의 터져 나오는 비명이 안개 속으로 삼켜졌다. 영혼이 어떻게든 벗어나고자 손을 뻗었지만, 이내 안개에 먹혀 흔적도 없이 사라졌다.

바리는 가까스로 시선을 떼어내 기둥 뒤로 몸을 숨겼다. 저도 모르게 귀기(鬼氣)가 율의 힘에 반응해 제어를 잃고 새어나오고 있었다. 잠시 잊고 있던 구화의 목소리가 흐릿하게 들려왔다.

"우린 벌로써 이곳에 신으로 있는 거란다."

"평범한 인간이라면 진즉에 소멸해 버렸을 것을, 율은 홀로 이 명계에서 인간의 영혼을 가지고 천년을 살아왔느니라."

"죽은 이의 비명을 매일같이 듣고 사는 율의 고통을 우리가 감히 짐작이나 할 수 있겠느냐."

그녀의 목소리가 새삼 바리의 가슴에 파고들었다. 가슴이 날카로운 바늘에 헤집어진 것처럼 따끔거리며 아려왔다. 더 이상 그곳에 있을 수가 없어, 바리가 황급히 발걸음을 돌렸다. 급격히 피로해진 바리는 미처 자신의 뒤를 응시하던 한 쌍의 붉은 눈동자를 알아채지 못했다. 검은 안개 속에서 율의 시선이 어느덧 그녀에게 닿아 있었다.

고독과 적막함이 그득히 가라앉은 명계. 숨결 한 번 느껴지지 않는, 하물며 죽은 이들의 울음소리조차 조용해졌을 때 주절음 천궁 대전에 나타난 이가 있었다. 윤기 나는 검은 머리칼을 휘날리던 작은 인영은 대전 중앙에 발걸음을 멈췄다. 그곳은 바로 명계의 거울이 있었던 자리.

이윽고 그녀 주변을 둘러싸던 귀기(鬼氣)가 휘몰아치기 시작했다. 그와 함께 가슴 속에 깊게 억눌려 있던 응어리가 거칠게 요동쳤다.

'제발……!'

하나 아무리 기다려도 그녀 앞엔 그 어느 것도 나타나지 않는다. 심판할 적에만 하더라도 대전 중앙에 있었던 명계의 거울은 염라대제가 아닌 그녀의 부름에는 응하지 않은 것이다.

"……역시인가."

바리는 내심 실망스러움을 감출 수 없었다. 혹여나 했다. 명계의 신들과 같은 자신의 반쪽짜리 귀안에 혹시나 반응해 주지 않을까 했지만, 역시나였다. 명계의 것이 오직 왕만을 인식하는 것은 당연지사.

'하아. 보고 싶었는데…….'

그 거울 속에 비친 자신의 모습을, 이 응어리의 실체를, 늘 자신의 가슴을 답답히 만드는 이것의 실체를 확인해 보고 싶었는데…….

"보고 싶은가."

그 순간이었다. 바리의 뒤편으로 인기척이 들린 것은.

귓가에 그의 숨결이 간질거렸다. 차가울 줄 알았던, 하나 실로 뜨거운 숨이 느껴졌다. 바리의 시선이 이끌리듯 자연스레 등 뒤의 율에게로 돌아갔다. 목 언저리에 위치한 주인(主印)이 그를 향해 움찔거리는 것 같았다.

"제가 여기 있는 것을 어찌 아셨습니까?"

율은 대답 대신 그녀의 뒤로 한걸음 더 다가섰다. 등 뒤에서 그녀를 감싸는 듯한 자세를 한 그가 앞으로 팔을 뻗었다. 바리는 보지 않아도 자연스레 느낄 수 있었다. 그가, 염라대제 율이, 명계의 신의 힘을 담은 귀안(鬼眼)의 힘을 개방하고 있음을. 바리에게서 낮은 탄성이 튀어나왔다.

"아!"

자신의 반쪽짜리와는 다르게 완전하고도 안정된, 깔끔하게 갈무리된 그의 봉인이 서서히 풀리며 힘이 흘러나왔다. 율의 느낌이 짙게 배인 귀기(鬼氣)가 그들의 몸을 둥글게 에워쌌다. 그 속에서 마침내 바리가 원했던 명계의 거울이 공간을 통과하듯 자연스레 드러나기 시작했다.

바리보다 더 키가 큰 거울이 그 웅장하고도 완전한 모습을 뽐냈다. 거울을 둘러싼 사신의 낫이 마치 날카로운 독니로 그녀의 숨을 끊어놓을 것처럼 위험하게 빛난다.

"보아라."

율이 바리의 귓가에 속삭였다. 나지막하고도 힘 있는, 한편으

론 유혹하는 것 같은 그의 음성에 그와 맞닿은 목 주변에 오스
스 소름이 돋았다.

"명계의 거울, 만인경(萬人鏡)이다. 이 거울은 자신들의 생전의
업을 보여주지."

바리는 그의 말에 홀린 듯 만인경을 응시했다.

"궁금한가?"

"예, 궁금합니다."

마침내 솔직히 대답하는 바리의 모습에 율의 입가에 옅게 미
소가 그려졌다.

"그럼 거울에 손을 대보거라."

그의 말에 바리는 천천히 손을 뻗었다. 그녀가 조심스레 거울
의 표면을 쓰다듬자, 이윽고 시선이 점차 흐릿해져 갔다. 거울 저
너머로 의식이 끌려가는 것 같았다.

'이건……'

흐릿해진 의식 너머로 그녀가 도착한 곳은, 그녀가 모르는 순
간이자 공간이었다. 바리의 시선이 닿은 그곳엔 값비싼 비단옷을
걸친 사내와 아름다운 여인이 서로를 껴안고 있었다. 여인의 눈
꼬리 끝에서 눈물이 또르륵 흘러내렸고, 고운 입매가 부들 떨려
왔다.

"……아아, 나의 희만."

애처로운 여인의 목소리에 사내가 그녀를 더욱 껴안았다. 자신
의 사랑을 알아달라는 애절함이 넘실거렸지만, 이내 사내의 몸
은 연기처럼 사라져 버렸다. 홀로 남은 여인의 몸이 서서히 땅으

로 쓰러져 내렸다.

바리는 저 상황이 어떤 의미인지 잘 알고 있다. 저것은 인간계에 존재하는 사령이 육체와의 연결이 완전히 끊어져 살생부에서 이름이 지워지고, 마지막으로 완벽한 죽음에 이르러 결국 사라져 가는 순간이다. 한순간의 빛으로 사해지는, 명계로 머나먼 길을 떠나는 영혼.

바리가 미처 상황을 이해하기도 전에 모든 것은 빠르게 흘러 갔다. 스르륵거리는 소리와 함께 환상이 다시 한 번 변했다. 모든 것은 마치 잘 짜여진 베를 보는 것과 같았다. 여러 이야기가 겹쳐지면서 바리를 어지럽게 괴롭혔다. 하나 만안경이 '보여줘야' 할 것은 아직 많이 남아 있었다.

환상의 끝은 아까의 그 여인에 도달해 있었다. 이번엔 여인 홀로 작은 아기를 복잡한 눈으로 내려다보고 있었다. 여인의 뒤로 서 있는 선녀 한 명은 명을 기다리고 있는 것처럼 보였다. 여인은 마침내 아기에게서 몸을 돌려 버렸다. 창밖의 달이 요사스럽게 빛났다.

"내다 버려라."

시린 어명에 선녀가 조심스레 아이를 안아 올렸다. 탁 하는 소리와 함께 문이 닫히고 이내 여인의 몸이 부들부들 떨리기 시작했다. 이윽고 여인의 몸이 허물어져 내리며, 여인의 시선이 아이가 있던 곳에 닿았다. 그곳은 현재 바리가 상황을 관조하던 위치이기도 했다. 그녀의 칠흑 같은 검은 머릿결 사이로 보이는 붉은 꽃잎 세 잎이 바리의 눈에 또렷이 들어왔다.

'무엇을 말하고 싶은 것인가? 만인경이여.'

바리는 이 모든 상황이 이해가 되지 않았다. 인간의 죄업을 보여준다는 만인경. 이것이 어찌하여 자신의 업으로 이어져 있는가.

만인경은 바리에게 여유롭게 생각할 시간을 주지 않았다. 이 모든 것은 환상. 하나 과거에 실제로 존재했던 기억의 단편. 그녀가 어느 이의 뱃속에 잉태되면서부터 꼬이기 시작하는 운명의 연(蓮)과 죄업이었다.

시간은 흐르고, 공간은 일그러진다. 그리고 그녀는 마침내 도착했다. 그녀의 일생을 옭아맸던 그 순간으로…… 바리는 저도 모르게 탄식을 내뱉었다.

"이곳은…… 설마!"

그녀의 발길이 안착한 곳은 모든 이들의 생명을 앗아간 죽음의 땅이었다. 그녀는 모든 것을 관망하는 제삼자가 되어 자신을 바라봤다. 그녀의 시선 끝엔 열 살 남짓의 마르고 작은, 그리고 무척이나 상처 입은 꼬마가 서 있었다. 꼬마의 눈꼬리에서 흘러내리는 눈물방울들이 대지를 적셨다. 아이의 양쪽이 다른 눈동자가 점차 도드라졌다.

'역시……. 저건 나다.'

그 작은 아이를 바라보며 바리는 이전에 만인경이 보여준 것들을 순식간에 잊어버렸다. 가슴이 아파오기 시작했다. 그 아픔은 매우 깊고 진득하게 퍼져나갔다.

'어째서 넌 또 내 앞에 있는 걸까.'

이제는 잊어버렸다고, 지워 버렸다고 생각했는데. 어째서 넌 아직도 내 앞에 나타나는 것인가.

아이의 눈엔 자신이 보이지 않을 텐데도, 그 가여운 아이는 눈물로 가득 찬 얼굴을 한 채 자신에게 손을 뻗었다. 제발 안아달라는 듯한 애처로운 행위. 그 모습에 이끌려 바리가 무의식적으로 손을 뻗어 그 작고 가여운 아이를 안아주려 하는 순간이었다. 어릴 적의 자신이 흘린 눈물방울들이 갑자기 일렁이기 시작했다.

"이 무슨!"

순간 바리의 눈동자가 커졌다. 한순간에 대지 위로 떨어졌던 투명한 액체가 검게 변했다. 이내 그것들은 눈물을 매개체로 그 속에서 솟아올랐다. 기분 나쁜 축축한 느낌이 퍼져 나갔다. 죽음의 악취가 코끝을 찔렀다.

일렁이는 검은 사기(死氣). 그 속에서 태어나는 타락한 영혼, 사귀(死鬼)들. 그것들은 날카롭게 날아들어 어린 바리의 사지를 압박하기 시작했다. 형태 없던 이들에게서 차츰 형태를 갖춘 손이 나타났다. 죽음의 기운이 잔뜩 배인 손으로 어떻게든 바리를 놓아주지 않으려 했다. 그것들에게서 뚝뚝 떨어지는 검은 기운이 점차 어린 바리의 몸에 스며들었다.

어린 바리는 진저리 치며 간절하게 외쳤다

"싫어! 싫어! 제발 날 놔줘!"

하지만 아이의 목소리는 제대로 터져 나오지 않았다. 벗어나기 위한 아이의 발버둥이 점차 무의미해져 갔다.

"······도와줘······."

수많은 사귀의 손이 아이의 가슴을 냉혹히도 헤집고 찔러댔다. 작디작은 가녀린 아이의 가슴에서 붉은 피가 주르륵 흘러내렸다. 생명을 담은 피가 흐르고 흘러 검은 기운 위로 떨어져 내려갔다. 그러자 한순간에 사귀들의 모습이 피범벅으로 변했다.

[끼아아아악!]

그들의 고통스런 비명이 작은 바리의 온몸을 옥죄고, 이내 그 상황을 멍하니 바라보던 지금의 바리에게로 스며들었다.

"아아······. 제발, 이제 그만······."

바리의 피처럼 붉은 동공이 용암처럼 뜨거운 기운을 흘러냈다. 그녀는 어떻게든 환상에서 벗어나기 위해 눈앞의 모든 것을 밀어내려 했다. 하지만 그것은 모두 허무히 허사로 돌아갔다. 거울에 비친 것은 흔적도, 자취도 없는 그림자 같은 것. 억지로 밀어낼 수 없었다.

"어째서······."

바리는 무력감을 느껴야 했다. 그것은 그동안 잊고 있었지만, 실로 오랫동안 이어져 있던 것. 아주 어린 시절부터 자신의 온몸을 옥죄었던 절망. 벗어나고 싶었지만 결국엔 벗어나지 못했던 나락의 끝.

자신을 향해 팔을 뻗는 어린 그녀를 보며 아련하게 웃었다. 입술 끝이 부르르 떨렸다. 그녀의 허망한 목소리가 간신히 울려 퍼졌다.

"난 그 과거에서 벗어난 줄 알았는데······."

사실은 그것이 아니었던 거야.

마음 속 깊은 곳에서 누군가가 바리에게 속삭였다.

[알잖아. 너는 간신히 억누르고 살았던 것뿐이었다는 것을. 영원히 벗어나지 못할 것이라는 걸.]

바리는 인정할 수밖에 없었다. 그녀가 어쩔 수 없다는 듯이 작게 동조했다.

"그래, 네 말이 맞다."

한순간에 바리의 귀안이 더 붉게, 모든 것을 집어삼킬 것처럼 진해졌다. 이윽고 붉은 안개가 한 번 크게 일렁이더니 바리의 몸을 타고 시야를 가렸다.

"내가 할 수 있는 건 고작 이것뿐이구나."

고작해야 자신의 눈을 가리는 것뿐이라니.

아직 자신은 그 순간에서 벗어나지 못했다. 그들의 원망 어린 눈초리, 그들의 절규, 그리고 나의 절망. 그 모든 것이 이젠 질렸다.

'그러니…… 사라져! 제발 사라지라고!'

붉게 달아오른 눈가가 촉촉했다. 바리는 위태롭게 흔들리는 자신을 느끼며 서서히 제게로 돌아오는 기운을 느꼈다. 이윽고 시야가 자신의 힘에 의해 차단되려 할 때였다.

"강해져라."

작은 바리의 곁에 누군가가 나타났다. 아이에겐 너무나 큰 키,

아름답게 균형 잡힌 몸, 공단보다 더 곱고 섬세한 실타래처럼 펼쳐지는 검정 머리칼, 그리고…… 붉은 눈. 그가 아이에게 다정하게 속삭였다. 눈물로 얼룩진 아이의 머리를 부드럽게 쓰다듬었다. 그 따스함이 마치 현재의 자신에게까지 전해지는 것 같았다.

"굳건한 나무가 되어 이겨내라."

바리의 눈이 커졌다. 사내의 얼굴을 확인하기 위해 바리가 좀 더 그쪽으로 팔을 뻗으려 하는 그 순간이었다.

갑자기 시야가 어두워졌다. 조금은 차가운 손, 하지만 그 속에 숨어 있는 따스함이 눈가에서 간질하게 느껴졌다. 손의 주인이 바리의 귓가에 속삭인다. 그의 목소리가 그녀의 귓속으로 매섭게 파고든다.

"이제 그만 깨어날 시간이니."

그것을 끝으로 만인경이 보여주던 환상이 날카로운 비명을 지르며 사라지기 시작했다. 바리는 그 틈을 타 거울의 힘에서 벗어나기 위해 노력했다. 율이 바리의 어깨를 가볍게 그러잡으며 물었다.

"많이 고통스러운 게냐?"

"하앗, 하아……."

간신히 과거의 잔상에서 벗어난 바리가 힘겹게 숨을 골랐다. 숨이 목 위에서 턱턱 막혔지만, 그녀는 애써 숨을 참아 넘겼다. 그에게 무너져 가는 자신을 보여주기 싫었다. 상처 받은 자신을 보여주기 싫었다. 그에게 나는 이렇게 상처 받아 너덜거리고 있다고 말하기 싫었다.

그러나 그녀의 몸은 그녀의 의지를 배반했다. 흐릿해지는 정신 사이로, 바리는 그동안 참고 있던 질문을 기어코 입 밖으로 내뱉고 말았다.

"당신을 만난다면, 꼭 한 번 묻고 싶은 것이 있었습니다."

바리가 율을 향해 천천히 몸을 돌렸다. 율이 잠시 바리의 창백해진 얼굴을 바라보다 고개를 끄덕였다.

"말해보거라."

바리는 입안이 바삭 메말라가는 것을 느꼈다. 그의 대답에 자신은 또다시 무너질지도 모른다. 하지만 지금이 아니면 물을 수 없는 질문이기도 하다. 자신과 달리 강인한 그의 눈동자. 바리는 그 시선에 이끌리듯 입을 열었다.

"……저에게 영혼이란 게 존재하나요?"

늘 궁금했었다. 실은 빈껍데기가 아닌가 하고. 어느 순간은 가슴이 미어질 듯 아팠지만, 또 그렇다 하여 행복하게 뛴 적은 없었기에. 수십 년의 시간이 흘러선 모든 것을 그저 관조할 뿐, 사실은 몸뿐만이 아니라 영혼도 멈춰서 사라진 것이 아닌지. 그래서 죽지 못하고 이렇게 괴로운 삶을 영원히 살아가야 하는 것이 아닌지를…….

"심장이 뛰지만, 이젠 이것이 정말 심장인지도 잘 모르겠습니다. 전…… 정녕 살아 있는 것이 맞나요?"

바리가 가슴을 쥐어 잡았다. 그녀의 몸이 고통으로 부들부들 떨렸다. 그런 바리를 내려다보는 율의 눈동자가 깊어졌다. 순간 계집의 모습 위로 한없이 망가져 가는 자신이 투영되었다. 죽지도 못하는 몸으로, 육체에 가둬진 영혼이 산산조각 나는 그 순간까지 살아야 하는 자신의 모습이 보였다.

율이 우아한 손짓으로 바리의 턱을 잡아 눌렀다. 그녀의 떨림이 손끝 사이로 전해져 왔다. 그는 바리의 체온을, 그녀의 떨림을, 작은 계집아이에서 어느덧 여인의 모습을 한 계집을 처음으로 제대로 마주했다.

"제발…… 말씀해 주세요. 당신은 모든 존재의 생사를…… 읍!"

바리의 말은 미처 끝나지 못하고 삼켜져 버렸다. 율의 입술이 바리의 입술을 덮어버리고 만 것이다. 열감을 품은 율의 혀가 놀라 벌어진 바리의 입안으로 미끄러지듯 들어가 자유롭게 유영했다. 그녀의 숨을 빨아올린 그가 마지막으로 낮은 숨을 내뱉으며 입술을 뗐다.

"이…… 무슨……."

바리가 상황을 잊고 두 눈만 깜빡거렸다. 그녀의 모습을 바라보며 율은 스스로에게 변명했다. 이것은 한순간의 신의 변덕이며, 유희와 다름없다고. 시체 위로 혼자 눈물을 삼키던 설(卨)이 안타까워 속삭이는 것이라고. 그러니 이번 한순간은 스스로에게 허용하자고.

그의 손이 잡고 있던 그녀의 턱에서 천천히 내려가 가슴 위에 멈췄다. 갑작스런 접촉에 놀라 바리의 가슴께가 크게 일렁였지만, 율은 조금 더 근본적인 떨림에 집중했다. 굵어졌다, 가늘어졌다, 이내 강하게 울리는 심장 박동이 제 존재를 여실히 증명하고 있다. 율은 그 울림의 여운을 깊게 음미했다.

"느껴지지 않느냐? 이리도 거세게 제 존재를 증명하는데. 계속해서 소리가 변한다. 한시도 멈추지 않아. 그래, 마치 뛰어난 가곡(歌曲)과도 같다."

단조로움을 피해 계속 변조하며 사람의 마음을 끄는 가곡.

그의 말에 바리의 볼이 붉어졌다. 그것은 당신 때문이라고 항변하고 싶었지만, 부끄러워 차마 그럴 수가 없었다.

"그러니 의심치 마라. 넌 이리도 강한 생명력을 내뿜고 있으니."

율은 다시 만난 바리의 성장을 보고서야 흘러간 시간을 깨달았다. 시간은 흐르는 강물처럼 자유롭게 유영한다. 멈추지 않고 흘러간다. 그러나 자신의 시간은 고인 물과 같다. 고인 물은 썩는 법. 그래서 자신은 이렇게 망가져 가고 있었지만, 이 아이에게만은 그러질 않길 바란다. 아마 그게 자신이 바리에게 해줄 수 있는 유일한 것일 터였다.

"하나……."

"무엇이 문제이지? 죽음이 영원히 안 올까 걱정스럽더냐? 아님, 인간보다 긴 삶이 지긋지긋해 견딜 수 없는 게냐?"

바리의 눈동자가 흔들렸다. 그에게 정곡을 찔리고 말았다.

"네. 걱정스럽습니다. 사랑받지 못한 이 길고 긴 인생 속에서, 저 혼자 홀로 영원의 세월을 견뎌야 할까 두렵습니다."

끝끝내 가슴 깊은 곳에 숨겨놓았던 진심이 터져 나왔다. 차마 그의 앞에서 거짓을 말할 수가 없었다. 그녀의 고개가 서서히 떨어져 내렸다.

"그 누구도 저를 원치 않지요. 그 누구도 제게 태어난 이유를 말해주지 않습니다. ……저는 왜 태어났을까요? 세상은 이 하찮은 반인반귀 하나에게 작은 안식 따위조차 허용하지 않아요. 저는 어디에 있어야 할까요? 반쪽은 인간이되, 반쪽은 귀신이지요. 그럼 저는 명계의 존재입니까, 인간계의 존재입니까? 대답해 주세요, 염라대제여. 명계의 주인이시여! 저는, 저는…… 어떻게 해야 하는 것일까요……."

앞으로 어떻게 살아야 할지에 대해 말씀해 주시어요. 바리가 물기 어린 말로 속삭였다. 결국 그녀의 눈에서 눈물이 떨어져 볼을 타고 흘러내렸다.

온몸을 적시는 그녀의 안타까운 절망에 율은 몸이 굳은 것 같았다. 그 어떤 대답도 생각나지 않았다. 자신 역시 그 오랜 시간을 찾아 헤맸음에도 명답을 찾지 못했기에. 그래서 그는 부러 오만을 떨기로 했다. 자신은 찾지 못한 것을, 혹여 이 아이는 찾을 수 있지 않을까 하여. 율이 천천히 손을 들어 바리의 눈가를 닦으며 속삭였다.

"어리석긴. 앞으로 찾으면 될 것이 아니더냐? 네 삶의 이유를. 시간은 많다. 부러 조급해하지 말거라. 시간이 흐르다보면, 어느 순간 너 스스로 깨닫는 순간이 오겠지."

"네?"

"그러자면 제법 이 명계가 적합하지 않겠느냐? 이곳만큼 죽음에 한없이 가까우며, 널 억압하지 않는 곳도 없지. 그러니 홀로 절망하지 마라."

율이 그의 손을 적신 눈물의 여운을 느끼며 한 걸음 물러섰다. 그의 귀안이 한순간 힘을 개방했다. 그와 동시에, 그가 천천히 손을 들어 허공을 휘저었다. 검은 안개가 그의 손에 모여 원을 그렸다. 그 속에서 무언가가 힘을 머금고 모습을 드러내기 시작했다.

짙은 어둠을 뒤집어쓴 나비였다. 나비는 마치 탈피를 하는 것처럼 우아하게 안개를 날리며 날개를 폈다. 이내 그것은 바리의 곁으로 날아가 그녀의 볼 옆에서 파닥거렸다. 바리의 입에서 탄성이 터져 나왔다.

"아!"

"가져라."

"저한테 이건 왜……?"

"원망하지 않았더냐? 껍데기에 영혼을 묶어놓은 것을. 어차피 그 녀석은 네 것이었으니, 처분 또한 맡기겠다."

바리는 그제야 깨달았다. 이 검은 나비가 바로 자신의 시중을 들어주던 여시종의 몸에 갇혀 있던 영혼이라는 것을……. 나비에게서 율의 힘의 흔적이 진득하게 묻어났다. 밤의 어둠을 두른 사령의 나비는 생각과는 달리 무척이나 따뜻했다. 순간 심장이 또 크게 요동친다. 아아, 이 감정은 뭘까.

"감사합니다. 소중히 할게요."

"되었다. 원치 않게 명계에 붙잡은 그대에게 주는 작은 위로품이라 치지."

진심을 담은 인사를 뒤로하고, 율이 몸을 돌렸다. 등 뒤로 다시금 차가워진 목소리가 흘러 나왔다.

"이만 가보아라. 이제 홀로 있고 싶구나."

"저……."

엄연한 축객령에도 바리는 떠나지 못하고 잠시 머뭇거렸다. 망설임 끝에 그녀가 용기 내어 입을 열었다.

"덕분에 마음이 한결 가벼워졌습니다. 언젠가 이 빚은 꼭 보답해 드리겠습니다. 그러니 제가 필요한 일이 있으시다면, 언제든지 말씀하십시오."

"그럴 필요 없다."

"그럼 전 이만 물러가겠습니다."

그녀는 다시 한 번 율의 등 뒤로 인사를 하고는 힘 있는 발걸음으로 대전을 나섰다. 그녀의 등 뒤로 칠흑의 나비가 파드득거리며 허공을 반짝 수놓았다.

"고약한 것 같으니라고."

바리의 당찬 대답에 율이 코웃음 쳤다. 한없이 절망에 빠져 흔들리던 어린 계집이 어느새 꿋꿋하게 서 있었다. 그녀는 당돌하게도 자신과 마주서려 했다. 하지만 의외로 기분이 나쁘지 않았다.

"정말로 여인이 된 것인가."

구화의 말이 떠올랐다. 그 어렸던 아이가 저리 여인이 되었다니. 하긴, 시간이 많이 흘렀다. 밤마다 외로움과 두려움에 자면서도 눈물을 흘리던 아이가 이젠 보답을 하겠다며 고개를 꿋꿋이 들다니.

'이젠 홀로 울지 않는 건가.'

조금이라도 넌 강해진 게냐?

율이 옥좌에 기대어 앉았다. 그에게서 자연스레 군림하는 자 특유의 위엄이 흘러나왔다. 몸을 옥좌 깊숙이 넣으며 한 팔로 얼굴을 괴었다. 그의 얼굴엔 다시 얼음의 가면이 씌워져 있었다. 눈동자에 한순간 씁쓸함이 스쳐 지나간다.

"넌 너무 늦게 왔구나. 아니, 마지막 가는 길에 얼굴이라도 보게 되어 다행인 겐가."

구화가 바리에게 어떤 약조를 걸었는지, 뭐라 말했는지 이미 알고 있었다. 명계에서 벌어지는 모든 일은 다 자신에게로 흘러들어 오게 되니. 참으로 가소롭고도 가상한 짓이란 생각한다.

하나…….

"그래도 마지막은 외롭지 않겠군."

나직이 읊조린 율이 천천히 눈을 감았다. 곧 모든 것을 감춘 어둠만이 가득해졌다.

제 四 장
석산화(石蒜花)

　방으로 돌아온 바리는 율에게서 받은 사령에게 자신 고유의 힘을 새겼다. 이제 이 아이는 자유자재로 감정을 표현할 뿐만 아니라 말할 수도 있게 되었다. 앞으로 자신이 명계에 있을 동안 함께해 줄 소중한 동무가 될 것이다.

　'그에게 선물을 받게 될 줄이야. 이상하기도 하지.'

　절망 속에서 율의 말로 구원받았고, 그 어느 때보다도 간절했던 순간 따스한 위로를 받았다. 늘 차가울 거라 생각했던 사내인데, 그에게 그런 모습이 있을 줄이야. 이제와 돌이켜 보면 처음 만났던 그날도 그가 선물이라며 자신의 가슴에 난 상처를 치유해 줬었다.

　바리가 천천히 제 입술을 쓸었다. 아직까지 열감이 남아 있는 것만 같았다. 태어나 처음으로 한 입맞춤. 그게 염라대제와 한 것이라니.

"따뜻했는데……."

천년설보다 차가울 것 같았던 그의 입술은 실로 무척이나 따뜻했다. 또 포근하고, 부드럽기도 했고.

"이상해."

바리가 낮게 중얼거렸다. 그에겐 아무런 의미 없는 행동일지도 모르는데, 자신만 괜히 호들갑 떠는 것은 아닌가. 하지만 그럼에도 그녀의 마음은 계속해서 요동치고 있었다.

※

바리는 오랜만에 꿈을 꾸었다. 꿈속에서 자신은 언제나 그렇듯 어린 아이였다. 이번엔 다행스럽게도 마을이 폐허가 된 이후인 것 같았다. 바리는 곧 이날을 기억해 냈다. 그녀가 태어나 두 번째로 맞이한 일식이자, 퉁퉁 부은 발로 고된 몸을 이끌고 곤륜산에 겨우 들어가게 된 날이었다.

어린 바리는 지친 몸을 뉘일 수 있는 휴식처를 찾다가, 결국 커다란 밤나무 아래에서 멈춰 섰다. 다행히도 곤륜산을 감싸는 서왕모의 자비로 초봄의 날씨는 그럭저럭 견딜 만했다. 바리는 그곳에서 쓰러지듯 선잠에 들었다. 얼마나 시간이 흐른 건지는 모르겠다. 어느 순간 설핏 자신의 머리를 부드럽게 쓰다듬는 커다란 손이 느껴졌다. 그녀가 태어나 처음 느껴보는 따스함이었다.

바리는 그 작은 몸을 웅크린 채, 손길의 주인의 곁으로 몸을 돌렸다. 따스함과 안식처를 갈구하는 본능적인 움직임이었다.

[강해져라.]

강인한 목소리가 바리의 여린 귓가에 맴돌았다. 그는 그렇게 한동안 그녀의 곁을 지켜주다 홀연히 사라졌다. 대신 그녀의 곁에 우뚝 서 있던 밤나무엔 그녀의 안식처가 되어줄 구멍이 생겨 있었다. 어린 바리가 몸을 눕히기에 딱 알맞은 크기. 그것은 실로 바리가 수십 년 동안 살아왔던 공간이기도 했다.

'도대체 이게 뭐지?'

멀찍이 떨어져서 꿈을 관망하던 바리는 꿈의 의도를 알아내지 못했다. 처음 보는 장면이었다. 이것은 실제인 건가, 단순한 망상인 건가. 자신의 머리를 쓰다듬어 줬던 이의 얼굴을 보고 싶었지만, 어둠에 가려 도저히 볼 수가 없었다.

꿈은 또다시 바리의 기억을 타고 자유롭게 흘러간다. 이번 바리는 전보다 좀 더 성장해 있었다. 그래봤자 어린아이에 불과하다는 것은 변함이 없었지만, 내면의 상처를 묻어둘 줄 알았다. 하나, 해가 지고 어두운 밤이 되면, 바리는 또다시 저도 모르게 외로움에 사무쳐 몸을 떨었다.

[무서워. 혼자는 싫어.]

작은 바리가 슬픔을 토해내며, 몸을 둥글게 말았다. 조금이나

마 위안이 되길 바라면서. 언제 잠에 든 건지 모른다. 어느 순간 또다시 누군가가 자신을 안아들고 부드러운 풀을 엮어 만들어 놓은 이부자리 위로 몸을 뉘어줬다. 그가 그녀 옆에 앉아 묵묵히 내려다보았다.

[강해져라. 나약함을 버려라.]

마치 어린 바리에게 거는 강한 언령과도 같은 말. 이내 그는 작게 한숨을 내쉬었다.

[미치겠군. 나는 왜 널 이렇게 계속 찾아오게 되는 거지? 한순간의 변덕이 이리 될 줄이야……. 너는 왜 그때 그런 선택을 한 것이냐? 왜 그리 외로워해서는……. 아니, 뭐든 좋다. 대신 너는 나처럼 망가지지 마라. 나처럼 미쳐 버리지 마라. 지독한 외로움에서 벗어나지 못해, 결국엔 광기에 사로잡힌 나처럼 되지 마.]

점점 더 낮아지는 목소리. 그 끝엔 묻어나는 것은 씁쓸함과 안타까움이었다.

[……너에게 죽음이 있기를 빈다. 다른 인간들과 같은 시간이 너에게 주어졌기를, 그리하여 안식이 너의 곁에 있기를…….]

이내 사내의 몸은 검은 안개에 휩싸여 흩어졌다. 바리는 그 속에서, 점차 사라져 가는 사내의 마지막 모습을 보았다.

밤의 비단과도 같은 검은 머리칼, 한 쌍의 붉은 눈동자. 명계의 신만이 가질 수 있다는 귀신의 눈, 귀안(鬼眼).

'설마, 염라대제……?'

그것을 마지막으로 바리가 눈을 떴다. 꿈속을 유영하던 그녀의 정신이 튕겨 나간 것이었다. 그녀는 한동안 멍한 머리로 인해, 눈을 뜬 채로 멀뚱히 천장을 바라봤다. 잠시 후, 간신히 상체를 일으킨 바리가 침상 머리맡에 몸을 기댔다. 그녀는 지금 생각을 정리할 필요가 있었다.

꿈속에 나타난 그.

처음 만났던 백여 년 전에도, 지금과도 다름이 없던 군신의 모습. 어째서 염라대제 율이 나타난 것이었을까. 설마하니 전날 밤에 보았던 그의 따스함에 취해 꿈으로 나타난 것일까?

'아니.'

그녀는 곧바로 고개를 저었다.

그럴 리 없었다. 제 아무리 타인이 주는 온기를 갈망해 왔다고 하나, 현실과 꿈의 경계를 망각할 리가 없다. 바리는 그가 말한 말을 떠올렸다. 일말의 자비를 담은 그의 목소리가 아직까지도 귓가에 생생하다.

"강해져라."

그녀는 실로 그 단어를 여러 번 들었었다. 아니, 정확히는 들기를 강요당했다는 것이 옳다. 처음은 명계로 오는 길목에서였다. 자신을 혼란시키려는 망령들의 장난이라고 생각했던 그 목소리…… 그 다음으로는 만인경으로 인해 폭주하려던 자신을 억눌러 줬었다. 마지막으로는 지금. 과연 이 세 번은 모두 우연이었던 걸까?

꿈에서 그는 자신에게 강해지라고 속삭였다. 망가지지 말라 말하며 해를 집어삼킨 달 아래에서 자신을 부드러이 쓰다듬었다. 해를 집어삼킨 달. 양기를 먹어치운 음기의 폭주. 일식(日蝕).

"어……?"

한순간 '일식'이란 단어에서 모든 연관성이 생겨났다. 꿈속에서 율은 명계의 힘이 강해지는 일식에만 지상으로 올라왔다. 일식. 죽은 이들이 자유롭게 움직일 수 있는 날. 그러고 보니 바리가 그를 처음 만난 날도 일식 때였다. 하늘의 해가 달에게 먹히고, 지상 위로 어둠이 가라앉았을 때, 그 속에서 그는 위엄을 두른 군신의 모습으로 지상 위로 나타났다.

"설마 진짜인 건가?"

정말로 그가 그동안 자신을 찾아왔던 걸까? 왜?

'내가…… 걱정이 돼서?'

생각이 깊어져 갔다. 머릿속이 온통 율에 대한 생각으로 가득 찼다. 그런 그녀의 상념을 깨운 것은 유아의 호들갑이었다. 바리의 힘을 머금어 자유자재로 말을 할 수 있게 된 유아가 그녀의 곁을 빙글 돌며 재잘거렸다.

[바리님. 바리님. 어서 일어나셔요. 구화님께서 바리님을 위해

성대한 만찬을 준비하신다고 말씀하셨단 말이어요!]

수일 전, 구화가 사자(使者)를 통해 소식을 전했다. 이제 어엿한 명계의 일원이 된 바리를 축하하기 위해 만찬을 열 것이니, 꼭 어여쁜 모습으로 참석하라는 그녀의 엄명이었다. 덕분에 유아는 바리 곁에서 바쁘게 날아다녔다. 유아의 검은 날개에서 달빛이 가루가 되어 떨어져 내렸다.

[어서 일어나셔요. 제가 최고로 아름답게 꾸며드리겠사와요!]

"알았어, 유아."

결국 유아의 재촉을 이기지 못한 바리가 침상에서 몸을 일으켰다. 그러자 기다렸다는 듯이 유아의 검은 날개가 밤의 빛에 휩싸이더니 이내 시종의 모습으로 돌아왔다. 그녀가 구화의 전령이 가져다준 고급 비단 옷을 들어올렸다.

[오늘의 주인공이시니, 당연 최고로 아름다우셔야지요.]

유아가 두 눈을 빛내며 바리의 치장을 해나가기 시작했다. 바리는 습관처럼 몸을 움직여 유아의 손길을 도왔지만, 생각은 여전히 율에게서 벗어날 수 없었다.

"있잖아, 유아. 염라대제는 어떤 분이실까?"

[네? ……음, 무척이나 무서운 분이세요. 차갑고, 냉정하고, 싸늘하고……. 그분은 감정이 없는 것 같아요. 늘 저희에게 두려움을 안겨주시죠.]

조심스런 유아의 대답에 바리의 미간에 잘게 실금이 갔다. 자신 역시도 그렇게 생각했지만……. 바리가 조금 가라앉은 목소리로 반박했다.

"하나 한편으론 고독하신 분이야."

[고독이요? 명계의 주인께서요?]

"그래. 나 역시 그가 무서워. 그런데 요즘은 자꾸 그분의 모습에서 고독을 엿봐. 나는 백 년의 시간을 견뎌내는 것도 힘겨웠는데, 그는 천 년을 그렇게 살았대. 그게 어떨지 짐작도 안 돼."

너무나도 안타까워. 바리가 작게 말을 잇자, 유아가 고개를 갸웃했다.

[그런가요? 하긴. 천 년 동안 이 지옥 같은 곳에서 살아야 한다는 건 생각만으로도 끔찍하긴 하네요. 전 생전의 죄로 이곳에서 수십 년을 견딘 것도 무척이나 힘들었거든요. 아마 이리 시종이 되어 모든 감정을 봉인하지 않았다면, 저는 진즉에 미쳐 버렸을 거예요.]

"그래서 난 그분에게 자꾸 마음이 쓰여."

무의식중에 나온 중얼거림과도 같았다. 깊어져 가는 생각이 자꾸만 그를 떠올리게 만들었다. 도대체 자신은 왜 이리도 그에게서 헤어 나오지 못하는 걸까? 왜 답지 않게 유아의 말에 발끈하여 반박하고 있는 거지? 처음엔 자신도 그리 그를 두려워하며 불편해했으면서.

'모르겠어, 정말로.'

그에게서 인간적인 면모를 봐버려서 그런 건가. 아님 그에게 주어진 신이란 자리가 얼마나 힘든 것인지를 엿봐서 그런 건가. 미처 보지 못하고 지나칠 뻔했던 것을, 이곳에 와 알아버리고 말았다. 냉정하고 싸늘한 모습도 그의 일면이었지만, 슬퍼하고 혼란스러워하는 자신을 위로해 준 것도 그의 일면이었다.

'참 이상하기도 하지.'

인간에게서 상처 받은 것들을 그에게서 위로받는다. 그 찰나의 따스함에 자신은 매달린다. 아아. 그는 정말 어떤 분인 걸까? 당신의 진짜 모습은 뭐지? 알고 싶다. 당신이 그때 정말 내 곁에 있어준 것인지, 나는 혼자가 아니었던 건지, ……그리고 일렁이는 이 마음이 도대체 무엇인지 정말로 알고 싶어.

[아름다워요, 바리님. 분명 지옥의 여신보다도 눈에 띄실 거예요!]

바리의 허리에 바다를 닮은 푸른색의 띠를 매준 유아가 허리를 들어올렸다. 그녀의 얼굴엔 만족스러움이 가득했다.

달빛을 녹인 듯한 은빛 비단으로 만들어진 저고리에, 하늘을 비단 폭으로 옮겨놓은 것 같은 푸른색의 치마. 그리고 저고리와 치마 사이에는 더 짙은 바다색의 허리띠가 단정하게 묶여 있었다. 이제 마지막으로 가슴께 고름을 매려는 순간이었다.

"잠시 들어가도 되겠는가."

누군가가 방문을 두들겼다. 익숙한 목소리, 구화였다. 문을 열고 들어온 구화가 바리를 보고는, 우아한 모습으로 웃음을 터뜨렸다.

"어여쁘구나, 바리야. 율의 눈에 쏙 들어올 만큼 말이야."

율이라는 말에, 바리의 볼이 순간적으로 붉어졌다. 그런 그녀의 반응을 보며 구화의 눈이 일순 반짝였다. 그녀가 천천히 바리의 곁으로 걸어갔다. 그녀에게서 매화의 향이 은은하게 풍겼다.

"이리 주렴. 이건 내가 매주고 싶구나."

바리 앞에 선 구화가 유아 대신 바리의 고름을 묶었다. 구화의 길고 가는 손가락이 바리의 가슴 위에서 가볍게 움직였다. 마침내 구화가 만족스럽다는 얼굴로 바리를 바라봤다.

"참으로 어여뻐. 후후, 이것이 살아 있는 자의 모습인가."

"……구화님?"

바리가 의아하다는 표정으로 구화를 올려다보자, 구화가 고개를 살짝 저었다.

"아무것도 아니란다. 그저 너의 생생한 아름다움이 부러워서 그렇단다. 그 누구보다도 어여뻐. 참으로 아름다워. 그래서 율이 너에게 관심을 갖게 된 것이 아닐까……."

마지막은 거의 작은 중얼거림에 가까웠다. 이내 구화가 잠시 얼굴에 드리웠던 그늘을 지우고는 바리를 향해 손을 뻗었다.

"자아. 이제 그만 가볼까. 율이 너를 기다리고 있을 것이란다. 오늘의 주인공은 바로 바리, 너이니라. 다시 한 번 명계에 온 것을 축하한다. 넌 우리에게, 특히나 율에게 축복이 될 게야."

"……네, 구화님."

바리가 천천히 조심스럽게 손을 들어 구화가 내민 손 위로 올렸다. 그녀가 혹여 거부할까 봐 잔뜩 긴장한 모습이었다. 그런 바리를 묵묵히 지켜보던 구화가 자신의 손 위로 살포시 내려앉은 바리의 손을 꽉 쥐어 잡았다. 놀란 바리의 어깨가 움찔거렸다. 그 모습에 구화가 인자한 목소리로 다독였다.

"잊지 마렴, 아가야. 넌 우리에게 무척이나 소중한 존재라는 것을⋯⋯. 좀 더 스스로에 대한 자신감이 필요하겠어. 네가 얼마나 사랑스러운지 알 필요가 있단다. 다 큰 줄 알았는데, 아직 어린아이구나."

하긴, 영원한 삶 속에서 성장할 가능성이 있다는 것은 그것대로 크나큰 축복일 테지. 구화가 웃음기 어린 목소리로 덧붙였다. 그녀가 바리의 손을 꼭 잡고는, 다른 한 손으론 허공을 휘저었다.

순식간에 허공이 찢겨져 나갔다. 그 사이로 좀 더 진득한 어둠이 아가리를 벌리고 있었다. 마치, 율이 갈라진 땅 사이로 올라올 때 보였던 명계의 분위기와도 비슷했다. 그러나 그보다 더 탁하고, 더 소름끼치는 기운이었다. 죽음보다도 더 짙은 것에 휩싸인 기운이 찢겨진 허공 사이로 나오기 위해 아우성쳤다. 그 오싹함에 바리가 절로 긴장하자, 구화가 그녀의 귓가에 나지막이 속삭였다.

"두려워하지 마렴. 그것들은 너를 해치지 못해. 세상엔 다섯 가지의 세계가 존재한다고 하지. 인간계를 중심으로 위로는 선계와 천계. 아래로는 명계와 지옥. 환영한다, 아가야. 명계의 가장 아래층에 존재하는 내가 다스리는 세계, 지옥이란다."

지옥의 이둠은 감히 구화에게 다가설 엄두를 내지 못했다. 그것들은 지옥의 주인인 자신들의 신을 무서워했으며, 또 한편으론 경배했다.

바리는 구화의 신위(神位)를 떠올렸다. 지옥의 연못을 다스리는 지두부인. 언제나 인자하고, 한편으론 평생 느껴보지 못한 모성을 제게 보여준 이 여인은 실상 세계를 다스리는 '신'이었다. 율이 염라대제로서 죄인들을 심판하듯, 구화는 지옥에 잡힌 귀(鬼)들을 엄중히 다스렸다.

"자, 가자꾸나."

구화가 바리를 지옥으로 가는 신의 길로 이끌었다. 이 길은 지옥의 여신 구화에게만 허용된 것. 하나 서왕모의 '신의 길'과는 달리 자비가 없는 지옥의 길이었다. 만약 다른 자가 구화의 허락 없이 이 길을 사용하려 한다면, 당장에 그 자리에서 지옥의 염화에 다리가 잘리고 온몸이 타들어 가리라.

바리는 자신을 이끄는 구화의 손을 느끼며, 천천히 찢어진 공간 안으로 발걸음을 옮겼다. 어느 샌가 그녀의 어깨 위에 살포시 앉아 있던 유아의 날개가 더 짙게 물들어간다.

모든 인간들은 죽음 끝에 명계로 향한다. 그들은 염라대제 앞에서 죄를 고하고, 그에 합당한 벌을 받게 된다. 그중 생전에 악독한 죄를 지은 자는 명계 아래의 18층 지옥으로 떨어졌다. 죄질의 경중에 따라 18층의 지옥은 6계단으로 나뉘었는데, 지금 바리가 가는 곳은 바로 지옥의 중앙이자, 모든 지옥을 통솔할 수 있는 지옥의 연못이 있는 9번째 층이었다.

문 밖에서 봤던 것과는 달리, 지옥으로 향하는 길은 예상 외로 섬세했으며 또 화려했다. 길은 잘 닦여 있었고, 허공에는 길을 밝히는 풍등이 촘촘히 떠 있었다. 은은한 주황빛이 고운 입자를 뿌리며 주인의 환궁을 반겼다. 이윽고 빛의 입자가 커지며 짙은 불길에 휩싸인 커다란 궁이 보였다. 죄를 지은 자의 육신을 불태우고, 죄의 굴레가 되어 영혼을 가둔다는 지옥의 염화(炎火)는, 주인의 집을 지키는 문지기처럼 궁을 둘러싸고 있었다.

구화와 바리가 점점 궁에 다가가자, 불길이 갑자기 길을 내며 옆으로 퍼져 나간다. 참으로 괴이한 일이 아닐 수 없었다. 그 안으로, 홍옥으로 꾸며진 붉은 궁이 모습을 드러냈다. 생소하고도 신기한 모습에 바리의 눈이 동그랗게 떠졌다. 구화가 장난스레 눈을 찡그렸다.

"내가 원체 화려한 것을 좋아하지 않더냐? 후후, 그래서 바꾸었느니라. 안 그래도 삭막한 곳에 화려한 곳 하나 있다 하여 감히 뉘 뭐라 할 것이냐?"

"저리 궁의 모습을 바꾸는 것도 신의 권능이옵니까?"

"권능이라……. 권능보단 궁의 의지라 하는 것이 옳겠구나. 궁은 주인의 마음에 반응하여 모습을 바꾼단다. 그것이 명계의 주절음천궁이든, 지옥의 유왕옥궁(幽汪獄宮)이든 말이지. 명계가 그리 삭막한 것도 엄연히 따지면 율 때문이란다. 쯧, 그리 삭막하게 살아서야……."

명계란 곳이 본디 삭막한 곳인 줄 알았다. 그런데, 설마 율의 감정을 반영하여 그리 식막한 느낌을 풍기는 것이라니……. 바리는 또다시 마음이 따끔거리는 것을 느꼈다.

'율. 율. 염라대제 율.'

자꾸만 그를 생각하게 된다. 그의 삭막한 마음에, 그의 외로운 마음에 자신마저 괜스레 아파오는 것 같다. 이것은 과연 옳은

석산화(石蒜花) 145

반응인 것일까.

"자아, 이제 들어가 보자꾸나. 태령과 율은 진즉에 와 있을 게야. 태령의 입이 불퉁하게 튀어나왔을 것에, 내 모든 것을 걸어도 좋다."

구화가 그녀 특유의 발걸음으로 궁 안으로 들어가려 할 때였다. 바리가 그녀의 발걸음을 잠시 붙잡았다.

"……저기, 구화님."

"응? 왜 그러느냐?"

"여쭤볼 것이 있습니다."

바리가 먼저 자신에게 물어볼 것이 있다면서 다가온 것은 처음이었기에, 구화가 잠시 멈칫하다 고개를 끄덕였다. 그 허락에 바리가 조심스레 운을 뗐다.

"지난번에 말씀하셨지요. 구화님께서 저를 알게 된 경위가 염라대제를 통해서라고요. ……그렇담, 혹 그 전에 염라대제께서 저를 찾아오신 적이 있다는 건가요?"

"그게 무슨 말이더냐?"

"꿈을 꾸었습니다. 일식의 밤에, 그분께서 잠든 제 곁을 지켜주시던 꿈을요. 한데 이것이 너무나도 생생하여……."

바리가 말끝을 흐렸지만 그 의미는 분명했다. 그것이 꿈인지 생신지 모르겠다며 바리가 혼란스러운 표정을 지었다. 그런 그녀를 보고 있자니, 구화는 짓궂게도 점점 흥미가 동했다. 그녀의 시선이 바리 어깨 위로 살포시 내려앉은 검은 나비에게로 향했다.

그가 시종의 봉인을 풀어줬다라……. 그것도 바리를 위해서.

구화의 입꼬리가 부드럽게 말려 올라갔다.

"그것은 나보다 율에게 직접 묻는 것이 낫겠구나. 내 친히 자리를 마련해 주지. 대신 아가야, 나랑 약조 하나만 해주겠느냐?"

"무슨 약조를 말씀하시옵니까?"

"네 인간계에서의 기억이 어떤지는 안다. 하나, 여기는 모두 너를 소중히 여기는 명계란다. 그러니 감정을 속이려고도, 감추려고도 하지 말거라. 이것을 꼭 지켜줬으면 하는구나. 그리 해줄 수 있겠느냐?"

바리는 순간 무슨 의미인가 싶어 눈만 깜빡거렸다. 감정을 속이지 말라……. 설마 제 속내라도 들킨 건가. 바리가 마침내 어렵사리 고개를 끄덕이자, 구화가 희미하게 웃으며 가볍게 손가락을 튕겼다. 그녀의 등장에, 유왕옥궁이 끼이익거리며 그 거대한 아가리를 벌려 그들을 맞이했다.

붉은 천이 하늘을 수놓고, 그 아래로 풍등이 바람결에 살랑살랑 춤을 췄다. 그들이 자리한 연회장 바깥으로, 석산화밭이 그 달콤한 향을 뿌리며 끝없이 펼쳐졌다. 바리는 구화의 권유로 율의 옆자리에 조심스레 앉았다. 자신의 곁에서 안절부절못하는 바리를 발견한 율의 미간에 미세하게 실금이 갔다

황금을 녹인 옥좌에 앉은 구화가 허공에 술잔을 흩뿌렸다.

"시작하라."

그녀의 명령이 떨어지자마자, 연회장 무대 위로 탁한 회색빛의 연기가 피어오르기 시작했다. 이내 연기의 형태가 일렁이더니 어느새 어여쁜 가희(歌姬)와 악공들의 모습으로 변했다.

그들 역시 망자의 영혼.

가희 뒤에 앉아 있던 악공들이 시작을 알리며 제각기 악기에 손을 올렸다. 그들의 손 끝 아래로 고운 음률이 흘러나오자, 그것에 맞춰 가희가 천천히 몸을 일으켰다. 그녀는 붉은 무복을 입고 얼굴에 검은 천을 둘러싼 채로, 팔에 끼운 한삼을 길게 휘날리기 시작했다. 고운 목소리가 연회장에 울려 퍼지며, 섬세한 춤사위가 무대 위를 가득 채웠다.

바리는 무대에서 한순간도 눈을 뗄 수 없었다. 애초에 저런 궁중의 기예단과도 거리가 멀었을 뿐만 아니라, 늘 인간들에게 박해받았기에 가까이 할 수 없었기 때문이리라.

그렇게 한 차례의 눈요기가 끝나고, 이번엔 다른 가희들이 검은 연기 속에서 튀어나와 검무를 췄다. 바리는 자신 앞에 마련된 궁중 요리를 먹으려는 생각도 못한 채, 그들의 화려함에 넋을 빼놓았다. 흥겨운 자리에 태령은 느긋하게 꼬치를 입에 물며 그것을 관람했고, 율 역시 도수 높은 술을 입안에 털어 넣고 있었다. 마지막으로 구화가 연회에 빠져 있는 바리와 율을 보며 눈을 빛냈다.

"아!"

순간 바리의 눈앞에 무척이나 아름다운 오색나비가 날개를 펼치며 어른거렸다. 그 나비는 바리의 콧잔등에 살짝 앉았다가, 이내 그녀의 등 뒤로 사뿐히 날아갔다. 바리가 나비의 움직임을 좇아 고개를 돌리니, 나비는 어느새 바리 뒤편에 만개해 있던 석산화 위에 살포시 앉아 있었다.

다들 무대 위의 연회에 관심이 쏠려 있을 때였다. 바리는 무의식적으로 저도 모르게 나비를 쫓아 일어섰다.

"바리?"

율이 그것을 깨닫고 급하게 고개를 돌렸을 땐, 이미 바리는 사라진 뒤였다. 율의 손아귀에 들려 있던 유리잔이 챙! 하며 깨져 나갔다. 그 소리에 흥겹던 연회장에는 한순간 적막이 찾아왔다. 가희는 염라대제의 기운에 덜덜 떨며 무릎을 꿇고 고개를 숙였다. 율이 살기를 품은 눈으로 구화를 태울 듯이 쏘아봤다.

"이게 무슨 짓이냐, 구화."

구화가 붉은 입술을 끌어올리며 매혹적으로 웃었다. 피차 무슨 짓을 했는지 모를 리 없을 테지만, 그녀는 알면서도 딴청을 피웠다.

"후후, 지금 네 얼굴이 어떤지 아느냐? 변덕인 것치고는, 꽤나 다급해 보이는구나."

"쓸데없는 소리 집어치우고 대답하라."

"글쎄. 아, 그런데 혹 아는지 모르겠구나. 명계의 석산화는 영혼을 매혹시키지. 슬픈 기억에 영혼을 가두고는 영원히 그곳에서 헤어나지 못하는 몹쓸 버릇이 있다지, 아마?"

구화가 '바리는 지금쯤 이떻게 되었을까?'라고 말을 잇는 것과 동시에 율이 자리를 박차고 힘을 개방했다. 해방된 율의 힘은 궁을 소멸시킬 듯 온 궁을 압박했다. 그만큼 율이 분노하고 있다는 증거였다. 율이 허공에 남아 있는 바리의 흔적을 추적하기 시작했다. 마침내 흔적을 찾아낸 그가 싸늘한 시선으로 구화를 일갈

하고는, 이내 잔상을 남기며 사라졌다.

"혹여 무슨 일이 생겼다면, 아무리 너라도 절대 용서치 않으리라."

남아 있는 이들의 연회장엔 이미 모든 흥취가 가라앉은 뒤였다. 사자 위에 누워 있던 태령이 몸을 일으켰다.

"도대체 무엇을 꾸미는 게냐, 구화."

율이 사라진 그곳을 부드럽게 지켜보던 구화가 한순간 얼굴을 굳히며 태령을 돌아봤다.

"태령. 아니, 태을구조천존이시여. 저는 당신의 속마음을 모르겠습니다. 당신은 정녕 율의 소멸을 바라시는 겝니까?"

구화가 평소와는 달리 태령에게 존대를 했다. 동등한 신들 간의 대화가 아닌, 천계의 최상위 신과 만들어진 신과의 거리감이었다.

"저는 바라지 않습니다. 천 년의 세월을 그렇게 힘겹게 살다가, 결국은 자멸이라니. 이것이 도대체 무어란 말입니까? 인간계의 초대 왕이었던 그입니다. 평생을 전쟁 속에서 살아오고, 명계에 내려와선 죽은 자들과 함께였는데, 그 대가가 고작 이거인 겁니까? 그리할 순 없습니다."

구화의 말에 태령의 눈길이 순식간에 매서워졌다. 어린아이의 모습을 한 태령에게서 나오는 위압감은 모든 신들의 위에 군림하는 최상위 신, 그 자체였다. 구화는 숨이 턱턱 막힐 것 같은 것을 애서 참아내며 태령의 힘을 마주했다.

"하여, 너는 저 아이가 율의 버팀목이라도 될 것이라 생각하는 것이냐?"

"네. 율이 명왕이 되고 나서 처음으로 관심을 준 아이입니다. 그 옛날에도, 그리고 지금도 그는 저도 모르게 그녀에게 관심을 쏟고 있지요. 바리에게 준 사령만 해도 그렇지 않습니까?"

율은 사령을 통해 바리의 일거수일투족을 보고 있었다. 아마도 그것은 자신을 경계하기 위해서일 터. 혹은 그 무엇이 되었든 아이를 보호하기 위해서일지도 모른다. 마치, 지금처럼.

"비슷한 존재이면서도 다른 그들은 결국 서로에게 빠져들게 될 것입니다."

"……그렇다 한들, 그 아이가 그의 결정을 바꿀 수 있겠는가?"

"세상의 이치를 어긴 존재입니다. 운명조차 주어지지 않은 존재이지요. 분명 저 아이는 모든 업을 뛰어넘을 수 있을 겁니다."

구화의 강한 확신에 태령은 제 신수에 몸을 묻으며 눈을 감았다. 마지막으로 구화가 단호히 내뱉었다.

"그러니 태을구조천존께서는 저들을 도와주실 것이 아니라면, 차라리 지금처럼 방관하고 계십시오."

바리가 오색나비를 잡았을 땐, 이미 그녀는 석산화밭 한가운데 서 있었다. 자신도 모르는 사이에 그곳에 왔다는 것을 깨달은 그녀가 적잖게 당황했다. 마치 꽃향기에 취해 미몽에 홀린 것 같았다. 바리의 시선이 끝없이 펼쳐진 꽃밭으로 옮겨졌다. 붉은 꽃잎은 달콤한 향을 내뿜으며 바리를 유혹했다.

그녀가 자신의 앞에서 살랑살랑 춤추는 석산화 한 송이를 꺾으려고 할 때였다. 율이 그녀의 허리를 강하게 붙잡아 제 품 안으로 끌어당겼다.

"만지지 않는 것이 좋을 것이다."

깜짝 놀라 바리가 꽃을 만지려던 손을 접었다.

"명계에 꽃이 필 수 있는 곳은 오직 한 군데, 태령이 관리하는 서천화원(西天花園)뿐이다. 여기에 있는 꽃들은 모두 구화의 힘에 의해 유지된 것뿐. 한번 찔리면 꽃 속에 숨겨진 맹독에 의해 바로 숨을 거둘 테지."

율의 말에 바리가 질린 얼굴로 탐스럽게 핀 석산화를 내려다보았다. 아름다운 꽃은 모두 가시를 숨기고 있다더니……. 그런 그녀를 바라보던 율이 나지막이 입을 열었다.

"갖고 싶은 건가?"

"아. 저, 그게……."

바리는 갑작스런 율의 질문에 쉽사리 말을 잇지 못했다. 마주한 그의 체온에 당황스럽기 그지없다. 혹여 얼굴이 붉어지진 않았을까. 그녀가 그의 품에서 바스락거리며 벗어나려 하자, 율이 그녀를 가볍게 놓아주며 손가락을 가볍게 튕겼다.

잠시 후, 율의 앞에 있던 수많은 석산화 중 가장 크고 탐스럽게 핀 꽃이 공중으로 떠올랐다. 날카로운 바람에 독을 품은 줄기가 잘려 나가고 오직 꽃만이 남았다. 허공에 두둥실 떠 있던 꽃이 바리 앞으로 천천히 날아갔다. 바리가 얼떨결에 두 손을 펼치자 그녀의 작은 손 안으로 꽃이 뚝 떨어졌다.

예상치 못한 선물에 바리가 얼떨떨한 모습으로 율을 향해 감사를 표했다. 점차 그녀의 표정이 밝아졌다.

"감사합니다, 염라대제시여."

"사소한 것에 많이도 감사해하는군."

"사소한 것일수록 더 소중하기 때문이죠."

율의 작은 중얼거림을 놓치지 않은 바리가 맹랑하게 대꾸했다. 그는 그런 그녀를 질책하지 않았다.

"그럼 됐다."

율이 다시 한 번 가볍게 허공을 젓자, 구화가 그랬던 것처럼 순식간에 허공에 다른 이공간이 생겨났다.

"이제 그만 돌아가지."

율이 자연스레 바리에게로 손을 뻗었다. 그의 손길에 이끌려 가던 바리는 문득 이윽고 이것이 바로 구화가 준 기회임을 깨달았다. 바리가 다급히 율을 붙잡았다.

"잠시, 잠시만요."

"뭔가?"

"저, 염라대제께 묻고 싶은 것이 있습니다. 혹시 인간계에서 저와 거래를 하신 뒤, 저를 찾아오신 적이 있으십니까? 이를 테면 늦은 밤에 말입니다."

생각지도 못한 바리의 질문에 율의 일굴이 굳어졌다. 바리는 이번이 아니면 물어볼 기회가 영영 없을 것 같아 계속해서 말을 이었다.

"꿈에서 보았습니다. 일식의 밤이 되면, 당신은 저를 찾아오셨어요. 그러곤 저에게 속삭였지요. 강해지라고. 이겨내라고요. 그것이 정녕 당신이 맞는 건가요?"

설마하니 그녀가 그걸 기억할 줄은 몰랐던 율은 잠시 당황하고 말았다. 일부러 자고 있을 때만 찾아갔거늘. 설마 이것 역시도 구화의 농간인 겐가. 바리가 계속해서 그의 답을 기다리자, 결국 율이 낮게 한숨을 내쉬었다.

"……내가 찾아간 것은 맞다. 그러나 그것은 이미 오래된 이야기일 뿐. 이제 와 의미를 둘 행동은 아니다."

하나 바리는 그럴 순 없었다. 자신에게도 외롭지 않은 순간이 존재했다는, 그 작은 사실 하나가 마음에 긴 파문을 일으켰다. 어릴 적, 자신의 곁엔 아무도 없었다. 늘 혼자라고 생각했는데, 실은 그게 아니었다니. 그가 계속해서 자신을 신경 쓰고 있었다니. 어쩐지 눈물이 흐를 것만 같았다.

"……무엇이든, 어떤 의미였든 상관없습니다."

바리가 진심을 다해 고개를 숙였다. 언젠가 제균이 말해줬던 것대로, 치마를 살포시 올리면서 우아하게.

"당신께 감사 인사를 드립니다. 당신께 변덕이었을지 몰라도, 저에겐 소중한 기억이니까요."

그것만으로도 흘러간 시간이 조금이나마 위로받는 느낌이다.

"하. 정말이지 어쩔 수 없는 계집이구나. 이제 그만 가자. 시간을 많이 지체했다."

"예."

율이 그녀를 가볍게 안아 열어놓은 통로 안으로 들어갔다. 이윽고 이공간은 언제 존재했냐는 듯 순식간에 모습을 감췄다.

율은 언제나처럼 주절음천궁, 자신의 옥좌에 앉아 있었다. 돌고 돌아 그는 언제나 이곳으로 올 수밖에 없었다. 명계의 신이 되어버린 그에게 주어진 자리는 이곳밖에 없기에.

모든 것이 어둠에 묻혀 아무것도 보이지 않은 그때, 율의 붉은 눈동자가 서늘한 빛을 발했다. 안개 속에서 만인경이 모습을 드러냈다. 그는 만인경 속에서 무언가를 뚫어지게 응시했다.

만인경 속에 있는 것은, 죽음의 기운에 삼켜져 가는 율, 바로 본인의 모습이었다. 지난번 바리가 보았던 기운보다 더 진득하고 탁한 기운이 거칠게 넘실댔다. 그 속에서 수천, 수만의 사귀들이 하나같이 꿰뚫리고, 베이고, 처참한 죽음을 맛본 모습으로 율에게 손을 뻗어왔다. 팔다리가 가려지고 몸이 가려지고 마침내 얼굴까지 가려져 가는 상황 속에서, 거울 속의 율이 천천히 눈을 떴다. ……그 속에서 비친 것은 검정색의 두 눈동자였다.

율이 거울 속에 있는 그것을 보며 냉소했다.

"설(卨)."

전차 검은 기운이 율, 아니 설의 몸을 잡아당겼다. 어서 같이 지옥으로 가자는 듯한 그 행위에 거울 속의 그는 힘없이 어둠의 저편으로 떨어져 갔다. 그것을 지켜보며 율은 아무런 행동도 하지 않았다. 그저 그 상황을 무심히 바라볼 뿐이었다.

마침내 설의 모습이 검은 안개에 싸여 완전히 사라져 가는 그 순간이었다. 갑자기 '쨍!' 하는 소리와 함께 거울 표면에 금이 가기 시작했다. 사자의 포효가 궁 안에 울려 퍼졌다. 사자의 포효가 엄청난 위압감을 내뿜으며 모든 탁한 것들을 정화시켰다.

율이 천천히 고개를 돌려, 청문장 한가운데에 서 있는 어린 남자와 그의 몸을 감싼 아홉 머리의 사자의 모습을 한 신수를 내려다봤다.

"태을구조천존."

어린아이의 모습을 한 태령은 입술을 깨물었다.

"……율."

그의 부름에 율의 눈동자가 차갑게 식었다. 그래, 마치 뜨겁게 달구다 이제는 다 타버려 재만 남은 것과도 같았다. 분명 붉디붉은 눈동자임에도 불구하고 그의 눈은 시렸다.

"당신은 나를 그렇게 불러서는 안 되지 않습니까? 당신이 내게 준 이름이 얼마나 많은데요. 설. 탕왕(湯王). 염라대제. '율'이라는 이름은 그저 본명을 쓸 수 없기에, 지은 이름일 뿐인 것을."

피부에 와 닿는 그의 분노와 절망에 태령의 눈가가 부르르 떨렸다. 이 모든 것은 자신과 서왕모의 죄업이었다. 아니, 아니다. 정확히는 자신의 죄였다.

설(契)은 본디 혼란한 인간계를 평정하기 위해, 원시천존의 허락 하에 만들어진 태고의 제왕이었다. 원시천존의 명령을 받들어 서왕모는 육체를 만들었으며, 태을구조천존인 자신은 그에게 영혼을 불어넣었다.

그들의 의도대로 설은 부족의 힘을 키워 폭군인 걸왕을 무찌르고, 최초의 국가인 상(商)를 세우며 초대 왕이 됐다. 그러나 문제는 인간계를 제외한 다른 모든 세계에서 발생했다. 본디 명계와 지옥은 하나였으니, 이것을 합쳐 지하(地下)라 불렀다. 서왕모의 부탁으로 지하를 다스리던 염제 신농이 그만 살해당하고 만 것이었다. 주인을 잃고 만 세계가 이지를 잊고 날뛰기 시작하니, 그 권좌는 당연히 공중에 뜨게 되었다.

원시천존은 오랜 잠에 빠져 있었다. 서왕모는 선계와 천계의 다리인 곤륜산을 지켜야 했다. 지체할 만한 시간이 없었다. 어서 지하를 다스릴 만한 자를 찾아야 했다. 그러던 때에 서왕모가 태령을 찾아왔다.

"내 인간계를 정리하고자 인간 사내 하나를 만들었을 적에, 죽음조차 넘볼 수 없는 육신을 만들었다네. 그자의 사명이 이제 다 끝나가니, 그자를 지하로 불러들이세."

"하지만 난 인간과도 같은 영혼을 만들었다, 서왕모. 지하로 불러들인다 한들, 다 통치하지 못할 것이야."

"그렇다면 세계를 나누면 될 것. 지하를 명계와 지옥으로 나눠, 각각 다스리도록 하지."

태령은 더 이상 반박할 수 없었다. 지독한 사기(死氣)에 아무도 지하를 다스리려 하지 않았다. 이대로 세계를 그냥 놔둔다면, 원시천존이 애써 만든 질서도, 세상도 다 무너지고 말리라. 결국 그는 마지못해 그녀의 제안을 허락했다.

하여 설은 인간으로서의 천수를 누렸음에도 불구하고, 또 다른 사명이란 미명 아래 죽지 못하고 지하로 내려왔다. 그것이 흐르고 흘러 지금까지 이어져 이렇게, 그의 눈앞에서 한없이 망가져 가고 있었다. 천신인 그조차도 그저 지켜보는 것 말곤 할 수 있는 게 없었다.

태령의 시선이 율 앞에 떠 있는 만인경으로 향했다. 신이 만든 존재인 율은 망각을 모른다. 천 년의 세월을 살아오면서 겪은 모든 것을 다 기억하고 있었고, 그것은 시시각각 율의 목을 졸랐다.

"……원망하느냐?"

태령이 무엇을 원망하는지 묻지 않았지만, 율은 알 수 있었다. 자신을 만든 것을, 죽음조차 빼앗은 걸로 모자라 명계에 내려보내 신 노릇을 하게 만든 것을, 그 모든 것을 원망하느냐는 질문이었다. 율은 조소했다. 차라리 물어보지 않는 것이 나을 뻔한 질문이었다.

"원망합니다."

"사과해야 하는가?"

"하지 마십시오. 지금 당장 제 목숨을 끊어놓으실 것이 아니라면."

"네가 사라지면 명계는 또다시 혼란스러워질 것이다."

태령은 스스로가 얼마나 비겁한지 알지만 어쩔 수 없었다. 비록 율이 자신에게 있어 자식과도 같았지만, 그에겐 영면에 든 원시천존이 만든 세계를 지켜야 할 의무가 있었다. 그것이 바로 서왕모와 같은 태고신의 임무였다.

"상관없습니다."

"꼭 소멸만이 방도는 아니리라. 반대로 완전한 천신이 되는 것도……."

"그만하십시오. 천 년이면 충분하지 않습니까?"

"율아."

"구화는 우리가 벌을 받고 있는 것이라 표현하더군요. 꽤 적당한 표현이지 않습니까? 이것이 지옥의 불길을 버텨야 하는 가혹한 형벌보다 못할 것이 무에 있겠습니까."

가혹한 형벌. 죽은 이의 비명을 천 년 동안 들어야 하는 것은, 그 어느 것보다도 더 가혹할 것이었다.

"저에게 주어진 마지막 사명은 완수할 테니, 그만 가십시오."

태령은 그게 아니라고 말하고 싶었다. 그것을 걱정하는 게 아니라고. 그는 어떻게 해서든 율을 붙잡고 싶었다. 그것이 자신의 욕심이든 속죄든 그 무엇이든지 간에.

하지만 율은 무척이나 지쳐 보였다. 도저히 그런 그를 붙들고 있을 수가 없었다. 결국 태령은 쓸쓸히 자리를 피했다. 발걸음을 옮기는 태령에게 구화의 말이 바람처럼 날아와 귓가에 맴돌았다. 그녀는 바리라는 아이가 율을 붙잡을 수 있다고 했다.

바리. 반인반귀. 세상의 이치를 어긴 존재. 한없이 약하고, 한없이 기이한 그 존재가 과연 율을 붙잡을 수 있을까.

태령은 본디 이 모든 것을 함께했으면 좋을 여인을 떠올렸다.

"……다음 대 염라대제를 준비해야 하는가, 서왕모."

하나 그녀는 이런 순간에도 아무런 대답도 하질 못할 것이다. 그녀는 사랑하는 이를 떠나보내고 아직까지 슬픔에 잠겨 있으니. 신이란 자리는 허울 좋은 것에 불과했다. 정작 신인 우리들은, 이리 괴로움 속에서 살아가거늘······.

제五장
선택

　그를 지칭하는 인간들의 표현은 무수히 많았다. 설(卨), 탕왕, 상(商)의 시조, 걸왕을 무찌른 성군, 염라대제, 그리고 율. 신의 힘으로 만들어진 그는 존재할 때부터 완벽한 존재였으며, 세상의 규칙이 유일하게 허락한 반신(半神)이었다.

　율은 지금 기나긴 과거를 걷고 있었다. 피로 시작되고, 피로 끝날 붉은 흔적의 자취를…….

　시작은 태어나는 그 순간부터였다. 서왕모는 완벽한 육체를, 태을구조천존은 성숙된 영혼을 부족의 한 여인의 태내에 흡수시켰고, 그리하여 그는 그 여인의 배를 찢어 태어났다. 여인은 죽음 앞에서 허덕이는 그 순간에도, 그를 위대한 존재로 보듯 숭배했으며 또 두려워했다.

　세상은 그를 신이 내려준 군왕(軍王)이라 말하며 경배했다. 그는 당연하게 설(卨)로서 부족장이 되었고, 또 전장에 나가 군대를 이끌었다. 자신을 경배하면서도 한편으론 두려워하는 사람들. 발밑에 쌓여가는 시체. 죽은 자들의 비명.

그는 왕좌에 앉아서도 끝없이 쳐내야 했다. 한때는 사랑했던 여인을, 왕좌를 탐하는 가족을, 오래된 친우를, 자신의 곁에서 용맹하게 싸우던 신하를, 가까운 모든 이를 죽였다. 이 모든 것은 '존재'할 때부터 예견된 일이었지만, 그는 점점 버티기가 힘들어졌다. 고독했다. 메말라갔다. 광기가 범람했다. 그렇게 지독한 나날이 이어졌다.

하루하루를 그 끝을 예견하며 간신히 버텼건만, 신은 그의 바람을 들어주지 않았다. 그는 자신의 의지를 빼앗긴 채 명계로 내려와야 했다. 그 모든 것이 원치 않은 일이었지만,' 신들은 그에게 강요했고, 그는 받아들일 수밖에 없었다.

붉은 피가 범람한다. 그의 칼날에 쓰러져 가는 이들의 비명이 스며든다. 원혼의 비명이 사방을 메운다. 그 속에서 율은 점차 무너져 갔다. 그를 구성하는 요소들이 차츰 제 기능을 잃어가고 있었다.

"헉!"

율에게서 짧은 신음이 터져 나왔다. 그의 검은 속눈썹 사이로 자취를 감췄던 붉은 동공이 모습을 드러냈다. 온몸이 식은땀으로 축축하게 젖어 있었다. 율이 침상에서 몸을 일으켰다. 꿈이었나. 하지만 분명이 과거에 있었던 참사였다.

"기분이 더럽군."

율은 방 안의 기운이 불안하게 일렁이는 것을 느꼈다. 사방이 막힌 그곳에서 그의 기운이 주인의 몸에서 벗어나고자 요동치고 있었다. 율이 잠시 제어를 풀자, 그의 주변으로 기운이 폭사한다. 눈동자가 요사스럽게 일렁이다 잠잠해진다.

"하아."

나른한 숨을 내쉰 율이 기운을 갈무리하며 머리칼을 쓸어 올렸다. 손가락 사이로 땀에 배 축축하게 젖은 머리카락이 감겼다. 그는 본능적으로 일식이 얼마 남지 않았음을 깨달았다. 앞으로 그의 힘은 더 자아를 잃고 날뛸 것이다.

율은 침상 옆 탁자 위에 놓여 있던 황금의 잔을 잡았다. 황금의 잔 안에는 깨끗한 물이 찰랑이며 가득 차 있었다. 그가 망설임 없이 손에 들린 잔을 허공에 뿌렸다. 투명한 물방울들이 허공을 수놓고, 물의 강이 둑을 넘어 비단처럼 펼쳐졌다. 그러나 그 물들은 대기 중에 멈춘 것처럼 떨어져 내리지 않았다. 그 위로 율의 힘을 상징하는 검은 기운이 스며들기 시작했다. 허공에 펼쳐진 수면은 점차 무언가를 형상화하기 시작했다. 바로 바리였다.

'그것을 유아라 부르던가?'

율은 바리에게 붙여둔 그 사령을 통해 언제니 그녀를 지켜보고 있었다. 하지 말아야지 하면서도, 계속해서 그녀에게 시선이 갔다.

바리는 지금 구화의 무릎을 베고 누워 있었다. 눈을 감고 있는 그 모습이 무척이나 편안해 보였다. 그 모습에 율의 굳은 얼굴이 약간 풀렸다. 불쾌한 기운이 사라져 가는 느낌이었다. 그러나 그것은 찰나에 불과했다. 부드럽게 바리의 머리칼을 쓸어내리던 구화의 손에 어두운 힘이 서렸다. 구화가 귀신을 베기 위해 복숭아나무로 만들어진 칠성검(七星劍)을 허공에서 꺼내들었다. 그녀는 망설임 없이 바리의 목에 날카로운 칼날을 댔다.

잠시나마 풀렸던 율의 얼굴이 순식간에 굳었다. 바리의 목에서 붉은 선혈이 가늘게 흘러내렸다. 그 모습이 수면 위에 비치자마자, 율의 신형(身形)이 한순간에 흔적도 없이 사라졌다.

바리는 구화를 만나기 위해 다시 한 번 지옥을 찾았다. 이번엔 유왕옥궁이 아닌, 지옥을 다스릴 수 있는 지옥의 연못이 있는 구화의 사저였다. 지옥의 여주인만 들어갈 수 있는 그곳에서 바리는 구화와 마주했다.

바리가 지옥의 연못을 슬쩍 내려다봤다. 물고기도, 그 어느 생명도 살 수 없는 죽은 연못이 불길에 휩싸여 있었다. 기이하게도 연못물은 불길에 타지 않았다. 불길은 지옥의 연옥불로 침입자를 차단하는 역할을 하기 위해 존재하는 것. 오직 신성한 기운만을 품은 색 고운 연꽃만이 연못 위에서 하얀 빛을 터뜨리며 모든 것을 정화하고 있었다.

정적을 깬 것은, 나지막한 목소리로 입을 연 구화였다.

"내 예전에 이리 말한 적이 있단다. 명계의 신들은 모두 벌을 받고 있다고 말이지. 기억하더냐?"

바리가 연못에서 시선을 돌려 눈앞의 구화를 마주 봤다.

"네, 그리 말씀하셨지요."

"후후, 나는 율의 죄는 정확히는 모르나, 나의 죄는 알고 있단다. 지금도 후회하고 또 후회하지."

구화는 말을 마치며 씁쓸히 웃었다. 그녀가 오른손 검지를 들자, 대기 중에 흩어져 있던 기운이 뭉쳐져 손끝을 날카롭게 베어 냈다. 붉은 핏방울이 새어나오며, 이내 연못 안으로 떨어져 내렸다.

수면이 거칠게 일렁인다. 심해의 끝자락에 가라앉아 있던 무언가가 물결을 타고 올라왔다. 색목인의 모습을 한 아름다운 사내였다.

"내가 사랑하던 사람이란다. 인간일 적의 마음이 퇴색된 지금에도, 여전히 내 가슴 속에 자리 잡은 이이지."

바리의 시선이 색목인에게로 향했다. 구화가 평소와 달리 가라앉은 목소리로 말을 이었다.

"……그리고 내가 죽이고 만 안타까운 이이기도 하단다."

바리의 눈이 커졌다. 그녀는 아무런 말도 내뱉지 못했다. 그저 구화의 다음 말을 기다릴 뿐이었다.

"인간은 어찌하여 이리 연약하고, 또 어리석을까. 갑자기 집안이 패가망신해 집도, 가족도 잃고 기생이 된 나에게 어느 마을 사내가 속삭였단다. 날 이리 만든 것이 저치라고. 그 당시 난, 너무 힘들었고 원망할 대상이 필요했다. 하여 저이를 미워했고, 그

미움을 키워 결국 저 사람의 심장에 칼을 꽂았다."

"아……."

"그런데 훗날 알게 되고 말았지. 마을 사내가 날 속였다는 것을. 마을 사내를 포함한 마을 사람 전체가 색목인인 그를 꺼려하여 날 이용한 것이었다."

구화는 잠시 말을 끊었다. 아직도 그때 일을 생각하면 분하고도 안타까웠다. 그녀의 눈썹이 파르르 떨려왔다.

"분노는 걷잡을 수 없이 커졌다. 나는 날 속인 마을 사람들도, 그이를 믿지 못하고 죽인 나도 용서할 수 없었어. 결국 난 마을 문을 잠가 버리곤 불을 질렀다. 내 몸도 그 속에서 활활 불타올랐지. 난 내 몸을 태우는 불꽃 속에서 웃었다."

그리고 그녀는 다시 눈을 떴다. 모든 것을 잃은 채로, 서왕모의 눈앞에서. 서왕모는 슬픔에 겨운 자신에게 신이 되는 벌을 내렸다. 거부할 권리 따위는 없었다. 안식을 얻을 기회도 없었다. 씻을 수 없는 죄를 지은 이에게 내려지는 신의 엄명이었다. 그리하여 그녀는 인간일 적의 영혼과 기억을 가진 채 지옥의 신이 되었다. 실로 불완전한 존재가 아닐 수가 없었다.

어느새 바리는 눈에 눈물을 그렁그렁 매달고 있었다. 바리는 모든 것을 다 잃은 구화의 마음을 어렴풋이 이해했다. 그녀가 애잔했고, 그렇기에 슬펐다.

구화는 숨을 한번 크게 들이켜고는, 다시금 말을 이었다.

"그런 날 구해준 것이 율이었다. 인간일 적의 감정을 잊지 못해, 그 감정의 폭우 속에서 무너져 가는 날 위해, 그는 규율을 어기면서도 명계에 온 그이의 영혼을 빼돌려 나에게 주었느니라. 미안한 마음이든, 분노든 영혼에 대고 직접 풀어내라는 것이었겠지."

율의 힘에 의해 깨어난 싱의 영혼은 그녀에게 설명했다. 오해였다고, 그녀를 구하기 위해 노력했다고. 하나 이미 그녀는 죄를 지었고, 싱은 자신의 업보를 씻어내고 윤회의 굴레에 들어가야 했다. 지금쯤 아마 그는 인간으로 다시 환생해 살고 있을 터다.

구화가 천천히 몸을 돌렸다. 눈물이 가득한 바리를 응시하는 그녀의 눈도 애잔하게 물들어 있었다. 실은 구화가 말하고픈 이야기는 자신의 과거사가 아니었다.

"하여 율은 나에게 소중하다. 그 뜻이 무엇이든, 그는 사랑했던 이를 다 잃은 내 곁에 있어준 유일한 존재란다. 바리야, 너는 율을 어떻게 생각하느냐?"

"예?"

갑작스런 질문에 바리는 당황하고 말았다.

"그에게 어떤 감정을 품고 있더냐? 여전히 그를 멀리하고 싶더냐?"

그녀의 질문은 집요하게 바리를 좇았다. 시간이 없었다. 더는 느긋하게 지켜볼 시간이, 이젠 정말로 남아 있질 않았다.

"그건…… 저도 잘 모르겠습니다."

"아이야. 그에게 남은 시간은 얼마 없단다."

"예? 그 무슨……."

바리는 지금 그녀가 무슨 말을 하는지 도무지 이해되지가 않았다. 구화가 한없이 진지해진 모습으로 말을 이었다.

"너에게 미처 다 설명하지 못했느니라. 일 년의 유예? 내가 감히 어찌 율의 품에서 널 빼앗아 오겠느냐. 그것은 다 그가 곧 소멸, 아니지. 자멸(自滅)할지도 모르기 때문이지."

구화가 천천히 바리의 코앞까지 다가갔다. 그녀가 바리의 귓가에 속삭인다. 구화의 시선이 바리의 등 뒤에서 가볍게 날아다니는 검은 나비에게로 향했다. 구화의 입꼬리가 살짝 올라간다.

"남아 있는 시간이 얼마 없다. 모든 것은 거침없이 움직이고, 시간은 언제나 흘러간단다. 단지 흐르지 않는 것은 명계의 우리들뿐이지."

"저에게 무엇을 원하시는 겁니까?"

"내가 그 기회를 마지막으로 딱 한 번 주도록 하지. 그러니 네 스스로를 꼭 들여다보렴."

바리가 무언가 항변하고 싶을 때였다. 구화의 말이 끝남과 동시에 바리는 눈앞이 흐려지는 것을 느꼈다. 지옥의 연못을 둘러싼 연옥불이 거칠게 일렁였고, 대기를 메운 그녀의 기운이 한순간 바리의 몸속으로 쇄도했다. 이내 바리의 눈꺼풀이 천천히 내려앉았다. 마지막으로 자신을 안타깝게 바라보는 구화의 얼굴이 보였다.

"육체는 잠들 것이요, 정신은 깨어 있을 거란다. 율은 유일하게 너에게 반응하지. 잘 보아라. 나는 기회를 만들어주는 것밖에 못 해. 네 스스로 생각해야 하느니라."

이윽고 바리의 몸이 천천히 쓰러져 내려갔다. 구화가 무너져 가는 바리의 몸을 잡아채며 연못 옆에 편안한 자세로 앉았다. 그녀는 자신의 무릎 위로 바리의 머리를 올렸다. 구화는 잠든 것처럼 보이는 바리의 모습을 보며 그녀의 머리칼을 부드럽게 쓸었다.

비록 육체는 잠들었지만, 감각은 살아 있었기에 구화의 따스한 체온이 느껴졌다. 무언가 톡, 바리의 뺨 위로 떨어졌다.

"날 원망해도 좋다. 날 미워해도 좋고, 용서치 않아도 좋다. 다 내가 이기적이라 그런단다. 나는 비록 이리 신으로서 살아간다만, 인간에 불과하단다. 이 지옥에서 율이라도 없다면, 나 역시 망가지고 말까 봐 그래."

그녀는 율을 위해 그가 살기를 바랐지만, 한편으론 자신을 위해서이기도 했다. 그 누구보다도 강인했던 그가 그리 무너지면, 언젠간 자신 역시도 무너져 내려 소멸하고 말 것이 당연지사였다. 구화는 이 지하세계에서 결국엔 제대로 살아갈 수 있는 존재가 없다는 것이 지독하게 두려웠다. 자신은 결국 한없이 약한 인간이었던 것이다.

구화가 여전히 바리의 머리칼을 쓸어내리다, 손을 천천히 내려 그녀의 생기 도는 볼을 쓰다듬었다.

"아가, 사실 그때 내 뱃속엔 그이와 나의 아이가 자라고 있었단다. ……난 그것을 알았음에도 결국 그 아이의 목숨까지 뺏어 버리고 말았다. 나는 종종 그때 내 뱃속에 있던 그 아이가 태어났으면 어떨까 하고 생각한단다. 아마 너처럼 어여쁘고 사랑스러웠겠지……."

바리는 슬펐다. 멋대로 일을 진행하는 구화에 화가 나기도 했지만, 한편으론 그녀를 이해했다. 지금 그녀는 구화의 감정에 동화되어 있었다.

"자거라, 자거라, 귀여운 아가야."

구화의 다정한 목소리가 음률을 자아냈다. 자장가. 태어나 처음으로 듣는 자장가에 바리는 마음이 울렁거렸다. 저것은 분명 인간들이 자신의 아이들에게 사랑을 담아 불러주던 노래. 어릴 적 그녀가 인간계에 속해 있을 때, 그녀가 문 밖에서 귀동냥하던 그 노래였다. 육체는 잠들었지만, 눈물이 눈꼬리를 타고 흘러내렸다.

구화의 자장가는 어느덧 끝나가고 있었다.

"자거라, 자거라, 귀여운 아가야. 하늘 위 구름같이 포근히 눈 감고 자거라……. 미안하구나, 아가야."

구화는 바리에게 진심으로 사과했다. 희생당하고 이용당하는 가엾은 아이. 하나 이 모든 것은 모두를 위해서였다. 구화도, 율도, 그리고 바리에게도. 사랑받을 수 있다면, 사랑할 수도 있을 것이다.

구화의 기운이 풀려 나간다. 검붉은 기운이 서린 손을 들어 가볍게 허공을 휘저은 그녀가 무언가를 잡아 꺼냈다. 복숭아나무 가지로 만들어진 검이었다. 복숭아나무는 신성을 상징하는, 신선들의 수호목(守護木)으로 예로부터 귀신들을 물리치는 힘을 가지고 있었다.

반인반귀. 반쪽은 인간, 반쪽은 귀신. 비록 반쪽이라지만 이

칠성검은 바리에게 중상을 입히고도 남으리라.

구화가 천천히 칠성검을 쥐어 잡고는 바리의 목 가까이에 대었다. 한 치의 어긋남도 없이 날카로운 칼날이 바리의 목을 그었다. 옅게 베었음에도 붉은 핏방울이 맺혀서 흘러나왔다. 바리의 곁을 맴돌던 유아가 불안함에 날개를 퍼덕였다. 그 순간, 대기를 뒤흔드는 존재가 나타났다. 싸늘히 얼어붙은 율의 시선이 구화를 향해 있었다.

"빨리도 당도했군. 그래, 내가 바리를 해칠까 봐 그러더냐."

"갈(喝)!"

율의 노성과 함께 지옥이 비명을 지르며 흔들렸다. 실로 앞도적인 위압감이 온몸을 내리눌렀다. 숨이 턱턱 막히는 상황임에도 구화는 애써 표정을 잃지 않았다.

"내가 경고하지 않았던가! 나를 자극하지 말라고."

"무엇을 뜻하는 겐가. 네가 저 사령을 통해 바리를 지켜보고 있음을 앎에, 내가 널 이리 불러내서더냐?"

구화가 손에 쥔 칠성검을 더욱 바짝 바리의 목에 갖다 대었다.

"아님, 내가 이리 바리에게 해를 가하려 해서더냐."

구화는 지금 율을 시험하고 있었다. 자아, 어서 네 감정을 말해보려무나. 구화의 뻔히 눈에 보이는 행동에 율의 입가에 조소가 그려졌다.

"웃기지도 않는군. 네가 그 아이에게 해를 끼칠 마음이 없음을 안다. 괜한 짓을 벌이는군."

"그럼에도 넌 이리 내가 원하는 대로 이곳으로 달려오지 않았더냐."

구화는 더 이상 바리의 몸에 상처 낼 필요성을 느끼지 못했다. 한순간에 그녀의 손에서 칠성검이 작은 입자가 되어 흩어졌다.

율의 시선이 바리의 목에 머물렀다. 귀기를 베는 칠성검에 베인 탓에, 붉은 피가 비쳤다. 그가 가볍게 손을 튕기자, 구화의 다리를 베고 있던 바리의 몸이 공중으로 떠오르더니, 이내 율의 팔 안에 안겼다. 율이 자신의 팔 안에 쓰러진 바리를 잠시 내려다보다, 다시 고개를 들어 구화를 노려봤다.

"내가 참아줄 수 있는 건 여기까지다. 다신 이 아이를 이용해 이런 가소로운 짓을 벌이지 마라."

율이 냉기를 풍기며 몸을 돌렸다. 지체 없이 지옥을 떠나려는 그의 발걸음을 구화의 절절한 목소리가 붙잡았다.

"율! 난 언제고 네가 소멸을 포기하기 전까진 이리 할 것이다. 네가 원한다면, 다른 방도가 있지 않은가!"

"소용없다. 모든 것은 내 뜻대로 흘러가리라."

말을 마침과 동시에 그의 신형이 지옥에서 사라졌다. 잠시 말 없이 앉아 있길 한참, 그녀가 천천히 몸을 일으켜 지옥의 연못으로 다가갔다.

아직 연못에는 싱의 모습이 떠올라 있었다. 구화가 연못에 손을 넣어 싱의 얼굴을 쓸었다. 이 모든 것은 환상. 단순히 연못이 비추고 있는 것에 불과하다. 오히려 그녀의 손짓에 수면이 일렁이며 싱의 얼굴이 흐릿해졌다. 구화의 얼굴이 점차 슬프게 일그러졌다.

"하나 넌 이미 그 아이를 마음에 담았지 않았더냐."

그것은 아마 아주 오래전부터 이어진 것일 터. 아이를 처음 만난 순간부터 율은 이미……. 숙여진 구화의 얼굴 위로 붉은 머리칼이 흘러내렸다.

실은 싱이 자신을 기생으로 판 것이 아니었다. 오히려 싱은 기적에서 자신을 빼오기 위해 노력했다. 그런데 자신은 싱의 말은 들어보지도 않고 그를 의심했고, 분노했고, 저 혼자 상처 받았으며, 또 결국엔 모두를 죽음으로 이끌었다. 사랑하던 싱도, 두 사람의 사랑의 결실도 자신의 손으로 앗아버리고 만 것이었다.

"난 그저 바랄 뿐이란다. 내가 저이에게 한 실수와 후회를 너역시 반복하지 않기를……."

바리의 방으로 넘어온 율이 그녀의 몸을 조심스럽게 침상 위로 내려놓았다. 그는 침상 머리맡에 앉아 바리를 혼란스러운 시선으로 바라봤다.

"내가 널 어떻게 해야 하는 건가."

자신이 그동안 얼마나 오만했는지 깨닫고 밀았다. 잠깐의 유희라고? 웃기지도 않은 소리였다. 스스로에게 그리 외쳤으나 결국자신의 생활은 저 아이로 인해 흔들리고 말았다. 그 옛날처럼 저아이만이 계속 생각났고, 신경이 쓰였다.

"어째서 또다시 내 앞에 나타난 것이냐."

간신히 끊어낸 발길이건만. 자꾸만 눈에 밟히는 널 간신히 외면했건만, 넌 또다시 내 앞에 이리 서 있구나.

율이 천천히 고개를 숙여 바리의 이마 위로 입술을 맞췄다. 뜨거운 율의 입술이 바리의 이마 위에 화인을 찍은 것처럼 내려앉았다.

"……아니지. 차라리 네가 지금 온 것이 다행이라 생각한다. 모든 것을 결정한 지금에야 온 것을……."

이 마음이 더 깊어지기 전에 다가오는 일식을 맞이할 것이다. 그날, 세상에 존재하는 모든 사귀(邪鬼)들과 함께 사멸(死滅)하여 모든 사명을 끝낸다. 그럼 자신에게 남는 것은 영면(永眠)뿐.

율이 바리의 침상에서 일어섰다. 이내 미닫이문이 닫히는 소리와 함께 그의 모습이 바리의 방 안에서 완전히 사라졌다.

홀로 남은 바리의 몸에 변화가 생긴 것은, 그로부터 두 각(刻)이 지나서였다. 바리의 가슴에 붉은 무언가가 맺히기 시작하더니, 곧 그녀의 몸 밖으로 튀어나왔다. 그와 동시에 바리는 육체를 가두던 것으로부터 해방되었다.

바리가 침상에서 내려와 앉았다. 비록 육체는 잠들어 있었지만, 정신은 쭉 깨어 있었다. 구화와 율의 대화도, 율의 입맞춤도, 그리고 그의 속삭임 역시 그 어느 것 하나 빠짐없이 접했다. 바리가 조심히 손을 들어 이마를 만졌다.

"……율."

자신이 명계의 삶에 만족하며 즐기고 있을 때, 그는 제 끝을 가늠하고 있었던 말인가.

바깥으로 빠져나온 붉은 기운이 허공에 맺혔다. 구화의 힘이 담긴 기운이 바리에게 속삭인다. 아까 구화가 바리에게 던진 질문이 자연스레 겹쳐진다.

[바리야, 답을 찾았느냐.]

투명한 물방울이 볼을 타고 흘러내린다. 그를 보면 마음이 아프기도 하고, 또 망가진 것처럼 끝없이 두근거리기도 했다. 처음 느끼는 이 감정이 무척이나 생소해, 뭐라 표현해야 될지 모르겠다. 분명한 건, 이제는 명계가 어떻든 신경 쓰지 않는다는 것. 그저 그의 곁에 남고 싶을 뿐이다.

바리가 가슴께의 옷자락을 쥐어 잡았다. 그녀의 눈동자가 결연하게 빛난다.

제 六 장
태양을 집어삼킨 만월

"구화님. 그가 소멸한다니, 그게 도대체 무슨 뜻입니까?"

제게 매달리는 바리를 보며 구화가 깊은 한숨을 내쉬었다. 드디어 모든 것을 안 건가. 시간은 촉박함에도, 아이에게 말해줄 이야기는 제법 길었다.

"곧 일식이 다가옴을 알고 있느냐?"

"예? 일식이 그의 소멸과 무슨 상관이옵니까?"

"평범한 일식이라면 상관없겠지. 하나, 이번 일식은 하필 음기가 제일 강한 만월(滿月)에서 비롯된단다."

달은 음기의 상징. 귀(鬼)의 힘이 들끓는 날. 그동안 숨죽이고 있던 귀신들이 명계에서 벗어나고자 발버둥치려 할 터였다. 그것을 평소 명계의 주인인 율과 지옥의 주인인 자신이 막았지만, 이번엔 상황이 좋지 않았다. 귀의 힘은 너무 강했고, 지두부인이라 하나 자신의 힘은 미약했다. 결국 율이 이 모든 것을 감내해야 하는데, 율은 오랜 시간 인간의 영혼으로 명계를 유지하느라 지쳐 있었다.

"우리는 어떻게든 명계 밖으로 나가려 아우성치는 귀들을 막아야 한단다. 그것을 율이 제 목숨을 희생하여 함께 소멸하려는 것이지."

그렇게 되면 모든 것이 일순 정화되어, 더는 사귀(邪鬼)들이 지하를 어지럽게 만들지 못할 터였다. 그럼에도 바리는 그녀의 말이 이해가 가지 않았다.

"어째서 그걸 율이 해야 합니까? 어째서 율이 모든 것을 떠안고⋯⋯!"

"그것이 태고신들이 그에게 내린 마지막 사명이니까. 천 년. 딱 천 년의 시간 동안 명계를 오롯이 지켜내는 것."

대답하면서도 구화는 마음이 착잡해졌다. 태고신께선 참 잔인하기도 하지. 율만큼 모든 생이 괴로운 이가 또 어디 있을까. 신이 내려준 과업은 어느새 지독한 형벌이 되었고, 또 그에게 죄가 되어 있었다.

끝없는 고리. 사명을 지키고자 수많은 이들을 죽였건만, 그에게 또 사명이 주어진다. 그리하여 그는 또 수많은 목숨을 취하고, 그 속에서 그는 한없이 망가져 간다. 결국 율은 윤회를 포기하고 영면(永眠)을 택함으로써 모든 것을 완전히 끊어내고자 했다.

'그가 이리 약해지지만 않았어도, 아니 살고자 하는 의지만 있었어도 그가 굳이 소멸할 필요가 없거늘⋯⋯.'

태생부터 반신(半神)인 그라면 분명 그들을 소멸시키고서도 살수 있을 테지만, 지금 그에겐 그럴 의지가 없었다.

"사명이라니……. 어찌 그에게만 그런 사명이 있을 수 있단 말입니까?"

바리의 목소리가 사뭇 높아졌다. 그런 그녀를 바라보는 구화의 시선이 깊어졌다. 이리 되길 원했지만, 자신이 생각했던 것보다도 더 그녀가 율을 마음에 담은 것 같았다.

구화가 대답하길 머뭇거리던 찰나였다.

"그건……"

"내가 대신 설명하지."

순간 구화의 등 뒤로 하얀 기운이 서렸다. 그것은 이내 응축되더니, 사자의 거친 포효 소리에 터져 나왔다.

가장 먼저 보인 것은 아홉 머리의 백(白)사자였다. 신수가 말고 있던 거대한 몸을 푸니, 그 속에서 어린아이의 모습을 빌린 태고의 신이 나타났다. 그는 평소와는 달리 신의 강력한 위엄을 온몸에 두르고 나타났다. 바리는 온몸을 짓누르는 신기(神氣)를 견디며 간신히 예를 갖췄다.

"태을구조천존을 뵙습니다."

이윽고 태령이 사색이 되어기는 바리를 눈치채고는 신기를 거두었다. 그제야 바리는 숨이 트이는 것을 느꼈다.

바리가 고개를 들어 태령을 응시했다. 그의 얼굴은 평소와는 달리 굳어 있었다.

"그에게 그런 사명을 내린 것은 다름 아닌 나와 서왕모였다. 주인을 잃은 지하를 유지시키기 위해, 인간계에서의 사명을 다한 그를 우리가 다시금 불러들였다.”

“그런⋯⋯.”

바리에게서 안타까운 탄식이 흘러나왔다. 태령은 흔들리는 눈을 내리깔며 말을 이었다. 아이가 비난하더라도 자신은 아무런 변명도 할 수 없었다. 선택한 건 자신이었고, 그에게 강요한 것도 자신이었으니.

“너무나도 올곧은 아이. 그 아이는 우리의 명대로 결국 천 년을 이곳에서 지냈다. 약속된 시간 끝에, 그는 마지막까지 염라대제의 임무를 수행코자 결국 소멸로써 모든 것을 끝내려 한다.”

소멸. 완전한 죽음. 윤회에 들지 못하고, 그대로 존재 자체가 사라지는 것. 그가 소멸을 택한 것엔 결국 자신을 향한 원망도 깃들어 있으리라.

태령이 떨리는 마음을 다잡으며 고개를 들었다.

“아이야.”

“말씀 하십시오.”

“너에겐 선택의 길이 있다.”

“그것이 무엇이옵니까?”

“만약 율의 과거를 볼 수 있다면, 볼 터이냐?”

“볼 수 있는 겁니까?”

순간 바리의 눈이 번쩍 뜨였다. 율의 과거라니!

“그렇다면 알고 싶습니다. 어찌하여 그가 그리도 힘들어했는지!”

"그대가 감당하기 힘든 것일지라도? 알고 나면 후회할지도 모른다. 차라리 아무것도 모른 채, 그를 흘려 보내는 것도 한 방도가 될 수 있느니라. 그럼 넌 자유의 몸이 되어 명계 밖으로 나갈 수 있게 된다."

그가 쉽사리 선택하지 못한 것에는 이런 이유도 있었다. 자신은 율의 생전의 삶이 어땠는지를 전부 알고 있다. 그 생이 얼마나 그에게 잔혹했는지조차도. 찰나의 흔들림 끝에 바리는 결연한 표정으로 입을 열었다.

"후회도 제가 감당해야 할 몫입니다."

바리의 올곧은 대답에 마침내 태령이 무거운 고개를 끄덕였다.

"좋다."

태령이 가볍게 손가락을 튕기자, 바리 앞으로 짙게 어둠이 내려앉은 길이 열렸다.

"만인경과 이어진 길이니라. 그 길로 쭉 가면 율의 기억에 도착할 것이다. 보고서, 네 마음대로 하여라."

"태고신의 배려에 깊은 감사를 표합니다."

"그대에게 원시천존의 가호가 함께하길 바라지."

바리는 곧바로 어둠 속으로 달려갔디. 지체할 시간이 없었다. 곧, 만월이 태양을 집어삼킬 터였다. 남겨진 구화가 바리가 사라진 곳을 계속 응시하다 태령을 돌아봤다. 그 역시 바리에게 열어 줬던 길에서, 이미 사라져 버린 그녀의 뒤를 계속 바라보고 있었다.

"걱정되십니까?"

"아니라 하면 거짓이겠지. 솔직히 난 아직까지도 이것이 과연 잘한 짓인지 모르겠다네."

태령은 작게 한숨을 쉬었다. 그 아이가 율의 과거를 안다 한들, 과연 뭘 할 수 있단 말인가.

그저 끝까지 사명에 얽매어 쓰러져 가는 율이 안타까워, 그저 조금이나마 율이 마음을 돌려주길 바라는 마음으로 돕고 말았다.

구화가 그런 태령을 다독였다.

"다 잘될 것입니다. 아니, 그렇게 믿어야겠지요."

길의 끝엔 거대한 문이 서 있었다. 흑옥빛으로 빛나는 문은 죽음의 기운을 진득하게 풍기고 있었다. 문 뒤로 죽은 이들의 찢어질 듯한 비명이 새어나왔다.

바리는 침을 꿀꺽 삼켰다. 두렵지 않다면 거짓일 것이다. 두렵고 겁이 났다. 하지만 이 길의 끝에 '그'가 있었다. 자신이 알지 못한 세월을 지낸 그가. 이대로 그를 놓아버릴 순 없었다.

바리가 결심한 듯 두 손으로 문을 세게 밀었다. 끼이익— 하는 소리와 함께 육중한 무게를 자랑하는 문이 열리기 시작했다. 그와 함께 문으로 인해 막혀 있던 죽음의 기운이 넘실대며 바리를 덮쳤다. 순식간에 바리의 몸이 검은 기운에 휩싸여 사라졌다.

처음 그녀가 도착한 곳은, 율이 처음으로 사람을 죽이던 그 순간이었다. 그는 바리가 처음 보는 오래된 예복을 입고 지금과는 사뭇 다른 모양의 청동검을 들고 있었다. 그제야 그녀는 율이 천 년 전의 사람이라는 것을 새삼 깨달았다. 그는 지금 한 부족의 족장으로, 부족을 배신한 배반자를 처벌하고 있었다. 이때 그의 나이는 고작 지학(志學: 15세)이었다.

"제발 살려주십쇼, 족장."

배반자가 두려운 눈빛으로 덜덜 떨며 율의 발치에서 빌었다. 그러나 율의 검은 자비를 모른 채, 일말의 망설임 없이 배반자의 목을 갈랐다. 뼈가 잘리고 그 속에서 붉은 피가 분수처럼 쏟아져 나왔다. 배반자의 몸에서 분리된 목이 떨어져 나와 또르르 땅으로 굴렀다. 잘린 목은 눈물과 흙으로 범벅이 되어 있었다.

처형식을 지켜보던 부족민들이 일제히 율을 향해 엎드렸다.

"위대한 설(卨)이시여."

부족민들의 고개가 땅에 닿을 정도로 숙여졌다. 오직 바리만이 고개를 들고 있었고, 그녀는 유일하게 그의 모습을 바라봤다. 자신의 손에 튄 뜨거운 피를 힘겹게 내려다보는 율을. 그는 이날 처음으로 원치 않는 살인을 했다.

바리는 율의 기억을 타고 시공간을 넘어 자유롭게 유영했다. 이번에 도착한 시점은 율이 일으킨 반란이 승리하여 폭군을 잡은 때였다. 왕이 반란군의 손에 질질 이끌려 넝마가 된 비단을 입은 채로 율의 앞에 던져졌다. 그가 간신히 살에 파묻힌 고개를 들어 율을 올려다봤다. 그의 바지는 이미 지린 오줌으로 축축하게 젖어 있었다.

"날, 날 살려다오. 내, 내 비록 그대가 반란을 일으켰다 하나, 넓, 넓은 마음으로 그대를 처, 처형하지 않을 터이니……."

하나 돌아오는 율의 눈길은 싸늘할 뿐이다. 수많은 군사를 베고 온, 반란군의 수장인 그의 얼굴엔 전투의 흔적으로 죽어 간 많은 이들의 피가 묻어 굳어 있었다.

"우매한 왕이여, 죽음이 두려운가? 걱정하지 마라. 살려는 줄 것이다."

죽이지 않는다는 말에 왕의 얼굴이 환하게 펴져 가는 순간이었다. 왕이 숨을 삼키지 못하며 컥컥거렸다.

"커헉!"

순식간에 율의 큰 손아귀에 목이 졸린 왕의 얼굴이 새파래졌다. 율이 피로 지저분해진 얼굴을 왕의 코앞에 가져다댔다. 마치 저승사자와도 같은 그 모습에 왕이 눈물을 줄줄 흘렸다. 율이 두려움에 달달 떠는 왕에게 이를 갈며 속삭였다.

"나는 너에게 결코 편한 죽음을 주지 않을 것이다. 너를 변두리 산골에 보낼 것이니, 보리 한 톨, 무명 옷 하나 없이 백성들의 애환을 한번 이해해 보거라. 운이 좋다면 겨울이 오기 전에 나무 열매라도 얻을 수 있겠지. 물론 그것도 백성들이 던지는 돌에 맞아 죽지 않는다면 말이지."

"그, 그게 무슨……!"

율이 움켜잡은 왕의 목을 놓으며 일어섰다. 반동으로 왕은 제

무게를 이기지 못하고 옆으로 철푸덕 쓰러졌다. 왕이 핏발이 잔뜩 선 눈으로 율에게 항변하려 했지만, 그는 이내 병사들에게 질질 끌려가고 말았다.

냉혹한 전장의 신. 백성들의 영웅. 반란군의 수괴. 그리고 이제는 그가 새 왕조의 왕이었다. 율의 군사들이 넘쳐흐르는 기쁨을 억누르지 못하고 하나둘 소리쳤다. 이내 파도처럼 환호성이 퍼져 나갔다.

"하나라는 멸망했다! 폭군은 더 이상 없어! 설(卨) 폐하 만세! 만세! 만세!"

시간은 또다시 빠르게 흐른다. 이번에 율의 모습은 이전보다 성숙되어 있었다. 나이를 먹어 완연한 사내의 냄새를 풍기는 제왕의 모습이었다. 이번의 율은 혼자가 아니었다. 그의 곁엔 아름다운 여인도 함께였다.

그들은 다정히 궁 안의 정원을 거닐었다. 율이 제비꽃 하나를 꺾어 여인에게 건네자, 여인이 감사하다며 해사하게 웃었다. 그 다정한 모습에 바리는 가슴이 바늘에 찔린 듯 아파왔다. 그러나 바리가 질투라는 감정을 깨닫기도 전에, 갑자기 꽃비가 몰아치고 장면이 바뀌었다.

바리는 순간 눈을 의심해야 했다. 방금의 그 아름답던 여인이 초췌한 모습으로 바닥에 꿇어앉아 사약을 들고 있던 터였다. 죄명은 그녀가 반란에 가담했다는 것. 위에서 율이 그녀의 죽음을 기다리고 있었다. 황후가 독기 서린 시선으로 율을 노려봤다.

"당신은 홀로 외로이 죽어가리."

마지막으로 저주를 내뱉은 그녀가 덜덜 떨면서도 사약을 벌컥 벌컥 들이켰다. 곧 그녀의 몸이 잘게 떨리며 바닥에 쓰러져 갔다. 그녀의 숨은 참으로 가볍게 멈춰 버렸다.

그 참혹한 장면에 바리는 제일 먼저 율을 돌아봤다. 그리고 그녀는 곧바로 후회했다. 차라리 보지 말 것을. 율의 눈은 상처 받은 자의 모습을 하고 있었다.

그 이후에도 그의 절친한 친우가, 덕망 높던 신하가, 아끼던 장수가 차례대로 율을 배신해 갔다. 시간이 흐를수록 율은 점차 말라갔고, 감정을 잃어갔으며 그의 눈동자는 빛을 잃어버려 죽어 있었다.

다시 한 번 시야가 흐려졌다. 이번에 바리가 본 것은 홀로 궁궐 깊숙한 곳에 위치한 대전, 가장 높은 용상의 자리에 앉아 있는 율이었다. 그는 지쳐 보였다. 율은 믿었던 이들에게 배신당하고, 쉬지 않고 주변 국가를 정벌하고, 국정을 운영했다. 하여 그 모든 것에 치인 그가 점차 말라 죽어가고 있었다.

율이 손에 든 술병 째로 술을 들이켰다. 마지막 한 모금까지 다 마신 그는 치밀어 오르는 화를 주체하지 못하고 술병을 던졌다. '챙!' 하는 날카로운 소리와 함께 술병이 산산조각 났다. 율이 아무리 마셔도 취하지 않음에 한탄하며, 얼굴을 손에 파묻었다.

"어찌하여……."

바리는 그가 숨죽여 운다고 생각했다. 그러나 그는 건조한 얼굴을 한 채, 우는 것조차 하지 못했다. 바리가 천천히 그에게 다가갔다. 마침내 그의 앞에 섰지만, 그는 그녀를 눈치채지 못했다.

당연할 터. 그가 자신을 알아보지 못한다는 것에 아쉬움이 들면서도 한편으론 다행스러웠다. 그녀가 조심스레 손을 들어 마른 볼을 쓰다듬었다. 안 들릴 것을 알면서도 간곡히 속삭였다.

"슬퍼하지 말아요. 이리 홀로 외로워하지 말아요."

순식간에 바리의 몸이 어둠에 잠겨 사라졌다. 그녀는 직감적으로 깨달았다. 마침내 끝에 도달했음을.

"설(卨)은 명을 받들라. 그대에게 새로운 사명을 내리리."

서왕모와 태을구조천존에게 염라대제가 되어 또다시 천 년을 더 견뎌야 한다는 것을 전해들은 율은 끝없이 절망했다. 모든 것이 어둠인 그곳에서 그는 소리 없는 비명을 질렀다.

[흐하하하하! 가자, 가자. 우리와 함께 지옥으로.]

[죽음이 없는 자, 죽음을 갈구하게 되리라!]

죽은 망령들이 원귀가 되어 율의 곁에서 비명을 질러댔다. 그들은 검은 눈물을 흘리면서 율에게 원망과 저주를 퍼부었다. 그 잔혹하고도 참담한 모습에 바리의 눈에 눈물이 가득 차올랐다.

'아아, 율……'

모든 것이 어둠에 잠긴다. 만인경이 그녀에게 보여줄 것은 이걸로 끝이었다. 바리의 몸이 다시 칠흑의 어둠 속으로 가라앉는다. 누군가가 그녀에게 속삭인다.

[선택하라, 아이야. 네가 나아갈 길을. 만약 네가 그를 살리고자 한다면, 방도가 없는 것은 아니란다. 하나 죽음이 없는 자, 죽음에 다가가리.]

순간 바리의 귀안이 어둠 속에서 붉게 빛난다.

별의 주기가 일찍이 예언한 만월(滿月)이 태양을 가리며 하늘에 떠올랐다. 모든 것이 깊은 어둠에 잠긴다. 보름달의 음기가 일식의 힘과 합쳐져 그 어느 때보다 강하게 일렁인다. 음기의 힘을 빌려 죽은 이들이 지하에서 벗어나고자 거칠게 움직여댄다.

지하는 그 불온한 움직임에 다들 비상이었다. 태령과 구화는 각자의 자리에서 세계를 안정시키기 위해 힘을 쏟아붓고 있었다. 같은 시각, 율은 어둠이 가라앉은 주절음천궁 대전에 눈을 감고 고요히 앉아 있었다. 사방에서 원귀들이 달의 힘을 빌려 율의 몸에 매달렸다. 그들의 원한과 저주 섞인 그 비명이 율의 귓가에 시끄럽게 울렸다.

[살려줘. 살려줘.]

[나를 왜 죽였지?]

[날 살려내. 살려내란 말이야!]

더러운 사기(死氣)가 그의 의복을 축축이 젖게 만들었다. 길고 짙은 수렁. 그 속에서 원귀들이 끊임없이 생성되어 율을 향해 아가리를 벌렸다. 모두가 원통하다며 그에게 다시 살려달라 외쳤다.

'바리야.'

그는 마지막으로 그녀를 떠올렸다. 염라대제가 된 이후, 처음 제 소속으로 만들었던 존재. 처음으로 관심을 두었고, 애정을 줬다. 그 자체만으로도 특별한 그녀가 마지막 순간 떠올랐지만, 율은 애써 생각을 지워냈다.

'결자해지(結者解之). 이제 모든 것을 끝내야 할 때다.'

자신에게 주어진 사명은 이것으로 끝내리. 지독한 삶의 억압 속에서 비로소 벗어날 때.

마침내 그의 눈이 떠졌다. 율의 제어에서 벗어난 그의 귀안(鬼眼)이 위험하게 핏빛으로 물들었다. 그가 느릿한 움직임으로 옥좌에서 일어났다. 어느새 사귀(邪鬼)들이 주절음천궁 대전에 가득 차, 바닥을 꾸르륵 기어 다니고 있었다.

"오너라."

그의 검게 가라앉은 눈동자가 시린 빛을 토해낸다. 그 순간 사귀들이 기이한 울음소리를 토해내며 그에게 달려들었다.

[끼이이이익!]

율에게서 흘러나온 검은 기운이 제게로 달려드는 사귀들을 날카로이 베어낸다. 베어도, 베어도 끝없이 나타나는 사귀들. 그 속에서 그는 죽이고, 또 죽였다.

"하, 하아……."

율이 거친 숨을 토해냈다. 일식이 끝날 때까지 사귀들은 계속해 생성될 것이다. 그 진득한 사기(死氣)에 구역질이 날 정도였다. 그가 팔을 한 번 휘두르자, 검은 기운이 사귀들에게로 쇄도했다.

[끼아아악!]

사귀들이 비명을 지르며 먼지가 되어 소멸했다. 그럼에도 어디선가 또 사귀들이 나타나 자리를 메웠다. 율이 다시 한 번 힘을 날리려던 찰나였다. 순간 사귀들이 기이한 소리를 내며 서로의 몸을 이었다. 꾸물꾸물, 형태가 일렁이더니 이내 익숙한 한 인영의 모습을 취한다. 그것을 지켜보던 율의 표정이 굳었다.

"설."

그것은 바로 자신이 인간일 적의 모습이었다. 잊고 싶었으나, 잊지 못했던 과거의 자신.

"결국 가장 보기 싫은 것까지 토해내는군."

설이 히죽 웃으며 그에게 날아왔다. 날카로운 손톱에 그가 재빨리 검을 소환했다. 귀에 거슬리는 쇳소리가 끼이익 울리며 서로를 빗겨냈다. 잠시 뒤로 한 바퀴 튕겨나간 설이 몸을 낮췄다. 그의 주변으로 사귀들이 몰려들었다. 일격을 준비하는 그 모습에 율도 검날을 세웠다. 검은 기운이 검날에 스며들어 마침내 흑도(黑刀)로 변했다.

설과 사귀들이 그에게 빠르게 쇄도한다. 그가 마지막을 직감하며 몸을 당겼다. 그리고 그 순간.

[구해줘요, ……율!]

애처로운 목소리. 간절한 외침. 순간 율의 눈동자가 흔들리며, 그의 주변으로 검은빛이 폭사한다. 모든 것이 다시금 어둠에 잠겼다.

⊠

사귀들과의 설전 끝에, 목숨은 건졌으나 그의 몸은 성한 데가 없었다. 수많은 자상으로 그의 몸은 어느덧 붉게 물들어 있었다. 팔을 깊게 찔린 탓에 피가 어깨를 타고 손끝으로 내려왔다. 그럼에도 그는 아픔 하나 느끼지 못한 채, 바리를 찾기 위해 석산화밭을 헤맸다.

"어디 있느냐!"

도와달라는 그녀의 외침을 듣고 그는 달렸다. 그런데 그녀의 기척이 느껴지는 곳은 다름 아닌 석산화밭이었다. 어째서 여기서 그 아이의 기척이 느껴진단 말인가. 이곳은 자칫 잘못하면 목숨을 빼앗기는 곳. 그 아이가 와서는 아니 되는 곳인데!

"대답해, 바리!"

율이 거친 숨을 몰아쉬며 바리를 불러보지만, 돌아오는 것은 쓸쓸한 공기뿐이었다. 그가 검으로 끝없이 펼쳐진 꽃들을 베어내며 그녀를 찾아 헤맸다. 그의 검 한 번에 꽃들이 힘없이 쓰러지며 가녀린 꽃잎만을 흩날렸다. 그러길 잠시, 그의 발걸음이 무언가를 발견하곤 멈춰 섰다.

"바리?"

그녀가 꽃밭 한가운데에 힘없이 쓰러져 있었다. 율의 몸이 주저앉듯 그녀의 앞으로 허물어졌다. 그녀의 손은 이미 날카로운 가시에 찔려, 흘러나온 피만이 석산화 꽃잎을 붉게 물들이고 있었다. 율이 떨리는 손으로 바리의 어깨를 흔들었다.

"일어나 보거라!"

그가 계속해 흔들어보지만, 바리의 몸은 미동도 하지 않은 채 축 늘어져 있다. 율이 검지를 들어 그녀의 코끝에 대었다. 희미

한, 언제 끊어져도 이상하지 않을 가냘픈 숨만이 가늘게 이어진다.

석산화는 영혼을 매혹시키는 꽃. 슬픈 기억에 영혼을 가둬 영원히 깨지 못할 깊은 잠으로 이끈다. 이대로 깨어나지 못한다면, 제 아무리 반인반귀라도 그대로 죽고 말 것이다.

"안 돼."

널 이대로 잠들게 할 순 없다. 절대, 널 죽게 만들지 않아.

율이 주먹을 쥐었다. 어떻게든 미몽(迷夢)에 빠진 그녀를 다시 꺼내와야 한다. 그것이 비록 자신의 시간과 그녀의 시간을 잇는 것이라 할지라도.

염라대제라 하더라도 피할 수 없는 석산화의 효능. 율이 짙게 가라앉은 눈으로 석산화를 든 그녀의 손을 그 위로 꼭 마주 잡았다. 날카로운 가시가 그의 손바닥에 파고들었다. 그리고 그의 몸 역시 천천히 그녀의 몸 위로 허물어져 갔다.

그가 다시 눈을 떴을 때, 가장 먼저 들린 것은 요란한 사람들의 탄성이었다. 수많은 등불이 둥실둥실 하늘로 떠오르고, 가운데 제단 위로 커다란 불길이 일렁였다. 그 속에서 수십 개의 향이 하얀 꼬리를 길게 내밀며 타들어간다.

제각기 다른 탈을 쓴 사람들이 제단을 둘러싸고 노래를 부른다. 사람 두어 명이 들어갔을 것 같은 커다란 사자탈이 위아래로 몸을 들썩이며 사람들 주변을 얼쩡거리며 춤을 춘다. 그것은 바로 신에게 자손의 번영을 기원하는 축원굿(祝願-, 혹은 조상굿祖

上-)이었다.

어디선가 분명 본 것 같은 기시감이 들었지만, 그에겐 깊이 생각할 만한 여유가 없었다.

'넌 어디 있지?'

어서 그녀를 찾아야 했다. 조금이라도 지체하면, 그녀가 위험해진다. 율이 사람들 사이로 뛰어 들어가려던 찰나였다. 누군가가 그의 발걸음을 붙잡았다.

"폐하, 여기 계셨습니까?"

순간 율은 저도 모르게 고개를 돌렸다. 그의 시선에 들어온 것은 약관의 나이를 막 넘은 사내였다. 사내가 제법 걱정스런 얼굴로 율을 재촉했다.

"폐하, 어서 궁으로 돌아가셔야지요. 외유가 너무 길어졌습니다."

율은 잠시 말을 잊었다. 어찌 잊을까. 아무리 시간이 흘렀어도, 잊을 수 없는 얼굴이거늘. 유난히도 웃는 모습이 호탕했던, 자신이 인간일 적에 제일 아끼던 친구였다. 그리고 제가 직접 참수했던 자이기도 했다. 율은 그 후 처음으로 그의 이름을 입에 담았다.

"영유."

"예, 폐하. 황후 마마께서 기다리고 계실 겁니다."

황후……. 순간 흐릿하게 그녀의 얼굴이 떠올랐다. 내 어여뻤던 여인. 단 하나뿐이었던 정비. 그리고 결국 끝내 자신이 사약을 내려 죽게 하고 만 여인. 독이 잔뜩 선 얼굴로 자신에게 저주를 내뿜으며 고통스럽게 죽어가던 그녀의 모습이 잊혀지질 않는다.

율은 그제야 제 모습을 내려다봤다. 그의 몸은 어느새 그가 과거 한 나라의 군주였던 시절의 의복을 입고 있었다. 이제는 너무나도 오래된 과거의 예복.

"말해보라. 내 지금 눈동자가 무슨 색이더냐?"

"무슨 색이냐니요? 당연 흑색이 아니렵니까."

영유가 이상하다며 고개를 갸웃했다. 당연하다는 듯이 내뱉는 그의 말에 율의 표정이 일그러졌다. 자신에게 있어 가장 슬펐던 시간이 이때였던가. 어찌하여? 오히려…….

'그렇군. 다시는 돌아오지 못할 시간이기에 슬픈 게로군.'

그가 가진 가장 행복했던 순간. 그러나 다시는 돌아오지 못할 시간. 그러기에 안타깝고도 애달픈 기억이었다. 막 신(新) 왕조를 세웠던 이때가, 아직 아무도 자신을 배신하지 않았던 이때가…….

"어찌 이리 머뭇거리십니까. 어서 궁으로 돌아가셔야 합니다."

영유가 제법 다급한 얼굴로 그를 재촉했다. 율은 그를 마지막으로 묵묵히 바라보다 나지막이 입을 열었다.

"미안하다. 하나 난 찾아야 한다."

"예? 폐하! 어디 가십니까, 폐하!"

등 뒤로 그를 애타게 부르는 영유의 목소리가 들려왔지만, 그는 거침없이 인파 속으로 파고들었다.

제각기 다른 탈을 쓴 사람들이 노래한다. 이미 죽은 선대(先代)의 영혼과 함께 어울려 노래하고 춤을 춘다. 사자탈을 쓴 이가 흥겨운 가락에 맞춰 굿을 풀어냈다.

아황(我皇)님아 공심(功心)은 절(寺)에 주요
남산은 본(本)이로다.[3]

이어서 사람들이 '얼쑤!' 하며 응대한다. 허공을 수놓는 수많은 목소리. 비빌 틈 없는 수많은 인파. 율은 그 사이를 헤매고, 또 헤맸다.

"어디 있나!"

조선은 국이요 팔만사천 사도성(四都城)이
대월은 설흔 날이 소원은 이십구일이며.

애타게 외쳐보지만, 사람들의 노랫가락에 묻혀 들리는 것 하나 없다. 제 아무리 그녀의 모습을 찾아보지만, 모두가 탈을 쓰고 있어 얼굴을 구별할 수가 없다.

'안 돼.'

넌 이대로 죽어선 안 돼. 되찾을 거다. 하지만 어떻게? 지금 자신은 그저 무력한 인간에 불과하거늘. 신일 적에는 그렇게 신의 능력이 싫었건만, 왜 하필 그것이 미치도록 필요한 지금 이 순간에는 없는 것인가. 왜 이리 자신의 무력함을 절감하게 만드는가.

---

3) 충남 부여(扶餘) 지방의 축원굿(조상굿) 발췌.

"제발, 제발 저이들에게 안식을 허락해 주십시오, 명계의 주인이
시여. 제발 저들을 용서해 주세요······."
"좋아요. 저로써 저들이 안식을 찾을 수 있다면····· 드릴게요.
드리겠습니다."

바람결에 흩날리는 그녀의 목소리. 잔뜩 겁에 질려 있으면서
도, 결국엔 자신까지 다 내어주겠다던 아이. 그 곧은 마음으로,
순수한 감정으로 제 일상을 깨버린 그 아이. 도대체 넌 어디에
있는 게냐? 제발 내 눈 앞에 나타나!

내리 굽어 보니 땅은 이십팔수 스물여덟 도장이요
하공천 비비천하 사마도리천하.

"바리!"
굿의 끝. 불길에 태운 종이가 바람결에 휘날리며 하늘 위로 올
라간다. 그리고 그 순간, 마침내 그토록 간절히 원했던 그녀의
목소리가 그에게로 파고들었다.
[도와줘!]
그 옛날, 아이가 처음으로 울먹이며 속삭였던 강한 염원. 율
은 저도 모르게 이끌리듯 수많은 인파 속에서 한 아이의 팔을
붙잡았다. 그리고 공간이 흔들리기 시작했다. 공간이 거칠게 일
렁이더니, 이내 그를 한 공간 앞에 토해냈다.
마침내 원하는 곳에 도달한 그의 눈앞에 보인 것은, 대여섯 명

의 또래들에게 둘러싸여 맞고 있는 바리였다.

"바리!"

그가 그녀의 이름을 부르자, 놀란 아이들이 비명을 지르며 도망갔다. 남은 것은 홀로 벽에 기대어 몸을 웅크린 채 앉아 있는 작은 아이뿐. 괴롭히던 아이들이 사라졌음에도, 바리는 여전히 무릎에 얼굴을 파묻은 채 덜덜 떨고 있었다. 율이 천천히 그녀에게 다가가 무릎을 꿇었다.

"왜 여기서 이러고 있는 거지?"

"때리지 말아주세요. 잘못했어요."

아이가 몸을 들썩이며 울먹였다. 잘못한 거 하나 없음에도 잘못했다고 비는 바리의 모습에 순간 율의 표정이 일그러졌다.

"때리지 않는다. 나는…… 너를 찾으러 왔다."

아이가 여전히 얼굴을 파묻은 채 조심스레 반문했다.

"……저를요?"

"그래, 널."

"저를 왜요?"

"되찾아야 하니까."

잔잔한 목소리로 응수하는 그의 모습에 바리가 경계를 풀며 슬쩍 고개를 들었다. 아이의 얼굴은 역시 눈물범벅이었다. 반쪽짜리 귀안(鬼眼)이 슬픔을 머금고 반짝였다. 그녀가 놀라지 않게, 율이 천천히 손을 들어 부드러이 바리의 머리를 쓰다듬었다.

"강해지라 하지 않았더냐."

"혼자서는 그럴 수가 없어요. 혼자는 싫어요."

아이가 고개를 절레절레 젓자, 율이 쓴웃음을 지었다.

"나약하구나."

"아저씨도 제가 싫으신 거예요?"

화를 내는 건가 싶어 바리가 풀이 죽은 얼굴로 물었다. 무릎 위에 올려놓은 제 손을 연신 꼼지락거리는 그 모습에 율이 조심스레 어린 바리를 품에 앉았다. 품 안에 느껴지는 작은 온기에 그는 그제야 안도했다.

"싫지 않다. 오히려 널 많이 아낀다."

"……정말요?"

"그러니 이제 그만 돌아가자."

잠시 놀란 듯해 보이던 바리가 머뭇거리다 그의 등에 팔을 둘렀다. 바리가 그의 너른 가슴에 얼굴을 파묻으며 작게 고개를 끄덕였다.

"율."

꽤 오랜 시간 잠들어 있던 바리의 눈이 마침내 떠졌다. 율이 위에서 그녀를 내려다보고 있었다. 사귀(邪鬼)들과의 전투를 증명하듯, 그의 몸엔 성한 곳이 단 한 군데도 없었다. 그가 얼마나 치열하게 싸웠는지 알 수 있었다.

"저를 찾아주셨네요."

"찾아야 했으니까."

제법 단호한 목소리에 바리가 천천히 손을 들어 율의 상처 난 뺨을 쓰다듬었다. 손을 몇 번 문질러 보지만, 딱딱하게 굳은 피가 지워지질 않는다. 그는 이런 몸을 이끌고서 포기하지 않고 저를 찾아왔다. 이젠 떠나지 않는 건가. 바리가 울 것 같은 표정을 지었다.

"당신이 돌아오면 꼭 하고픈 말이 있었어요. 당신을…… 연모해요."

"비겁하구나. 결국 날 이리 붙잡다니."

그 옛날에도, 지금에도. 하지만 힐난하는 어투에도 율의 표정은 나쁘지 않았다. 그는 이미 바리를 찾으러 온 순간부터 생과 사에 대한 결정을 끝냈다.

"미안해요."

무엇에 대해 미안하다는 것인지 말하지 않아도 바리도, 율도 모두 잘 알고 있었다. 율이 잠시 눈을 내리감았다 뜨며 나지막이 속삭였다.

"그거 아느냐? 흔히들 석산화는 이루어질 수 없는 사랑이라 말하지만, 실은 참사랑이란 뜻을 품고 있다. 그래서 석산화에 한 번 중독된 사람은 두 번 중독되진 않지. 이미 한 번으로 족하니……."

율의 고개가 바리의 얼굴 위로 숙여지고, 그들의 입술이 겹쳐진다. 율이 바리의 아랫입술을 빨아올리며 그녀 특유의 향을 마셨다. 달콤한 타액이 어지럽게 뒤섞였다.

"아아, 율……."

깊은 입맞춤에 바리의 숨이 불규칙하게 달아올랐다. 한참을 농락당한 바리의 입술이 잔뜩 부풀었다. 그런 그녀를 바라보는 율의 눈동자는 어느덧 열기에 가득 차 있었다. 그가 자신의 품에 안겨 있는 바리를 가벼운 몸짓으로 안아 올렸다. 그와 동시에 주변 배경이 석산화밭에서 율의 침궁 깊숙한 곳에 위치한 그의 침실로 바뀐다.

율이 침상 위로 바리의 몸을 조심스럽게 내려놓았다. 바리의 위로 몸을 숙인 율의 등을 타고 그의 긴 머리칼이 유려하게 흘러내렸다. 그의 목소리가 열기로 인해 낮게 가라앉아 있다.

"이대로 널 품을 것이다. 아플지도 모른다. 괜찮겠느냐?"

바리가 대답 대신 살며시 미소 지으며 율의 목에 스르륵 팔을 감았다. 무언의 허락을 끝으로 율과 바리의 몸이 겹쳐졌다. 이윽고 열기에 들뜬 신음 소리가 방 안을 가득 메웠다. 그렇게 백여 년 만에 찾아온 태양을 집어삼킨 만월(滿月)의 날이 끝나가고 있었다.

제七장
서왕모(西王母)

막 잠에서 깬 바리는 저도 모르게 입가에 미소를 걸치며 숨죽여 율을 바라봤다. 율은 자신을 껴안은 채로 깊은 수마에 빠져 있었다.

'아름다운 분.'

아름다운 나의 남신. 그가 내 곁에서 살아 숨 쉬고 있어. 바리가 홀린 듯 율을 쳐다보는데, 순간 그의 팔이 그녀의 허리께를 강하게 끌어당겼다. 낮게 가라앉은 목소리가 머리 위에서 들려왔다.

"잘 잤느냐."

실은 깨어 있었던 것인지, 율이 부드러이 입매를 풀었다. 바리는 순간 제 행동이 들킨 것만 같아 부끄러워졌다. 율이 그녀의 이마에 짧게 입을 맞췄다.

"하나 조금 더 자자꾸나."

아직 나는 그대의 품이 고프니 말이다. 작게 덧붙인 율이 그녀를 더욱더 자신의 품 안으로 끌어당겼다. 바리 특유의 향이 율의 코끝을 간질이며, 다시금 달콤한 수마로 이끌었다.

바리가 다시 깨어났을 땐, 이미 율은 나간 뒤였다. 바리가 나른한 숨을 내쉬며 상체를 일으켰다. 그러자 나비 모습을 한 유아가 재빨리 그녀의 곁으로 다가왔다.

[깨셨어요?]

"응. 율은?"

[염라대제께선 정무를 보시러 진즉에 일어나셨죠.]

오수에 너무 깊이 빠졌던 건가. 그가 나가는 것조차 모르고 있었다. 바리가 작게 고개를 끄덕이자, 유아가 바리 주변을 빙글빙글 돌았다.

[바리님! 우리도 밖에 나가요! 도대체 며칠 동안 방 밖으로 걸음하지 않으신 거예요?]

사흘인가? 아님 오일? 유아가 눈치 없이 부러 바리 앞에서 그 날짜를 셈하고 있었다. 유아의 힐난 아닌 힐난에 바리의 볼이 붉어졌다. 설마 그렇게까지 많은 시간이 지났을 줄은 꿈에도 몰랐다.

"알았어. 나갈 채비를 해줘."

오늘은 구화를 만나볼 요량이었다. 가볍게 치장을 마친 바리가 침소를 나서던 찰나였다. 갑자기 저 멀리서 작은 불빛 덩어리가 바리에게로 빠르게 다가온다. 미처 바리가 힘을 풀어 대처하기도 전에, 위험하게 달려오던 그것은 바리의 품속으로 파고들었다. 유아의 비명이 짧게 울려 퍼졌다.

[꺅!]

"이게 갑자기 무슨 일인지⋯⋯."

어안이 벙벙해진 바리가 품 안에 달려든 것을 확인하려 고개를 내렸을 때, 그녀는 놀라지 않을 수 없었다. 각기 다른 색을 띠고 있는 여덟 개의 작은 영혼이 그녀의 품속에 안겨 있었다. 그들은 바리에게서 떨어지지 않으려고 애썼다. 그 모습을 기이하게 여긴 바리가 힘의 제어를 느슨하게 풀었다. 그녀의 힘으로 인해 여덟 개의 영혼이 생전의 모습을 형성하기 시작했다. 마침내 그 모습이 완벽해졌을 때, 바리는 할 말을 잃었다.

"⋯⋯말?"

바리의 품에 파고든 것은, 여덟 마리의 말의 영혼이었다. 윤기 흐르는 말의 갈기, 날씬하게 잘 빠진 몸체, 튼튼한 근육으로 이뤄진 다리. 이런 방면으로 아는 것이 없는 바리조차도 한눈에 알아볼 수 있는 명마(名馬)였다.

말들은 바리의 품이 어미의 품인 양, 본디 바리보다 훨씬 컸을 터인데도 고개를 숙여 계속 바리의 가슴에 얼굴을 비벼댔다. 히이힝-거리는 말들의 울음소리가 사뭇 애치로웠다.

"이 무슨⋯⋯."

당황한 바리가 어찌할 바를 모르고 그녀답지 않게 혼란스러워할 때였다. 갑자기 말들이 바리의 소매를 덥석 물어 어디론가 바리를 이끌었다.

"갑자기 왜 그러는 것이냐?"

실랑이가 벌어졌다. 그 찰나도 귀찮아졌는지, 가장 웅장한 몸체를 지닌 검은 흑마가 날렵하게 움직여 바리를 자신의 등 뒤로 올려 태워 버렸다. 바리가 자신의 등 위로 안전하게 안착하자, 흑마의 울음소리를 시작으로 여덟 마리의 말은 재빠르게 달리기 시작했다. 기겁한 유아가 연약한 날개로 그 뒤를 쫓았다.

[꺅! 바, 바리님! 네놈들! 바리님을 어디로 데려가는 거야!]

바리가 행여 낙마하지 않을까, 일곱 마리의 말들은 바리를 태운 말을 둘러싸며 조심스레 달렸다. 이윽고 그들의 발걸음이 느려졌다. 처음 타보는 말에 놀란 바리가 숨을 고르고 고개를 들었을 때 그녀의 눈앞에 펼쳐진 것은, 새하얀 국화밭이었다.

바리는 왠지 모를 기시감을 느끼며 흑마의 등에서 내렸다. 한차례 바람이 날린다. 순백의 국화잎이 바람에 휘날려 꽃비를 만들어낸다.

"……희만?"

갑작스레 등 뒤로 들려온 타인의 목소리에 바리가 몸을 틀었다. 그녀의 등 뒤엔 아홉 머리의 사자를 탄 작은 소년이 있었다. 달려온 것인지 소년의 모습을 한 태령의 머리칼이 어지럽게 엉클어져 있었다. 바리가 고개를 깊게 숙였다.

"태을구조천존을 뵙습니다."

그녀의 인사에 태령이 멈칫했다. 희만이 아니었다. 성별도 다르고, 생긴 것도 다른데 저도 모르게 순간 바리를 희만으로 착각하고 말았다. 그녀 곁에서 서성이는 목왕팔준(穆王八駿)이라 불리던 희만의 팔마(八馬) 때문에.

태령이 여덟 마리의 말을 향해 손을 뻗었다. 슬픈 눈망울로 고개를 젓던 여덟 마리의 말들은 결국 태령의 힘에 의해 영혼의 모습으로 돌아가 그의 손 위로 날아왔다. 태령이 잠시 자신의 손 위에 오른 말들의 영혼을 바라보며 복잡한 표정을 짓다, 다시 바리를 바라봤다.

"실례했구나. 내가 사람을 잘못 보았다."

"아닙니다. 오히려 제가 태을구조천존의 영역을 허락 없이 침입하게 되어 송구하옵니다. 그런데 이곳은……."

"그래, 이곳은 내가 가꾸는 국화가 피는 곳. 지하의 정원, 서천화원(西天花園)이다."

서천화원. 지난번, 태령이 포사에게 반혼을 허락하며 건넨 백색의 국화가 피는 명계의 유일한 곳. 태령이 명계로 내려와 가장 먼저 한 것이 다름 아닌 서천화원을 가꾸는 일이었다. 그는 이곳을 보금자리로 잡아 백 년이 넘는 시간을 보냈다.

바리가 다시 한 번 주변을 돌아봤다. 노란 정점에서부터 하얗게 물든 꽃잎이 만개하여 그 아름다운 모습을 활짝 드러내고 있었다. 구화의 궁 주변을 둘러싼 붉은 석산화가 구화를 닮아 화려한 멋을 자랑했다면, 태령의 서천화원에 가득 핀 흰 국화는 순결하고도 고결한 느낌을 자아냈다.

바리가 한참을 꽃에 취해 있을 때였다.

"괜찮다면, 나와 차라도 한잔하지 않을 테냐."

잠시 머뭇거리던 바리가 이내 고개를 끄덕였다.

"따라오너라."

태령은 바리를 서천화원 중앙에 위치한 정자로 이끌었다. 정자로 올라온 바리는, 정자를 중심으로 넓게 펼쳐진 흰 국화밭에 입을 다물지 못했다. 자연스럽게 감탄이 터져 나왔다.

"와아!"

이윽고 태령이 정자 위에 준비되어 있던 다기(茶器)를 들어 찻잔에 찻물을 따랐다. 국화꽃으로 우려낸 향긋한 꽃차였다. 국화차의 향을 음미하던 바리가, 천천히 찻물을 입 안으로 흘려 보냈다. 국화 특유의 달콤하면서도 쌉쌀한 맛이 절묘하게 조화되어 감칠맛을 냈다.

한참을 차를 마시며 서천화원을 감상하던 바리가 이윽고 뭔가 생각난 듯 고개를 들었다. 분명 태령은 자신을 보며 희만이라 했다. 그 이름은 만인경 속에서 본 자신의 업에서 분명 거론됐었다. 여인이 슬픈 목소리로, 사랑하는 연인을 부르듯 읊조리던 그 이름이 분명했다.

"저어…… 태을구조천존이시여."

"태령이라 부르거라."

"네, 태령님. 실례가 안 된다면, 뭐 하나 여쭤봐도 되겠습니까?"

"말해보아라."

태령의 허락에 바리가 어렵사리 입을 뗐다.

"아까 저를 희만이라는 이와 착각하셨는데, 혹시 그가 누군지 알려주실 수 있습니까?"

생각지 못한 바리의 질문에 태령이 멈칫했다. 그가 잠시 입에 고인 찻물을 삼키며 입을 열었다.

"내 오랜 친우이니라."

"오랜…… 친우요?"

오랜 친우라니. 도대체 그자는 누구이길래. 바리의 얼굴에 궁금증이 커져 확연히 드러났다. 태령이 잠시 고민하다 말을 이었다.

"그는 인간이자 주나라의 목왕이라 불리기도 했지."

목왕은 현재 주나라의 12대 제왕인 유왕 이전의 5대왕으로서, 무려 백오십여 년 이전의 사람이었다. 바리는 뭔가 맞춰질 것 같으면서도 이어지지 않는 생각에 한참을 고민했지만, 끝내 그 실마리를 찾아낼 수 없었다. 더 깊어지는 것은 주목왕, 희만에 대한 궁금증뿐이다.

"어인 연우로 인간에 불과한 주목왕이 천계 신, 태령님의 친우가 된 것입니까?"

태령은 대답하기가 꺼려졌다. 그 기억은 참으로 아련하고도 슬픈 기억이라, 그가 죽은 이후로 한 번도 입 밖으로 꺼낸 적이 없었다.

대신 그는 바리를 뚫어져라 바라봤다. 왜 이 아이를 희만으로 착각한 것일까. 평소 제 주인 말고는 다른 이는 쳐다도 보지 않던 팔마(八馬)는 왜 이 아이를 따르는 것일까. 결국 태령은 저도 모르게 과거의 이야기를 꺼내기 시작했다.

"우선 너에게 달려간 팔마(八馬)의 영혼에 대해 사과부터 해야

겠구나. 갑작스런 상황에 적잖게 당황했을 터인데."

"아닙니다. 괜찮습니다."

"그 팔마는 본디 희만의 소유였다. 세상에 몇 없는 명마로, 그가 생전에 매우 아끼던 말들이었지. 제 주인만 따르던 아이들은 희만이 죽자, 내 손에 고이 잠들었다. 그렇게 백 년이 지나도록 내 품에 있던 아이들이 갑자기 사라져 나 역시 놀라 찾고 있었는데…… 그 아이들이, 네 곁에 있을 줄은……."

태령은 잠시 숨을 돌리기 위해 찻물로 목을 축였다. 그의 말은 오래된 이야기처럼 잔잔하게 이어졌다.

"그는 참으로 아름다운 영혼을 지닌 사내였다……. 그 당시 나는 유독 인간계에 관심이 많았다. 전쟁을 통해 나라의 영토를 넓히면서도 태평성대를 유지하던 주나라 왕에 대한 소문은 나에게까지 흘러들어 왔지. 하여 그에 대해 관심이 생긴 나는 화인(化人)으로 분하여 그를 찾아갔다. 그게 우리들의 첫 인연이로구나."

지금 생각하면 모든 것이 운명이었다. 유독 희만에게 관심이 갔고, 그의 행적에 귀 기울였다. 그에게 다가가기 위해, 도술을 쓰는 예인으로 분하여 환심을 샀다. 불에서 타지 않음을 보여주고, 벽을 통과하는 모습을 선보였다. 궁궐 밖의 인간들의 관심을 이용해 희만의 관심을 사는 것은 어렵지 않았다.

예인을 아끼는 희만은 태령의 재주를 높이 평가했다. 고작 평민 나부랭이에, 재주 파는 천인의 존재로 분한 자신을 존경했고 또 아꼈다. 이런 인간을 처음 접한 태령 역시 희만에게 마음을 내주는 것은 당연한 수순이었다.

나라

그러나 이 모든 것은 여기서 끝냈어야 했다. 앞날을 예측하지 못하면서도 신이라 자만한 자신은, 결국 모두에게 상처를 주고 돌이킬 수 없는 짓을 벌이고 말았다. 과거를 회상하던 태령의 눈가가 파르르 떨렸다. 벌써 오래된 과거 이야기임에도 너무나 생생하고 그리워, 그의 시야가 습해지면서 흐릿해졌다.

한편, 바리는 생각이 많아졌다. 그동안 너무 많은 일이 일어나 자신은 만인경이 보여준 업보에 대해 잊고 있었다.

'희만, 희만이라……'

입안에 굴려보는 그 이름이 너무나 낯설었다. 업보란 자신으로 인해 엮인 모든 것. 원인 없는 결과는 없고, 모든 것은 자신과 얽혀 있으렷다.

'어째서 목왕이 나와 관련 있는 거지?'

바리는 과거의 기억을 곰곰이 되짚어봤다. 자신이 분명 놓치고 있는 것이 있을 것이다. 근본적인 것부터 다가가야 했다. 자신의 업보, 그 처음에는 한 영혼의 탄생이 있었다. 목왕의 연인으로 보이는 여인. 선녀를 부리던 그녀는 갓난아기를 버렸다.

'설마, 그 아기가 나였나?'

반인반귀. 허락받지 않은 존재. 태어나서는 안 되었던 존재. 귀신과 인간 사이에서 태어난 이물교혼의 흔적.

흩어졌던 조각들이 차츰 맞춰졌지만, 바리는 본능적으로 더이상 다가가면 안 된다는 위험을 감지했다. 더 이상 발을 담갔다가는 돌아오지 못할 것만 같았다. 하나 그럼에도 궁금했다. 어째서 자신은 버려져야 했는지. 이미 사랑을 알아버린 자신은 그새 욕심이 생겨 더 큰 사랑을 바라고 있었다.

바리가 부들 떨리는 입가를 느끼며 간신히 입을 열었다.

"태령님. 궁금한 것이 있습니다."

"해보아라."

"혹시 신 중에, 이마에 붉은 꽃잎 세 장을 찍은 여인이 있습니까?"

생각지 못한 바리의 질문에 태령이 고개를 갸웃했다.

"그건 서왕모가 아닌가."

태령의 대답에 바리는 비명이 터져 나올 것을 꾹 참았다. 얼굴이 새파래졌다.

"갑자기 그건 왜 물어보는가?"

"아, 아닙니다."

"흐음, 그러고 보니 네가 이곳에 올 때도, 서왕모의 길을 통해 왔구나. 형벌의 신이기도 한 그녀가 네게 벌을 내리지 않은 것이 신기하군. 그녀는 분명 침입의 기운을 놓치지 않았으련데…… 운이 좋았구나, 아이야."

태령이 웃으며 건네는 말이지만, 바리는 차마 따라 웃을 수 없었다. 그 여인이 서왕모였다니. 어째서, 왜……?

"아, 그러고 보니 벌써 삼짇날이 다가오고 있군. 조만간 요지성궁에 가게 되겠어."

서왕모를 만날 수 있게 된다는 사실에 태령의 얼굴에 얇게 흥분이 깔렸다. 그녀는 동지이기도 했지만, 태령과 평생의 오랜 삶을 함께 한 영혼의 단짝이기도 했다. 갑작스런 태령의 말에 바리의 눈이 커졌다.

"네?"

"삼진날은 서왕모의 탄생일, 그녀의 날이 아니더냐. 조만간 그녀의 청조가 지하로 찾아들겠구나."

삼진날은 음력 삼월 삼일을 가리킨다. 이날은 서왕모의 탄생을 기리는 날로, 모든 세계가 흥겨운 축제를 벌이는 날이기도 했다. 바리는 오래전, 그녀가 인간계에 있을 적에 사람들이 이때쯤 큰 축제를 열던 것을 기억해 냈다.

"……그래, 정말 오랜만에 그녀를 보게 되겠구나."

태령이 혼잣말로 작게 중얼거렸다. 인간계에선 그녀를 위한 축제가 매년 열릴지라도, 세월에 무심한 신에겐 삼십 년에 한 번 모이는 것이 고작이었다. 바리는 목이 타 찻잔을 들었다. 이미 차는 차갑게 식어 있었다. 찻잔을 들고 있는 바리의 손이 약하게 떨렸다. 찻물의 수면이 고요를 깨고 잘게 흔들린다.

태령 역시 마지막 남은 찻물을 털어내려 찻잔을 들었다. 꽃차를 음미하며 홀짝이던 그가, 빈 찻잔을 내려놓으면서 바리의 등 뒤로 시선을 돌렸다.

"아무래도 서왕모를 만나는 것보단 염라를 만나는 것이 먼저겠구나. 흥, 불이 나게 달려오는 꼴을 보라."

태령이 이죽거리며 코웃음을 쳤지만 그의 표정은 그리 나쁘지 않았다. 태령의 말에 바리가 반사적으로 고개를 돌렸다. 등 뒤로 그 특유의 깨끗한 향이 퍼져 나와 바리의 코끝을 간질였다.

"율."

바리가 율을 보고 놀라 몸을 일으켰다. 그녀가 채 그를 향해 몸을 다 돌리기도 전에, 율이 그녀를 자신의 품 안에 넣었다. 율은 그의 가슴팍에서 느껴지는 바리의 체온을 음미하며 굳은 얼굴을 슬며시 풀었다. 그러다 그 모습을 바라보던 태령의 시선을 느끼곤, 율이 긴 소매를 들어 바리의 몸을 가렸다.

"데리러 왔다."

그의 말에 바리가 살짝 고개를 끄덕였다.

"그럼, 전 이만 가보도록 하겠습니다."

"그래. 더 이상 붙잡고 있다간 율의 살기에 짓눌려 죽겠구나."

태령은 율의 꼴이 눈꼴 시리다며 괜히 투덜거렸다. 율은 그런 태령에게 냉기 어린 시선을 한 번 건네고는, 이내 그대로 바리를 데리고 서천화원에서 사라졌다. 마지막으로 떠나는 바리의 귀에 태령의 전언이 들렸다.

[내, 그대에겐 감사하고 있느니. 율의 마음을 되돌려 줘서 고맙다네.]

홀로 서천화원 정자에 남은 태령의 어깨가 축 처졌다. 그의 이런 기분을 알아챈 영리한 그의 신수가 정자로 올라와 태령의 몸에 얼굴을 비벼댔다. 태령이 힘없는 손길로 신수의 털을 쓰다듬다가, 제 얼굴을 신수의 털 속에 박았다.

"서왕모도, 희만도 함께했던 그때가 좋았으이……."

그것은 후회와 슬픔, 그리고 안타까움과 그리움이 뒤섞인 목소리였다.

침실로 돌아온 바리와 율은, 곧바로 침상 위에서 어지럽게 뒤섞였다. 율은 비로소 바리를 품 안에 안고서야 안심할 수 있었다. 언제나 보고픈, 늘 곁에 있어야 안심되는 나의 작은 새.

율이 욕심껏 바리의 입술을 빨아올렸다. 연약한 바리의 입술이 금세 부풀어 올랐지만, 열망에 취한 율은 애써 괜찮다 억누르며 계속이고 바리의 입술을 탐했다. 율의 입술이 점차 바리의 목을 타고 내려왔다. 그의 아래서 바리의 들뜬 신음 소리가 부끄러움을 담은 채, 작게 퍼져 나온다.

정염의 시간이 끝나고, 율의 가슴팍에 몸을 뉜 바리는 태령과의 대화를 곱씹었다.

'서왕모. 희만.'

바리는 계속 번갈아가며 그들의 이름을 입안에 굴렸다. 일단 그녀는 서왕모가 자신의 어미라는 생각을 버렸다. 처음엔 그리 생각했지만, 곰곰이 생각해 보니 이치에 맞지 않았다. 자신은 반인반귀(半人半鬼). 인간과 귀신 사이에서 태어난 존재였다. 신인 그녀에게서 태어날 수가 없었다.

'그렇담 주나라 목왕, 희만은?'

그는 분명 인간이었다. 하나 그 역시 적합하진 않았다. 목왕이 자신의 아비라면, 자신을 낳은 것은 귀신이라는 것인데 그것은 불가능하다. 귀신은 정을 품게 할 수는 있어도, 육신을 가진 것을 태내에 품을 순 없었다.

바리는 오래전 포기한 질문을 다시금 자문하고 있었다. 자신의 부모는 누구고, 또 자신은 왜 버려졌는가……

점차 바리의 상념이 깊어져갈 때였다. 율의 긴 손가락이 그녀의 미간을 주무르며 물었다.

"무슨 고민이 있기에 이리 깊게 생각하느냐."

그제야 생각의 끝에서 벗어난 바리가 율을 올려봤다. 율이 얼굴에 희미한 미소를 띠며 바리를 사랑스럽다는 듯이 바라보고 있었다.

"아……. 아무것도 아닙니다."

"아무것도 아닌 것이 아니어 보인다. 어서 말해보라."

계속 추궁할 것 같은 율의 끈질긴 반응에 바리가 잠시 망설이더니 결국 입을 열었다.

"그것이…… 제 탄생에 대해 생각하고 있었습니다."

"탄생? 갑자기 어인 이유로?"

생각지도 못한 바리의 대답에 율의 얼굴이 짐짓 심각해졌다. 그 모습에 바리가 고개를 설레설레 저었다.

"아닙니다. 그저, 갑자기 궁금해져서 그리했습니다. 누가 절 낳았는지, 왜 저를 버렸는지……."

점차 바리의 목소리가 잦아들었다. 그녀의 목소리는 무척이나 건조했다. 너무 오랜 시간이 지나 이제 더 이상 눈물짓지도 못하는 과거가 되어버렸다.

율은 그녀의 안타까움을 알기에 뭐라 위로해야 할지 몰랐다. 오랜 세월 남 위에 군림해 온 그에겐 누군가를 위로한다는 것이 무척이나 생소했다. 그는 처음으로 무력감을 느꼈다.

"미안하구나. 내, 그대에게 해줄 수 있는 것이 없어."

그저 그는 품 안의 바리를 더욱 힘줘 안을 뿐이다. 그의 품속에서 바리가 천천히 눈을 감았다.

"괜찮습니다. 괜히 마음 쓰지 마십시오. 진즉에 놓고도 남았을 것을 제가 괜히 미련 떠는 것뿐인데요."

太령의 말대로, 얼마 뒤 명계에 손님이 찾아들었다. 그가 그리도 고대하던 서왕모의 전령, 청조가 푸른 날개를 펼치며 명계로 날아 들어왔다. 서왕모가 슬하에 세 마리의 파랑새를 거느리니, 사람들은 이를 삼청조(三靑鳥)라 불렀다.

명계에 도착한 청조는 주절음천궁 대전에 모인 신들 앞에 날개를 접고 유연한 몸짓으로 착지했다. 서왕모의 새이기에 유일하게 허락된 담청색의 고운 깃털이 눈에 띄었다. 이내 청조의 몸이 일렁이기 시작하더니, 아름다운 선녀의 모습으로 변했다. 그녀가 우아한 몸짓으로 그들 앞에 절을 했다.

"대(大) 천계신 태을구조천존님, 명계의 주인이신 염라대제님, 그리고 지옥의 주인이신 지두부인을 뵙습니다."

염라대제가 가장 높은 옥좌에 앉아 청조를 맞이했다.

"왕모낭랑의 전언을 전하라."

"왕모낭랑께선 내달 초, 음력 삼월 삼일 삼짇날을 맞이하여, 고마운 이들을 요지성궁으로 모시고자 하십니다. 하여 실례가 되지 않는다면, 자리를 빛내주십사 청하십니다."

율의 왼편에 앉아 있던 태령이 상기된 얼굴로 고개를 끄덕였다. 서왕모를 만날 수 있다는 생각에 그의 기쁨이 얼굴에 그대로 드러났다. 구화가 옥좌 팔걸이를 톡톡, 손으로 두들겼다.

"그래, 왕모낭랑의 전언은 그것으로 끝인가?"

"아닙니다. 왕모낭랑께선 '그것'의 동태에 대해 물으셨습니다."

'그것'이란 단어에 구화의 눈이 한순간 날카로워졌다. 톡톡 치던 소리가 멈췄다.

"평소와 다름없다 전하거라."

'그것'은 지옥의 가장 깊숙한 곳, 18층 아비옥(阿鼻獄)에 홀로 갇혀 있다. 그것의 행적으로 인해 구화는 지옥의 여제가 된 이후로부터 줄곧 그것을 감시해 왔다.

"알겠습니다. 왕모낭랑께 그리 전하겠습니다. 그럼 삼짇날에 뵙겠습니다."

율이 그만 가보아도 좋다는 표시로 고개를 가볍게 끄덕였다. 청조가 예의바르게 인사를 건네고는, 다시 새의 모습으로 돌아와 담청색 날개를 반짝이며 사라졌다. 그것을 지켜보던 바리가 구화를 향해 고개를 돌렸다.

"구화님. '그것'이 무엇입니까?"

바리는 구화가 '그것'을 말할 때, 그녀의 표정이 심각해짐을 놓치지 않았다.

"치우다."

바리의 얼굴에 사뭇 의문이 떠올랐다. 그녀는 한낱 반인반귀에 불과했다. 신계의 깊숙한 사정을 알 리가 없었다. 그러한 그녀를 위해 구화가 부연 설명을 덧붙였다. 본디 소수의 몇몇 신들만 알고 있는 금기이지만, 이젠 바리 역시 명계의 일원으로 받아들인 바다.

"지금의 지하가 명계와 지옥으로 나뉘기 전, 이곳 전체를 통치하던 이가 신농임을 혹, 알고 있더냐?"

바리가 작게 고개를 끄덕였다. 그녀는 만인경 안에서 율의 기억을 훔쳐볼 때, 태령이 율에게 염라대제의 자리를 넘기며 했던 말을 떠올렸다.

"치우는 신농이 남긴 마지막 자손이란다. 그는 훌륭한 기술자이자 전쟁의 귀재였지. 신농이 헌원과의 전쟁에서 패배해 소멸당했을 때, 그의 곁을 보좌하던 치우가 반기를 일으켰다. 그는 헌원과 헌원을 도운 왕모낭랑에게 악감정을 품었고, 그로 인해 한차례 폭풍이 일어났지……. 결국 길고긴 전쟁 끝에 왕모낭랑의 손에 잡힌 치우는 가장 깊은 지옥에서 평생을 지내야 하는 형벌을 받게 되었단다."

그로부터 벌써 천여 년이 넘는 시간이 지났지만, 치우는 종종 분노를 드러내며 불길을 내뿜었다. 그의 발길질 한 번에 지옥의 층이 흔들리고, 그의 청동 뿔에 받히면 지옥 전체가 흔들렸다. 하여 지금에도 때때로 지옥에는 지진처럼 큰 울림이 일어난다. 이런 연유로 구화는 계속 치우에 대한 감시를 소홀히 할 수 없었다.

"아…… 그렇군요. 그럼 치우는 무척 위험한 존재가 아닙니까? 이대로……."

바리는 말끝을 흐렸다. 그녀가 무슨 말을 하는지 안 구화가 눈을 찡긋했다.

"뭐, 요즘은 조용하니…… 괜찮지 않을까 싶구나."

하지만 바리에게서 고개를 돌린 구화의 표정은 방금과는 달리 설핏 굳어 있었다. 구화가 들리지 않게 낮게 중얼거렸다.

"그래……, 기이할 정도로 너무 조용해."

……마치 무언가 터지기 직전처럼.

✦

삼짇날을 알리는 태양이 그 어느 때보다 더 밝고 환하게 지상 위로 떠올랐다. 서왕모의 탄생일이 되었음을 알리며 발이 세 개 달린 새가 소리 높여 울어젖혔다.

바리와 율을 태운 날개 달린 사륜마차가 지상 위로 나와, 곤륜산 꼭대기에 위치한 요지성궁을 향해 빠르게 달렸다. 그 뒤로 아홉 머리의 사자 위에 연화좌를 깐 채로 달리는 태령과, 거대한 붉은 새를 탄 구화가 바짝 붙어 함께 날아올랐다.

음력 삼월 삼일. 때늦은 벚꽃이 곤륜산 입구부터 만개해 허공에 그 고운 분홍 안개를 수놓았다. 평소와는 달리 곤륜산의 수목(樹木)이 의지를 품고 초대받은 이들을 반기며 가지들을 춤추듯 흔들어댔다. 향긋한 자연의 향이 오는 이들을 매료시킨다.

각기 다른 모습을 한 수많은 신선이 가볍게 발을 디디며 곤륜산을 오르고 있었다. 동물을 타고 오는 이가 있는가 싶으면, 노인의 모습으로 지팡이를 버팀목 삼아 오르는 이도 있었고, 또 가

녑게 허공을 디디며 올라오는 이들도 있었다. 대부분 서왕모의 수호를 받는 신선들이었다.

마침내 바리와 율을 태운 날개 달린 사륜마차가 곤륜산 옥산 꼭대기에 위치한 요지성궁에 멈췄다. 먼저 내린 율이 바리를 친히 안아 내렸다. 율의 품에서 살짝 떨어진 바리가 주변을 빙 돌아봤다.

궁의 왼편엔 금빛이 찬란하게 빛나는 요지(瑤池)가, 궁의 오른편엔 청량함을 가득 채운 취수(翠水)가 마련되어 그 위로 작은 새들이 날개를 펼치며 날아다녔다. 궁 아래로는 유려하게 일렁이는 폭포가 흘러 바리가 갔던 지하사문 연못으로 떨어져 내렸다. 벽옥으로 쌓아 올린 요지성궁 중앙엔, 평소에는 굳게 닫혀 있던 옥문(玉門)이 활짝 열려 손님을 반겼다.

"와아!"

율의 손에 이끌려 궁 안으로 들어온 바리는 입을 다물 수 없었다. 문에 들어서자마자 보인 것은 복숭아나무가 가득 심어진 정원. 바로 서왕모의 과수원, 반도원(蟠桃園)이었다. 그 주변을 요지(瑤池) 냇물이 휘감는다.

율이 바리의 귓가에 속삭였다.

"유일하게 서왕모에게만 허락된 반도(蟠桃)다."

영생을 허락하는 반도, 혹은 천도(天桃)라고 불리기도 하는 신비한 복숭아.

반도는 각기 위치한 곳에 따라 열리는 시기가 달랐다. 바리의 눈앞에 펼쳐진 반도나무밭은 삼천 년에 한 번 열리는 복숭아였고, 연회장 중앙 뒤편에 위치한 곳에선 육천 년에 한 번 열리는 복숭아가, 마지막으로 서왕모만 아는 내궁 깊숙한 곳에 위치한 곳에는 구천년에 한 번 열리는 복숭아가 있었다.

이미 궁 안에 들어온 신선들이 각자의 위치에 자리 잡고 앉았다. 율이 부드러운 손길로 바리를 이끌었다.

"우리도 가서 앉지."

율의 자리는 서왕모 자리 바로 아래에 위치한 곳이었다. 그 주변으로 세계를 이끄는 구화와 태령의 자리가 마련되어 있었다. 청조가 바리의 소식까지 알렸는지, 율의 바로 옆에 그녀의 자리 역시 준비돼 있었다.

자리에 앉은 바리는 처음 보는 화려한 장관과 서왕모를 볼 수 있다는 기대감에 쿵쾅거리는 심장을 주체할 수 없었다. 이윽고 청조 두 마리가 연회장 안으로 들어와 한 바퀴를 크게 돌았다. 선녀의 모습으로 변한 청조의 목소리가 낭랑하게 연회장에 퍼졌다.

"선계의 대모(大母), 왕모낭랑께서 드십니다."

그녀의 말에 자리에 앉아 있던 모든 이들이 일어섰다. 유일하게 움직이지 않고 여전히 앉아 있는 이는 서왕모와 같은 권위에 있는 태령뿐이었다.

사르륵거리며 고운 금빛의 비단이 대리석 바닥을 쓸었다. 이윽고 윤기 흐르는 검은 머리칼을 크게 틀어 올려 그 위에 순금을 녹인 관을 쓰고, 금빛의 비단옷에 봉황을 수놓은 가죽신을 신은 여인의 모습이 보였다. 죽음과 영생 그리고 형벌의 여신, 선계를 다스리며 태고신의 일원인 서왕모였다. 봉황의 깃털로 만들어진 부채를 든 그녀의 절세가인의 모습에 모두들 극상의 예를 갖췄다.

"선계의 주인, 왕모낭랑을 뵙습니다."

서왕모가 이들의 인사를 받으며 가장 상석에 위치한 여왕의 옥좌에 앉았다. 여신의 위엄과 권위가 옥좌에서부터 요지성궁 곳곳으로 퍼지며 가득 메웠다.

"이 늙은이의 탄생을 축하하고자 이리 자리를 빛내주어 고맙소. 자아, 그럼 요지연(瑤池宴)을 시작해 봅시다. 나의 귀여운 청조들아. 네 아름다운 목소리를 이들에게 들려주렴. 풍악아, 울려 퍼져라. 춤사위야, 수놓아져라. 흥겨움이 넘쳐 흘러내리라!"

서왕모의 호령에 숨 죽여 있던 악공들이 나와 연회장에 흥겹게 음률을 퍼뜨렸다. 그 위로 청조들이 고운 노랫말로 듣는 이의 귓가를 즐겁게 해주고, 아름다운 선녀들이 나풀거리는 비단옷을 입고 춤을 췄다.

서왕모가 공중에 손가락을 마주쳤다. 그녀의 의지에 맞춰, 잘 익은 반도가 손님들 주안상 위로 놓였다. 하나를 먹으면 삼천년을 살 수 있다는 장생의 열매를, 서왕모의 배려 덕분에 맛볼 수 있게 된 것이었다.

신이 난 신선들의 흥겨운 목소리가 절로 높아졌다. 그 사이로 청량하고도 고운 청조의 목소리가 연회장에 널리 퍼졌다.

봄의 사랑스런 자식이여, 정원의 여왕이여!

저곳에 서 있는 복숭아나무는 하릴없는 나의 눈을 끄는구나.

그 향기로운 잎새는 얼마나 질푸른가!

그 꽃은 얼마나 멋지고 향기로운가!

부드럽게 빛나는 아름다운 새색시는

사랑과 정성스런 덕을 지니고

새 집 살림을 차리려 하니

조용한 기쁨이 맴돌며 퍼지누나.

(桃之夭夭, 灼灼其華, 之字于歸, 宣其室家)[4]

흥겨운 연회에 다들 어깨가 들썩였지만, 바리의 시선은 서왕모의 이마에 그려진 석 장의 붉은 꽃잎에 박혀 있었다.

'어째서……'

그녀는 비명을 지르고 싶은 것을 간신히 참아냈다. 꽉 쥔 손 아래로 땀이 촉촉이 새어나왔다. 혹시나 했지만, 역시나 그녀였다. 만인경에서 봤던 희만의 연인. 그리고 아기인 자신을 버리던 매정한 여신.

바리는 지금 당장에라도 서왕모에게 다가가, 자신과 무슨 관계이냐 묻고 싶었다. 희만과 서왕모, 그리고 자신은 분명 무슨 관계가 존재할 터. 그러나 그녀는 이 세 명이 어떻게, 왜 관계가 이어진지를 알 수 없었다.

그 순간, 율의 손이 그녀의 꽉 쥔 주먹 위를 부드럽게 덮는다.

---

4) '도요(桃夭)'에서 일부 발췌. 중국 최고의 시집이라는 시경(詩經)에 수록된 시이자, 축혼가(祝婚歌).

"재미가 없느냐? 연회를 즐기지 못하는 것 같구나."

"아……. 아닙니다."

바리의 대답에, 불만족스럽다는 듯이 율의 미간에 실금이 갔다. 연회 처음부터 바리의 시선이 서왕모에게 박혀 있었음을 계속 주시하고 있었다. 그녀의 사소한 행동거지, 말 하나하나가 다 신경이 안 쓰일 수가 없었다.

"서왕모 때문인가?"

"네?"

화들짝 놀란 바리의 눈이 동그래졌다.

"아까부터 그대의 시선이 서왕모에 가 있음을, 내 안다. 그녀와 무슨 일이라도 있었던 겐가?"

바리가 곤륜산에 자리를 잡은 것이 벌써 백 년이 넘었다. 곤륜산의 군주인 서왕모와 한 번쯤 만났다 한들 이상하지는 않을 터. 속을 읽힌 것에 놀랐지만, 그녀는 재빨리 마음을 가다듬었다. 율은 아직 자신의 고민을 제대로 눈치채지 못했다.

"아무것도 아닙니다. 왕모낭랑과는 오늘이 초면인 걸요. 그저, 신기하여……."

"그런가. 하긴, 서왕모는 백 년 전부터 자신의 궁에서 두문불출하였으니 그럴 만도 하구나. 그녀가 기실 공식석상에 나오는 때는 오직 삼십 년에 한 번씩 열리는 요지연뿐이니."

"무슨 이유라도 있는 겁니까? 그녀가 밖으로 나오지 않는 것이?"

"나 역시 자세한 연유는 모른다. 요지성궁은 천연의 요새. 뉘

감히 그 속을 알려 할 것인가."

율을 통해 무언가 실마리를 잡을 수 있을지 모른다는 바리의 기대가 허물어졌다. 율은 자신의 주안상 앞에 놓인 여섯 개의 반도 중에 가장 잘 익은 반도 하나를 들어 올렸다. 천계의 일원, 신인 그의 위치에 따라 대접 역시 다른 이와는 달랐다. 그가 가벼이 손짓하자, 반도가 한 입에 넣을 수 있을 만한 크기로 순식간에 잘라졌다. 그가 그것을 바리의 빈 접시 위로 올렸다.

"먹어보거라. 영생을 사는 우리에게 삼천 년의 시간은 우습지만, 그렇다고 맛보지 않는다면 무척이나 아쉬울 것이니. 서왕모의 반도는 여타 다른 복숭아와는 비교도 안 될 만큼 천상의 맛을 지녔다."

바리가 반도 한 조각을 입안에 넣었다. 반도가 부드럽게 으깨지면서, 과즙의 상큼한 맛이 입안 가득 퍼져 나간다.

율은 바리의 작은 입이 움직이는 것을 보며, 깊은 생각에 빠졌다. 그의 날게 선 직감이 신경을 자극한다. 요 근래 이상했던 바리의 모습이 어쩌면 서왕모와 관련이 있을지도 모른다고. 율이 시선이 자연스레 서왕모에게로 향한다. 흥겨운 연회 속에서도 그녀는 냉엄한 눈으로 모든 것을 발아래 두고 관장하고 있다.

백 오십 년 전, 갑작스럽게 잠적한 서왕모. 그 시기에 맞춰 명계로 온 태령. 그리고…… 같은 때에 태어난 바리. 율의 눈동자가 날카로워졌다.

요지연은 단 하루 진행되지만 신선계의 시간은 인간계보다 더

느리게 흘렀기에, 그 기나긴 밤은 아직 끝나지 않고 있었다. 마음이 혼란스러워 어지럽던 바리에게 천재일우의 기회가 생긴 것은 밤이 짙게 내려앉았을 때였다. 서왕모가 먼 곳에서 찾아온 명계의 신들과 바리를 따로 불러들인 것이다.

이들을 내궁 깊숙한 곳에 위치한 반도원으로 초대한 서왕모는 하늘을 메운 오색의 천강(天江) 위에 살포시 앉아 있었다. 그녀의 어깨 위로 삼청조가 가벼운 날갯짓을 하며 내려앉았다. 절세미녀의 미모가 은은한 별빛에 반사되어 어둠 속에서도 도드라졌다. 황금의 관에 달린 수술이 부드럽게 흔들리며, 서왕모의 눈매가 가볍게 접혔다.

"오랜만에 반가운 얼굴을 보아 기쁘기 그지없구나."

세상이 창조됨과 동시에 태어난 존재. 그 무한한 시간을 지낸 서왕모에게선 여신의 관록이 자연스레 흘러나왔다.

"그리 오랜 시간이 지난 것이 아닐진대, 새로운 이까지."

서왕모의 눈길이 바리에게 닿았다. 바리는 마주하는 그녀의 시선에 몸이 얼어붙었다. 눈매는 웃고 있지만, 눈동자엔 감정 한 톨 묻어나지 않는다. 그 모습에 율이 바리를 제 곁으로 끌어당겼다. 명백한 적의(敵意)에 구화가 날카롭게 일갈했다.

"율! 무례하다."

"괜찮다."

서왕모가 오른손을 들어 올려 구화를 제지했다.

"왜 그러느냐? 저 애가 지하사문을 통해 명계로 간 것을, 내가 질책이라도 할 성싶어서 그러는 게냐? 그럴 요량이었다면 진즉에 저 아이에게 온몸이 썩어내려 악취가 진동하는 형벌이라도 내렸을 것이다."

서왕모의 말에 바리는 소름이 돋았다. 그녀는 진심이었다. 그 냉정함에 진절머리가 날 정도였다.

"두려워할 것 없다. 적어도 그 일로 널 건드리진 않을 것이니. 하나."

바리가 침을 삼켰다. 그녀의 떨리는 손이 율의 왼팔을 움켜잡았다. 그러자 율이 바리를 외부로부터 보호하듯 그 앞을 막아섰다. 서왕모의 한쪽 입꼬리가 올라갔다.

"나에게 할 말이 있을 터인데, 그의 등 뒤에서 나와야 하지 않겠느냐."

숨이 한순간 멈췄다. 바리의 얼굴이 새파랗게 질렸다. 비록 서왕모가 육성으로 말하진 않았지만, 그 뜻이 생생하게 귓가에 꽂혔다. 의심하고 있는 것을 어서 말하라고. 엄습하는 두려움에 바리는 눈을 질끈 감았다. 하지만 그 공포 속에서 확신이 생겼다.

'그녀는 나의 부모에 대해 알고 있어. 묻는 것이 과연 옳은 것일까? 진실을 알고 나면, 나는 어떻게 해야 하지?'

요 며칠 새 스스로에게 던진 질문이 어지럽게 반복됐다. 이번 기회가 아니면 서왕모를 만날 기회가 다시 생길까. 아마 쉽사리 생기진 않을 것이다. 결국 바리가 이를 악물며 율의 뒤에서 나왔다.

"만인경 속에서 당신을 보았습니다. 희만을 부르는 당신의 모습을……."

바리의 말에 명계의 신들의 시선이 그녀에게로 집중됐다. 반도원에 무거운 적막이 가득 찼다. 바리는 그 따가운 시선 속에서 뒷말을 이었다.

"만인경 속에서 당신은 갓난아기였던 저를 버렸습니다. 그렇담 혹, 제 부모가 뉘인지 아십니까?"

구화와 태령의 눈이 경악을 머금었다. 그나마 태연해 보이는 것은 율과 서왕모뿐이었다. 율의 가늘어진 눈매가 싸늘히 서왕모에 닿았다. 이윽고 굳게 닫혀 있던 서왕모의 붉은 입술이 열렸다.

"알지. 알고말고. 너의 아비는 희만, 그리고 네 어미는 주나라의 대신녀였다."

"왕모! 그게 무슨 말인가!"

태령의 입에서 거친 항변이 터져 나왔다. 그의 흥분에 대지의 진동이 물결처럼 일렁이며 반도원 전체를 흔들었다. 점점 더 격하게 진동하는 그의 신성(神聖)에 서왕모가 손을 뻗어 가볍게 주먹을 쥐었다. 순식간에 진동이 사라지고 모든 것이 조용해졌다.

"제법 재밌는 이야기이다. 반인반귀(半人半鬼). 이물교혼의 흔적. 귀(鬼)와 인간 사이에서 태어났느니. 귀(鬼)는 희만이오, 인간은 신녀였다."

본디 원시천존께서 세상을 구성하셨을 적, 왼쪽 눈은 태양으로, 오른쪽 눈은 달로 만들어 이 둘의 만남을 금하셨다. 하나, 원시천존께서 오랜 잠에 빠지시고 다섯 세계가 스스로 움직이게 되었을 때, 있어서는 안 되는 일이 일어났다.

단 한 시각. 태양이 땅거미 위로 내려앉고, 예견된 만월이 하늘 위로 떠올라야 하거늘, 태양이 하늘에 멈춰 선 것이다. 이를 알리 없는 만월은 결국 하늘 위로 떠올라 태양과 만나고 말았다.

일식과 월식이 동시에 일어나는 기이한 현상. 달과 태양이 겹쳐지니, 이로 인해 세상에 빛이 일시적으로 사라지게 되었다.

"강한 음기와 양기가 충돌하여 세상을 뒤덮으니, 지상 위에 남은 망자의 영혼이 활기를 되찾아 인간계를 활보하고, 신들의 신성이 제어받게 되었지. ……희만도 그중 하나였다. 아직 인간계를 떠나지 못한 사령. 그는 귀(鬼)의 몸으로 자신의 신녀와 사랑을 나눴고, 그로 인하여 네가 잉태되었느니라."

이변을 알아챈 예(羿)가 급히 하늘 위에 멈춘 태양을 맞춰 떨어뜨렸으나, 이미 한 시각이 지난 뒤였다.

"……그, 그럼, 어찌하여 당신이 저를 버리신 겁니까? 제 어미는요!"

자신의 아비는 귀(鬼)였으니 그 후 다시 지하로 돌아갔을 것이라 하나, 어미는 인간이었다. 그런데 왜 서왕모가 자신을 데려왔고, 또 자신을 버렸는가!

"순결해야 할 신녀가 아비 모를 아이를 뱃속에 품었다. 그 아무리 왕의 아이라 하나, 그것을 뉘가 믿을 것인가. 하여 신녀는 널 낳자마자 처형당했고, 갓 태어난 널 내가 빼돌렸다. 그리고 버렸지. 있어서는 안 될 존재였으니까. 반인반귀는 애초에 태어나선 안 되었다."

태어나선 안 되는 존재가 태어났기에, 버렸다는 서왕모의 말.

응당 그래야 한다는 말투였다.

"어째서…… 왜……!"

강한 충격에 바리는 제대로 목소리조차 낼 수 없었다. 얼굴이 창백해졌다. 그런 그녀의 상태를 알아챈 율이 몸을 돌려 바리의 몸을 붙잡았다.

"숨을 쉬어! 크게 들이켰다 내쉬거라, 어서!"

율의 말에 따라 바리가 크게 호흡했다. 꽉 막힌 기도를 뚫고 시린 공기가 들어왔다. 그제야 그녀의 헐떡이던 소리가 가라앉았다.

'아파…….'

있어서는 안 될 존재라고, 애초에 태어나선 안 된다는 서왕모의 말이 비수가 되어 바리의 가슴에 꽂혔다. 떨어져 있던 구화가 그녀에게로 달려왔다. 율이 한발 물러서자, 구화가 그녀의 몸을 품 안으로 껴안는다.

"가엾은 것. 괜찮다. 괜찮아."

율이 구화에게 시선을 보냈다. 그 시선의 의미를 알아챈 구화가 바리를 안은 채로 사라졌다. 남은 율이 서왕모를 보며 낮게 이를 갈았다. 최상위 신에 대한 존경심과 예의는 이미 버린 지 오래다.

"왕모낭랑, 그 어처구니없는 말을 지금 제게 믿으라는 겁니까?"

"믿지 않으면?"

"하! 그럼 왜 이제야 바리에게 말하는 겁니까? 실은 알고 있었던 게 아닙니까, 바리가 오늘 요지연에 와 이것을 물을 것이라는 것을……!"

한순간 서왕모의 눈동자가 어둡게 가라앉았다.

"……때가 되었기에. 그래도 한때 내 연인이었던 희만의 아이기에, 마지막 자비를 내리는 것이다. 빼앗기지 않으려면 지켜라, 그 모든 위험으로부터. 이것은 경고다."

율의 손에 힘이 들어갔다. 그가 싸늘한 안광으로 서왕모를 쏘아보며 내뱉었다.

"그 위험은 당신을 뜻하는 겁니까? 눈물겨운 자비로군요. 하나 그따위 싸구려 배려 따위 필요 없습니다. 바리는 내가 지킬 겁니다, 그것이 무엇이든지."

"나에게 칼을 겨눌지라도?"

"물론."

율의 간결한 대답에 서왕모의 속눈썹이 파르르 떨렸다.

"되었다. 그만 나가보아라."

순간 율의 분노를 담은 검은 기운이 폭풍을 머금고, 잘 가꾸어진 정원 바닥을 매섭게 갈랐다. 그 힘은 끝을 모르고 서왕모가 앉아 있는 천강 근처까지 무섭게 돌진했다. 하지만 서왕모는 그 위험을 느끼면서도 아무런 행동을 취하지 않았다.

'츠측' 하는 소리와 함께 힘이 서왕모의 발밑 바로 아래에 멈췄다. 그 순간까지 서왕모의 얼굴엔 놀란 기색 하나 없었다. 그 모습에 율은 더욱더 부아가 치밀었지만, 그 분노를 간신히 억눌렀다. 그의 억눌린 잇새로 격한 감정을 담은 목소리가 튀어나왔다.

"당신이 버린 아이, 제가 잘 주워 챙기도록 하지요."

그 말을 끝으로 율의 모습이 사라졌다. 고요한 적막이 반도원을 휩쓸었다. 남은 이는 서왕모와 태령, 단둘뿐이었다.

태령이 허망한 눈으로 서왕모를 돌아봤다. 갑작스런 이야기에 흡사 넋이 나간 듯한 모습이었다.

"이게 무슨……."

태령이 간신히 입을 열려 한 그 순간이었다. 서왕모의 모습이 그녀가 앉아 있던 천강(天江)에서 사라졌다.

"잠시만, 왕모……!"

천강 위로 하얀 빛 가루가 은은하게 떨어져 내린다. 서왕모의 어깨 위에 앉아 있던 삼청조(三靑鳥)들이 서왕모의 흔적을 쫓기 위해 날개를 힘껏 펼쳤다. 그 뒤를 태령이 급하게 쫓았다.

서왕모의 발걸음이 멈춘 곳은 요지성궁 침전의 깊은 곳, 오직 서왕모만이 열 수 있는 문을 열어 들어간 천궁(天宮)이었다. 하얀 베일이 천궁 전체를 덮었으며, 천장 중앙은 둥글게 뚫려 있어 별이 빛나는 검은 하늘이 훤히 보였다. 청정한 공기가 부드럽게 일렁인다.

뒤쫓아 온 태령은 혼란스러운 눈으로 서왕모의 등을 올려다봤다. 힘들 때마다 이곳에 홀로 몸을 숨기는 서왕모. 그녀의 처진 어깨가 안쓰럽다. 어린아이의 몸인 것이 이럴 때는 왜 이리 불편한가.

"……서왕모."

태령이 간절하게 서왕모를 불렀지만, 안타깝게도 돌아오는 목소리는 없었다. 다시 한 번 태령이 그녀를 불렀다. 이번엔 그들만이 부를 수 있는 이름으로.

"양회, 대체 그게 무슨 말인가. 어찌하여 신녀가 희만의 아이를 잉태했던 건가? 희만은, 그는 그럴 이가 아니다."

태령은 그녀의 말을 부정했다. 서왕모를 사랑했던 희만의 깊은 마음을 안다. 그가 마지막 남은 염원으로 신녀를 찾아갈 리가 없었다. 희만이 돌아올 곳은 오직 서왕모의 곁뿐이었다. 긴 침묵 끝에 마침내 굳게 다물려 있던 서왕모의 입이 열렸다.

"그래, 그렇지. 희만은 그럴 사내가 아니지. 그는, 그는…… 오직 나만을 아는 이였지. 비록 나라를 위해 돌아갔을지언정, 내게 돌아올 날을 기약한 이였지."

"그런데 어찌하여! 자네의 말이 거짓임을 내가 모를 줄 아는가!"

서왕모가 제 앞에 놓인 제단을 내려다보며 쓴웃음을 지었다.

"후후, 내 어찌 그대를 속이려들까. 나에게 희만을 소개한 것이 그대이거늘……. 하나 그 아이가 신녀의 아이임을 부정할 순 없다. 나와 희만의 정(情)을 담아, 그 아이의 육체를 만들어내고 또 품은 것이 신녀임은 사실이니."

"뭐라?"

"그날 밤, 네 예상대로 희만이 찾아온 것은 나였다. 가냘픈 날개를 지고 언제 사라질지 모르는 사령의 모습으로 곤륜산 입구를 서성였지."

음기와 양기가 어지럽게 뒤섞였던 기이한 밤. 돌아오겠다 약조했음에도 결국 전쟁터에서 죽어, 그녀의 곁으로 돌아오지 못한 가여운 연인. 슬픔에 잠겨 있던 그녀가 희만의 흩어질 듯 아슬아슬하게 유지되는 기운을 감지한 것은 천운과도 같았다.

힘들게 다시 만난 연인. 하여 서왕모는 조금이라도 그 시간을 간직하고파, 예(羿)를 불러내는 시간을 최대한 늦췄다. 그들은 그렇게 마지막 시간을 애틋하게 보내며 사랑을 나눴다.

그런데 아무도 예측하지 못했던 기이한 밤. 본디 있어서는 안 될 만남. 우연은 이것으로 끝나지 않았다. 신의 아이 말고는 잉태할 수 없는 여신의 몸. 영체로 만들어진 그 몸이, 기이한 밤의 힘을 빌려 신성이 약해진 틈을 타, 희만의 정(情)을 몸속에 품어 보호하고 있던 것이다.

그녀는 이대로 그의 정(情)을 지워낼 수 없었다. 이대로 그의 흔적을 없앨 수 없었다. 하여 그 정(情)을 대신 품어줄 인간 여인을 찾았다. 그 여인이 바로 자신을 신으로 모시는 주나라 황실의 신녀였다. 서왕모는 불안정한 희만의 정(情)에 자신의 기운을 섞어 신녀의 뱃속에 흘려보냈다.

"그러니 신녀의 아이란 것이 영 틀린 말은 아닌 게지."

진실을 안 태령은 그녀를 비닌힐 수 없었다. 세상을 시키는 신, 그중에서도 신의 우두머리로 존재하는 자신과 서왕모는 절대 원시천존이 만들어놓은 규칙을 어겨서는 안 된다. 자신들이 어기면, 다른 이의 모범이 되고 또 그들을 지배하고 균형을 이룰 수 없을 것이니.

'하나…….'

이 가여운 이들을 어찌 질책할 수 있겠는가. 저 역시 아꼈던 희만을 살리기 위해 제약 없는 반혼을 행할 마음까지 품었었거늘…….

태령의 눈에서 눈물이 뚝 떨어졌다. '퐁!' 하는 소리와 함께 떨어진 눈물방울이 바닥 위에서 사르르 얼어붙었다.

"미안하다, 양회. 내가 그를 되살리지 못하였어. 아무리, 아무리 노력해도 그의 영혼을 찾지 못했으니……. 영혼의 방에서 수십 년을 기다려도 그의 빛나는 영혼이 보이질 않아……."

모든 인간의 영혼이 돌아와야 할 명계의 영혼의 방에서 희만의 영혼을 계속해서 기다렸다. 언젠간 돌아오겠지, 돌아오면 그에게 다시 육체를 돌려줘 함께 서왕모를 만나러 가야지 하고 꿈을 꾸었는데…… 어찌 이리도 이들에게 세상은 잔인하단 말인가.

"……당연히 찾지 못했겠지."

태령은 그녀에게 미안하여 차마 고개를 들 수 없었다. 그녀의 말이 그에겐 원망과 질타로 들렸다. 네가 미진하여 찾지 못한 것이라고.

"내가, 내가 언제고 꼭 찾아내겠노라. 혹여 내가 놓친 거라면, 그가 이미 환생한 것이라면…… 세계 모든 곳을 찾아서라도 네 곁에 있게 해주겠노라."

태령의 목소리가 점점 잦아들었다. 그는 더 이상 그녀의 곁에 있을 수가 없었다. 제 볼썽사나운 모습을 그녀에게 보여줄 순 없었다. 그는 마지막으로 서왕모의 등을 애달프게 바라보고는 방을 나섰다.

홀로 남은 서왕모의 몸이 순백의 제단 위로 힘없이 무너졌다. 그녀의 냉정은 이미 깨져 나간 지 오래였다.

"태령. 그대가 찾지 못한 것은 당연하다. 아아…… 희만. 나의 희만. 그대는 어찌 그리 허망하게 떠났는가. 인간의 목숨은 어찌하여 이리 연약하단 말인가……."

그녀의 검은 머리칼이 새하얀 제단 위로 어지럽게 펼쳐졌다.

"아니다. 아니야, 희만! 내 연인이여, 그대를 내가 되찾아올 것이다. 내가, 내가, 그대를……! 설령 원시천존의 분노를 사더라도, 그로 인해 내 아이가 다칠지라도."

말과 다르게 그녀의 눈은 불안하게 흔들렸다. 그녀 나름대로 최대한 그들에게 경고했다. 부러 아이의 어긋난 출생을 밝히면서까지 매정하게 정을 떼어냈다.

아니, 실은 정이랄 것도 없었다. 자신은…… 처음 그 아이를 품에 안았을 때부터 그 아이를 버리려 했고, 결국 백여 년이 지난 지금까지도 매몰차게 모른 체했다. 그리 할 정도로 희만이 중요했다. 저로 인해 환생하지도 못한 가엾은 연인이 더 안타까웠고 더 미안했다.

분명 벌 받을 것이다. 허나 그렇다 한들, 어쩔 수가 없다.

"그날의 밤은 또 한 번 찾아온다."

그녀가 있는 이 천궁은, 천계와 이어진 선계의 끝. 서왕모가 힘겹게 고개를 들어 올려 동그랗게 뚫린 천장을 응시했다. 정확히는 그 속으로 보이는 천계의 꼭대기이자 최상층, 원시천존이 잠든 대라천(大羅天)을.

"원시천존이시여. 어서, 깊은 잠에서 깨어나소서. 깨어나시어 이 불경을 저지르는 저를 벌하소서."

서왕모의 속눈썹이 부들 떨리며 천천히 감겼다. 세상의 무게를 원시천존 대신 짊어진 그녀의 어깨 위를, 어디선가 날아온 청조의 푸른 날개가 부드럽게 감싼다.

※

율의 품에 안긴 바리의 두 눈에서 눈물이 멈추지 않고 계속 흘러내렸다. 분하고 원통하여, 이리 눈물 따위 흘리고 싶지도 않지만, 멈출 수가 없었다. 눈물이 제어되지 않았다.

눈물을 참기 위해 연신 입술을 깨무는 바리가 마음에 들지 않아, 율이 굳은 얼굴을 한 채 손가락으로 그녀의 입술을 문질렀다.

"바리야, 제발 스스로를 상처내지 말거라."

"저는 정말로 태어나선 안 되는 존재였나 봅니다. 이리 버릴 거면, 차라리 낳질 말지. 차라리 아무 말도 하지 말지. 왜, 왜, 도대체 왜⋯⋯!"

바리는 과거의 어린 계집으로 돌아간 듯 서럽게 울었다. 율이 부드러운 손길로 그녀의 등을 쓸어내렸다.

"그 무슨 말이더냐. 어찌 그리 막말을 내뱉는가. 그러지 말거라. 그리 제 가슴에 못 박지 마라. 너를 내가 원한다. 너를 내가 원해."

이 아이를 처음 만났을 때가 생각난다. 벚나무 아래에서 아이는 자그마한 몸으로 서럽게 울었더랜다. 그땐 그리도 못마땅했던 그 모습. 그런데 지금은 아이가 너무나 소중해 이리 눈물 한 방울, 슬픔 한 터럭 흘러내리게 하고 싶지 않다.

'서왕모……!'

그는 서왕모를 향해 이를 갈았다. 그녀를 위협하던 것을 마지막에 멈춘 게 이리도 후회될 줄이야. 죽을 만큼 괴로운 형벌을 겪더라도, 신적이 박탈된다 하더라도 멈추지 말 것을.

"그대는 참으로 소중하다. 그러니 잊어라. 내가 그 빈자리를 채워주겠다. 내가 그대의 어미도 아비도 다 되겠다. 아니다. 내가 그들의 환생체라도 찾아 네 앞에 데려다 주마. 그러니 제발 이리 슬퍼하지 마라."

바리가 끝없이 흐르는 눈물을 연신 닦아냈다. 그럼에도 쉼 없이 이어지는 눈물에 그녀가 결국 닦아내는 것을 포기하고 그의 품에 얼굴을 파묻었다. 그 후로도 그녀의 흐느낌은 길게 이어졌다.

제 八 장
인간계

　지독했던 서왕모의 요지연(瑤池宴)이 비로소 끝을 고했다. 날개 달린 수륜 마차에 탄 바리의 표정은 슬픔을 애써 감추고 있었다. 율이 안전하게 바리를 제 품 안에 껴안으며, 남은 한 팔로 수륜 마차의 고삐를 쥐어 잡았다.

　"우리는 따로 가겠다."

　그의 옆에서 각자의 신수를 타고 있던 태령과 구화가 고개를 끄덕였다. 두 사람 모두 지난날의 충격으로 인해 퍽 혼란스러워 보였다. 율이 곧바로 고삐를 강하게 내려쳤다. 그가 탄 수륜 마차가 명계로 가던 길에서 벗어나 곤륜산을 타고 빠르게 내려갔다.

　이윽고 바람결을 가르며 날던 수륜 마차가 날개를 가볍게 퍼덕이며 땅에 발을 내렸다. 익숙한 광경에 바리가 율을 올려다보자, 율이 손가락 끝으로 바리의 볼을 부드럽게 쓸며 입을 열었다.

"인간계다."

그들이 도착한 곳은 주나라의 수도, 호경(鎬京) 외곽의 인적이 드문 언덕 위였다. 바리가 처연히 두 눈을 깜빡였다.

"어찌하여……?"

"누군가의 슬픔을 달래본 적이 없어, 네 마음을 어찌 달래야 할지 모르겠구나."

"예?"

"언젠가 들은 적이 있다. 인간들 역시 삼짇날을 명절로 만들어 기리며, 한 주가량 축제를 연다는 것을. 어둡게 잠긴 명계보단 차라리 이곳이 나을 것 같아 이리로 데려왔는데…… 혹, 싫은 겐가?"

어색하게 내뱉으면서도 말속에 담긴 따스한 배려에 바리는 고개를 저었다. 가라앉았던 그녀의 가슴을 율의 마음이 봄비가 되어 촉촉이 적셔왔다. 바리는 슬픔을 숨기고 해사하게 웃었다.

"아니요. 어찌 싫겠습니까. 당신께서 이리도 마음 써주시는데요."

"인간계의 큰 명절인 만큼 볼거리도 꽤 있을 것이다."

"아, 저……."

문득 자신의 오른쪽 귀안을 떠올린 바리가 당황스런 표정을 지었다. 평범한 인간과 다른 눈동자. 그로 인해 배척받아야 했던 삶. 그녀의 걱정을 알아챘는지 율이 바리의 입술을 조심스레 쓸었다.

"인간계에 온 만큼, 우리도 평범한 인간처럼 즐겨보자꾸나."

율의 말에 바리의 눈동자가 의아한 듯 깜빡였다. 율이 희미하게 웃었다. 그와 동시에 그들의 발밑으로 검은 안개가 어리기 시작하더니, 이내 그들의 몸을 부드럽고도 유연하게 감싸 안았다.

그 후 안개 속에서 나타난 것은, 한 쌍의 검은 눈동자를 가진 평범한 인간의 모습을 한 연인의 모습이었다. 그들의 옷차림새 역시 인간들의 것으로 바뀌어 있었다.

"아!"

바리가 나지막이 탄성을 터뜨렸다. 그녀의 시선 가득 율의 검은 눈동자가 오롯이 들어찼다. 그의 동공 속에 자신의 흑옥 같은 한 쌍의 검은 눈동자가 비춰졌다. 그 이질감에 어색하면서도 바리는 무언가 가슴 깊은 곳에서부터 치밀어 오르는 것을 느꼈다. 그렇게도 바라고 바랐던, 평범한 인간의 모습을 자신이 지금 하고 있었다.

율이 바리의 작은 손을 잡아 쥐었다.

"인간들은 이리 연인의 손을 잡고 다닌다지? 자, 잠시 슬픈 기억은 묻어두고 나랑 함께해 주지 않겠느냐?"

평범한 인간의 모습으로 변했음에도 율은 여전히 아름다웠으며, 강인함을 지니고 있었다. 잡힌 손 안으로 흘러들어 오는 그의 체온을 느끼며 바리가 고개를 끄덕였다.

"네."

그래, 슬픈 기억은 잠시 묻어두자. 그동안 몰랐던 자신의 출생을 이제 와 안다고 하여 달라질 것은 없다. 저를 낳은 어미가 누구든, 어떻게 태어났든, 구태여 과거에 흔들릴 이유가 무엇이란 말인가.

호경(鎬京) 안으로 들어온 그들을 반긴 것은 잔뜩 흥이 돋은 축제의 거리였다. 색색이 고운 종이 연등이 줄줄이 지붕 위로 얽히고설켜 매달렸고, 그 밑으로 붉은 천이 드리워 있었다. 오랜만에 맞이하는 축제에 사람들이 제각기 춤을 추고, 노래를 부르며 어깨를 들썩였다. 수많은 사람들의 목소리가 엮여 거리 전체를 울렸다.

율의 손을 꼭 붙잡은 바리는, 새삼 처음 보는 인간계의 축제에 저도 모르게 눈을 반짝이고 있었다. 늘 자신을 보며 욕하고 도망가기 바빴던 사람들이 그녀의 곁에서 춤을 췄다. 처음으로 인간들 틈에 섞여 시간을 보내게 된 바리는 당황스런 한편 기쁘기도 했다.

"즐거우냐?"

"예, 모든 것이 반짝거려요."

"마음에 들어 하니 다행이구나."

바리의 얼굴이 많이 밝아졌다. 율은 그것으로 됐다며 고개를 끄덕였다. 본디 번잡한 것을 질색하던 그이지만, 바리를 위해서라면 이런 곳에 수십 번도 더 올 수 있었다. 그녀가 좋아만 한다면, 행복해하기만 한다면.

"안으로 더 들어가 봐요, 율."

"그래."

이젠 바리의 손에 이끌려 인파 속을 헤맸다. 그런 그들에게 화려하게 꾸민 이들의 행렬이 보인 것은 얼마 지나지 않아서였다.

길(吉)하다 하여 붉은색으로 칠한 비단을 입고, 황금 장신구를 찬 이들이 말을 탄 채 거리를 누비고 있었다. 앞에 선 이들이 양손으로 잡아든 황금의 깃발을 허공 높이 흔들었다. 그 모습에 아까까지 흥겹게 놀던 인간들이 조용해지며, 곧바로 땅에 풀썩 엎어졌다. 행렬 뒤로 붉은 가마 두 대가 지나갔다. 바리가 멍하니 그 행렬을 바라보는 사이, 뿔피리를 든 사내가 나와 행렬을 잠시 멈추며 피리를 길게 불었다.

뿌우————!

귀를 찢을 듯한 소리가 거리 곳곳에 파고들었다. 옆에서 사내 둘이 엎드린 채로 나누는 얘기가 작게 들려왔다.

"이번 축제는 글쎄 여신의 탄생일을 기리는 게 아니라, 신(新) 태자의 백일(百日)을 축하하는 거라며?"

"맞구먼. 우리야 즐거우니 좋다지만…… 이러다 여신의 분노를 받는 것이 아닌 거 몰러."

"애첩을 왕후로 만드는 것으로도 모자라, 갓 태어난 아들을 태자로 세우다니……. 쯧쯧, 망조야. 망조."

"어허! 말을 조심하시게. 입 잘못 놀리다 저승 간 게 어디 한둘인가. 우리 같은 사람들은 쥐도 새도 모르게 사라질 수 있구먼."

사내들의 밀담을 들은 것은 바리만이 아니었는지, 율의 표정이 삽시간에 굳어졌다. 그의 눈매가 사납게 변했다. 날카로운 그의 시선이 행렬의 중앙에 위치한 붉은 가마에 박혔다. 저 두 개의 가마 안에 주나라 유왕과 신(新)왕후 포사, 그리고 태자가 있을 터였다. 하나 그들이 인간들 사이에선 군림하는 자일지 몰라도, 신에게 있어서는 발아래의 하찮은 존재에 불과했다.

이것은 명백한 신에 대한 기만. 감히 세상을 창조하고 다스리는 신을 경배하고 두려워하지는 못할망정, 어찌 이리 제 하늘을 모르고 오만방자하게 구는가!

분노가 크게 일렁이며 율의 주변을 흔들었다. 그에게서 새어나온 차가운 기운이 빠르게 공기를 얼렸다. 덕분에 힘없는 인간들은 갑자기 웬 엄동설한이냐고 저도 모르게 찬 숨을 내뱉으며 몸을 덜덜 떨었다. 그 모습을 보다 못한 바리가 율의 팔을 가볍게 붙잡았다.

"율."

바리의 눈빛이 부드럽게 율의 분노를 어루만졌다. 바리의 체온이 율의 팔을 타고 몸을 휩쓸었다. 그러자 율의 날카롭게 변한 눈매가 유하게 풀어지며 한기가 가라앉았다.

다행히도 행렬은 이미 저 멀리 사라져 있었다. 엎어져 있던 사람들이 하나둘 일어나 다시 움직이기 시작했다. 조용했던 거리는 재차 활기로 물들어 전보다 더 생기 있고 활발하게 움직였다.

율이 잠시 남은 분노를 가다듬었다. 오늘은 연인을 위한 날. 이리 망칠 순 없었다. 잠시 후, 율이 평온을 되찾은 목소리로 입을 열었다.

"이제 그만 우리도 다시 움직여 보자꾸나."

"네."

장터로 향한 바리와 율은 각각 꼬치를 하나씩 들었다. 바리가 꼬치에 꽂혀 있던 고기 한 점을 빼먹었다.

"음……."

고소한 맛과 부드러운 육질이 제법 괜찮은 것 같다. 고기를 한 입 더 물며 바리가 슬쩍 율을 돌아봤다. 그의 꼬치는 샀던 처음 모습과 다를 바가 없었다. 손에 든 꼬치를 내려다보는 율의 표정은 미세하게 일그러져 있었다. 사뭇 노려보는 모습이 살기를 품은 것처럼 보였다.

그 모습에 바리는 웃음이 비실비실 새어나올 것 같았다.

실은 처음부터 알고 있었다. 그가 저를 위해 이리 움직여 준 것을……. 평생을 위에서 군림해 온 그에게 누가 이런 싸구려 음식을 주겠는가. 장난기가 동한 바리가 표정을 가다듬었다.

"율. 어찌하여 드시지 않고 계십니까? 꼬치가 마음에 들지 않으십니까? 그럼 저걸 드릴까요?"

바리의 검지가 옆 노점에서 노릇노릇하게 구워지고 있는 형태를 알아볼 수 없는 꼬치로 향했다. 냄새는 고소하니 어찌어찌하여 넘어갈 수 있겠지만, 그 모습은 비위가 상할 정도였다. 율이 빠르게 고개를 저었다. 그의 입가가 경직돼 있었다.

"……아니다."

율은 결국 손에 든 꼬치를 한입 물었다. 보기보단 맛은 있었지만, 그동안 먹던 고기와 비교한다면 참담할 정도였다. 그는 제대로 씹지도 않고 곧바로 고기를 삼켰다. 바리는 결국 그 모습에 참고 있던 웃음을 터뜨렸다.

"풋. 농이었습니다. 맞지 않으시다면, 그만 버리셔도 됩니다. 억지로 드시지 마시어요."

바리가 작게 콧노래를 흥얼거리며 앞서 나갔다. 잠시 바리의 뒷모습을 바라보던 율이 재빠르게 꼬치를 버린 뒤, 그녀를 따라 나섰다.

"정말 신기한 게 많네요."

바리에게 있어 저잣거리 노점에서 파는 물건들은 전부 흥미로웠다. 명계에서 자신에게 주어졌던 비단과 장신구와는 비교도 되지 않을 정도로 조잡했지만, 그럼에도 신기해 눈을 뗄 수가 없었다.

바리의 시선이 문득 한 노점에 멈췄다. 특히 작은 좌판을 가득 채운 장신구들 사이로 보이는 나비 모양의 칠보로 만들어진 가락지에서. 바리가 이끌리듯 노점 앞으로 다가갔다.

색이 거의 보이지 않을 정도로 연한 하늘색 날개, 검푸르게 칠해진 나비의 몸통이 제 곁을 맴돌던 사령들을 연상시켰다. 이승에 한(恨)이 남아 저승으로 떠나지 못한 가엾은 영혼들. 그들은 이내 목적도 잃고 방황하며, 타인의 도움 없이는 인간계를 떠날 수도 없게 된다.

바리가 가락지를 손으로 만지작거렸다.

'참 많이도 닮았구나.'

사령은 태어나는 그 순간부터 지금까지 그녀와 함께한 존재였다. 애증의 존재라 쉽사리 떼어내지 못한 채 아직까지 함께했다. 자신에겐 이제 소중한 존재가 여럿 생겼지만, 과연 이 아이들과 멀어질 수 있을까…….

"그 가락지가 갖고 싶은 건가?"

깊어지는 생각을 율이 막아섰다. 바리는 그 단순한 질문에 쉽사리 대답하지 못했다. 마음 속 갈등이 점차 커져갔다. 머뭇거리길 잠시, 결국 그녀는 고개를 끄덕였다.

"네, 갖고 싶습니다."

"그럼 가지면 될 것을, 무에 그리 망설이느냐. 손을 이리 내어보거라."

값을 치른 율이 가락지를 빼들었다. 바리가 머뭇거리는 사이, 율이 바리의 검지에 가락지를 끼워 넣었다. 가락지는 처음부터 바리를 주인으로 만들어진 양, 그녀의 손에 딱 맞았다.

"잘 어울리는구나."

"그런가요? 고맙습니다. 소중히 간직할게요."

바리가 한참 동안 제 손에 끼어진 가락지를 내려다봤다. 나비가 마치 사령처럼 반짝이는 것 같았다. 바리가 빙긋 웃으며 율을 바라봤다.

"이제 그만 돌아가요. 오랜 시간 자리를 비워 일이 잔뜩 쌓였을 거예요."

"굳이 서두를 필요는 없다."

"이미 충분히 즐긴걸요."

"괜찮대도. 고집이 세구나."

바리의 재촉에 율이 낮게 한숨을 내쉬며 고개를 끄덕였다.

그들은 축제가 한창인 저잣거리에서 나와 다시 호경(鎬京) 외곽의 언덕으로 향했다. 아까는 정신이 없어 미처 보지 못했지만, 언덕 위로 앙상한 가지가 눈에 띄는 거대한 벗나무가 우뚝 서 있었다. 꽃이 이미 진 나무 아래로 고운 분홍 꽃잎이 언덕을 곱게 물들였다. 언덕 위로 올라간 바리가 까끌까끌한 벗나무의 결을 부드러이 쓸어내렸다.

"……우리가 처음 만났을 때를 기억하시나요?"

율의 시선이 바리를 따라 벗나무로 향한다. 단단히 매어 있던 그의 눈매가 슬며시 풀어졌다.

"기억하다마다. 어린 너는 눈물을 그렁그렁 매달고 있었지. 그대는 그때나 지금이나 여전히 눈물이 많군."

"그러고 보니 그렇네요."

추억을 회상하며 바리가 웃음을 흘렸다. 그때는 힘들고 아팠던 기억이지만, 지금에 와 생각해 보니 아프기만 한 기억은 아니었다. 율을 이리 만날 수 있게 되었으니.

"배척받던 척박한 삶 속에서, 그 아름답던 분홍빛 꽃잎만이 제 주변을 살랑거렸죠. 마치 슬픔에 잠긴 저를 위로하듯요. 저는 그때 당신이 피워준 벗꽃을 보며 태어나 처음으로 선물을 받은 느낌이었답니다."

왠지 지금 자신이 내뱉은 말이 마치 고백 같아 바리의 볼이 슬며시 붉어졌다. 바리가 부끄러움에 몸을 돌리려던 찰나, 율이 가볍게 오른손의 엄지와 검지를 마주쳤다. 그와 동시에 앙상하게 마른 나무의 가지 위로 순식간에 싹이 돋아나더니, 이내 분홍 꽃을 활짝 피워냈다. 잔잔한 바람에 벗꽃 잎이 몸을 실어 춤을 추며 내려온다. 벚꽃의 향연이었다.

"아!"

갑작스런 상황에 놀란 바리의 얼굴에 환한 웃음이 새겨졌다. 그때와 똑같이 벚꽃이 분홍빛을 품은 바람이 되어 그들의 머리 위로 사르륵 떨어졌다. 바리가 손바닥을 펴자, 꽃잎들이 하늘하늘 내려와 그 안에 쏙 내려앉았다.

"그럼 지금은 어떠한가?"

"지금은…… 글쎄요. 정인과 함께하게 된 저를 축복하는 걸까요?"

손 안에 부드럽게 감기는 촉감을 음미하며 바리가 속삭였다. 그 순간, 더는 참을 수 없게 된 율이 손을 뻗어 바리를 제 품 안으로 끌어당겼다. 그녀의 작은 체구가 율의 가슴팍으로 알맞게 들어왔다. 바리의 빠르게 뛰는 심장의 고동이 율에게로 전해졌다. 율이 바리의 이마 위로 살포시 입술을 내렸다.

"너는 날 미치게 하는구나. 정말로 날 제정신이 아니게 해."

"연모합니다, 율."

"한 번 더 말해보아라."

"당신을 진심으로 연모하고 있어요."

"내게 언제나 그 말을 해다오. 어느 때고 이리 내 품에 안겨서 말이지."

"네, 언제든지요."

율의 입술이 짙은 갈증을 드러내며 바리의 입술을 쏙 삼켜 버렸다. 작디작은 바리의 입술에서 달콤함이 끝없이 흘러나왔다.

율은 한참을 그녀의 입안 가득 탐하고 나서야 그녀를 놓아주었다.

이대론 정말 여기서 그녀를 안아버릴지도 모른다. 가쁜 숨을 내쉬며 뺨을 붉게 물들인 바리의 검은 두 눈동자가 보였다. 이런 모습도 마음에 들지만, 이보다는 원래의 그녀의 모습이 더 사랑스럽다.

율이 힘을 풀어내자, 순식간에 그들의 모습이 원래의 모습대로 돌아왔다. 율은 색이 다른 그녀의 눈동자를 잠시 음미했다. 각각이 다른 색을 띠는 눈동자. 그래, 이 모습이 자신을 더 흥분시킨다.

"돌아가자."

"네."

아무것도 없던 하늘 위로 검은 그림자가 서렸다. 날개 달린 수륜 마차가 그들 옆으로 가볍게 내려왔다.

"자."

율이 바리에게 손을 내밀자, 바리가 미소 지으며 그의 손을 잡으려던 찰나였다.

"잠시만요."

갑자기 원인을 알 수 없는 불안감이 밀려왔다. 바리가 단번에 그 근원지를 향해 고개를 돌렸다. 율의 등 뒤로 강한 화기가 피어오르며 검은 연기가 자욱하게 하늘을 메우고 있었다. 그곳은 아까까지만 해도 축제가 한창이던 호경(鎬京)이었다.

"저건……."

바리의 시선을 따라 율의 고개도 돌아갔다. 붉은 눈동자의 깊숙한 곳에 검은 어둠이 똬리를 틀었다. 그러자, 수십 리(里)가 떨어진 곳의 상황이 훤히 보인다.

"반란이군. 백성들의 불만이 터진 것인가? 그러나 수가 얼마 되지 않아 금방 상황이 정리 될 듯해."

인간계의 일이다. 우리가 신경 쓸 일이 아니야. 율이 단호하게 덧붙였다. 바리 역시 그의 말에 수긍했지만, 어쩐지 여전히 불안감을 떨쳐낼 수 없었다.

'고작 이따위에 이렇게 가슴이 두근거린다고? 아니야.'

자신이 느끼는 이 불온함은 그보다 더 근본적인 데에 있었다. 심장 깊숙이 잠들어 있던 귀기(鬼氣)가 그녀에게 은밀히 속삭였다.

[온다. 온다.]

'무엇이? 도대체 무슨 일이 벌어지려 하는 거지?'

바리가 제어하고 있던 힘을 느슨히 하자, 반쪽자리 귀안(鬼眼)에서부터 붉은 기운이 새어나오기 시작했다. 그것은 가볍게 날갯짓하며 평범한 인간에겐 보이지 않은 것을 보이게 했다.

이윽고 바리의 눈에 보인 것은, 길 잃은 사령들이 의지를 빼앗긴 채 어디론가 끌려가는 모습이었다. 닥한 기운이 땅 위로 그림자길을 만들어 이들을 이끌었다. 사령이 울부짖는 소리가 바리의 귓가에 맴돈다.

[살려줘. 살려줘.]

[싫어. 날 어디로 데려가려는 거야?]

[제발······. 가기 싫어.]

누군가 자신들을 볼 수 있는 이가 있다면 제발 구해 달라고, 명계로 가고 싶다는 그들의 애처로운 울음에 바리는 검지에 끼고 있던 가락지가 갑자기 조여드는 듯한 느낌을 받았다. 저이들이 도움을 요청할 수 있는 존재는 자신과 율밖에 없다.

"율."

"안다."

염라대제인 그가 사령의 비명을 듣지 못할 리 없었다. 율의 고갯짓을 끝으로 그들의 모습이 언덕에서 순식간에 사라졌다. 그들이 있었던 자리 위로 분홍비가 쓸쓸히 내려앉는다.

율과 바리가 도착했을 땐, 이미 축제는 소란 속에서 허무하게 막을 내린 지 오래였다. 화마에 그을려 무너진 집들의 잔해와 피로 얼룩진 시체, 그리고 반란을 피해 도망가 휑해진 거리만이 그들을 반길 뿐이었다. 갑작스레 육체를 잃고 방황하던 영혼들은 곧, 일정한 방향을 향해 움직이기 시작했다.

[가야 해.]

[우리를 부르고 있어.]

아비규환 속에서 율이 주먹을 말아 쥐었다. 사령을 불러들일 수 있는 것도, 영로(靈路)를 펼칠 수 있는 것도 염라대제인 자신뿐이다. 그런데 지금 사령들이 타인의 영로를 타고 이끌려 가고 있었다. 도대체 이들은 어디로 가는 것일까. 끝없이 이어지는 사령들의 행렬을 율이 맹렬히 추적했다.

마침내 그의 발걸음이 멈춘 곳은, 호경의 가장 서쪽 외곽에 위치한 대나무숲이었다. 장대 같이 길게 뻗은 대나무가 잔뜩 자란 숲 안으로, 사령들이 바람에 이끌리듯 흡수되고 있었다.

율이 안력(眼力)을 더 높였다. 대나무에 가려 있던 검은 공간 사이로 한 인영이 보였다. 검은 장옷을 뒤집어쓴 사내였다. 그 사내가 든 주머니 안으로 사령들이 속박된 채 가둬지고 있었다.

"네놈이 감히!"

율의 주변으로 검은 기운이 피어오른다. 대지에서부터 새어나오던 기운은 점점 더 몸집을 키우며 율의 몸을 감싸 안는다. 그 기세가 분노를 머금어 자못 사납다. 이내 검은 장막이 거칠게 일렁이던 움직임을 멈췄다.

기운이 짙게 압축된 건 순식간이었다. 그것은 곧 날카로운 채찍이 되어 '쏴악!' 하는 소리와 함께 주머니 입구를 갈랐다. 속박이 깨진 사령이 갑작스런 해방에 혼란스럽게 날아다닌다. 날카로운 공격에 대나무숲에 숨어 있던 이의 새된 비명이 새어나왔다.

"아아아악!"

율의 기운이 서서히 사내의 주변을 둘러싸며 그를 압박했다. 검은 기운은 주박이 되어 사내의 몸을 둘러싸고, 그의 숨통을 차단했다. 갑자기 숨이 막힌 그의 두 눈동자가 핏줄이 터져나가며 붉게 물들었다. 사내가 피눈물을 흘리며 본능적으로 실고자 발버둥 쳤다. 그는 평범한 인간에 불과했던 것이다.

"살, 살려줘!"

"넌 무엇이냐."

율이 시린 분노를 토해내며 그의 앞에 다가섰다. 검은 기운이 잠시 느슨하게 몸을 풀어 사내의 숨통을 틔워줬다. 사내가 간신히 숨을 들이켜는 사이, 율이 날카롭게 벼려진 칼날을 만들어 사내의 목줄에 대었다. 흑도(黑刀)는 언제든 사내의 목을 벨 수 있다는 듯, 공중에 뜬 채로 웅웅거리는 소리를 냈다.

"대답하라."

사내가 서서히 고개를 들었다. 한데 그가 갑자기 핏줄이 다 터진 몰골로 괴이하게 웃기 시작했다.

"흐, 흐하하핫!"

광소 끝에 그는 스스로 검에 목을 갖다 대어 제 숨을 끊었다.

모든 것이 한순간에 벌어졌다. 찢겨나간 살점 사이로 뜨거운 피가 터져 나왔다. 율이 반응을 보이기도 전에, 사내의 몸에서 탁한 기운이 흘러나오더니 곧바로 공중으로 날아가 연소되었다. 남은 사내의 죽은 육신은 마치 흔적을 남기지 않으려는 듯 빠르게 부패했다. 그 모습에 율이 이를 갈았다.

"감히 내 앞에서 이런 짓거리를 벌이다니!"

당장이라도 분노를 터뜨려 이곳을 전부 쓸어버리고 싶었지만, 그는 간신히 욕구를 참아냈다. 자신은 지금 혼자가 아니었다.

고개를 슬쩍 돌리니, 갈 길을 잃은 수백의 사령들이 모두 바리의 힘에 붙들려 날아가지 않고 있었다.

"율……."

바리가 나지막이 그의 이름을 불렀다. 율의 귀안이 짙은 어둠을 풀어낸다. 두구구구ー 하는 소리와 함께 땅이 진동한다. 지진과도 같은 울림이지만 바리는 알아챘다. 과거 자신이 보았던, 지상 위로 명계의 문이 열리는 것이라는 것을. 땅울림은 점차 강해지고 이내 땅을 가르며 명계의 문이 위로 올라왔다.

갈라진 대지 사이로 명계의 기운이 스멀스멀 기어 나온다. 밤의 장막 같은 기운은 불안해하던 사령의 마음을 안식으로 이끈다. 곧 기운이 한 번 더 크게 일렁이더니, 그들 앞에 거대한 청동 문이 나타났다. 팔 척(尺)이 넘어 보이는 문은 강렬한 위압감을 내보이며 대지 위에 우뚝 서 있었다.

끼이익 하는 소리와 함께 청동 문이 열린다. 문 안의 세계는 명계(冥界). 비로소 안식과 평화를 찾을 수 있는, 사령들이 본래 갔어야 하는 곳으로 순리가 움직인다.

명계의 기운에 이끌려 사령들이 순식간에 문 안의 세계로 사라졌다. 이윽고 '쾅!' 하며 육중한 문이 닫히더니 갈라진 대지 사이로 들어갔다. 내뱉은 것을 다 흡수한 대지는 할 일을 마치고 갈라진 틈을 메웠다.

바리는 조용히 잠든 대나무숲을 돌아봤다. 마치 아무 일도 없었다는 양, 가볍게 몰아치는 바람에 맞춰 대나무가 흔들리고 있었다.

"……이게 도대체 갑자기 무슨 일인지……."

방금 ㄱ 사내는 도대체 무엇일까. 어찌하여 사령들을 모으는 것일까. 자신 말고도 귀(鬼)를 다룰 수 있는 인간이 있었던 걸까. 생각이 꼬리에 꼬리를 물며 깊어졌다. 뭔가가 일어날 듯한 이 불안감은 괜한 것인가. 그녀는 작게 한숨을 내쉬었다.

"후."

어서 명계로 돌아가고 싶었다. 몸이 지독히도 노곤했다. 그녀가 숲에서 시선을 떼 율에게로 발걸음을 돌릴 때였다. 푸드득, 새 한 마리가 숲에서 빠져나와 하늘로 날아갔다. 순간 바리의 발걸음이 멈췄다. 그녀의 시선이 하늘을 누비는 새에게 고정됐다.

화려한 모습을 자랑하며 오색으로 빛나는 극락조. 신선 특유의 청아한 향을 품고 날아가는 극락조에 바리의 눈동자가 커졌다.

'설마······.'

"······제균?"

제九장
— 전조(前兆) —

    명계로 돌아온 바리는 곧바로 제균의 위치를 추적했다. 그녀는 제균을 찾기 위해, 유아에게 자신의 귀기(鬼氣)를 담은 결정을 심어 그녀를 인간계로 보냈다. 인간계를 떠돌던 사령들이 자신의 힘에 이끌려 유아를 최대한 도와줄 터였다. 유아는 인간계로 나간 지 단 나흘 만에 검은 날개를 퍼덕이며 다시 명계로 날아들었다.

    오랜만에 바리를 만나 회포를 나누기도 전에, 제균은 바리의 취조에 이실직고해야 될 판이다. 제균을 노려보는 바리의 눈동자가 꽤나 매섭다.

    "숲에서 날아가던 극락조, 너 맞지?"

    "저…… 바리야? 우리 오랜만에 만났는데, 반갑다고 안아주지는 못할망정……."

"흰소리 말고! 묻는 말에만 대답해."

"히끅."

단호하게 말을 자르는 바리에, 제균이 극락조의 모습으로 최대한 애처로운 표정을 지었지만, 돌아오는 반응은 그 어느 때보다 차가웠다.

"······깃털 다 뽑혀서 펄펄 끓는 탕에 들어가고 싶지 않으면, 당장 인간의 모습으로 돌아와."

"쳇. 무서운 바리."

결국 제균은 극락조의 모습을 벗어던지고 본 모습으로 돌아왔다. 제균이 의자 위에 철푸덕 앉아 신경질적으로 머리를 흩뜨렸다.

"내가 널 어찌 속이겠니. 묻고 싶은 거나 어서 꺼내보아라."

"네가 숨기고 있는 것. 인간계에 가서 뭘 하고 있었던 거지?"

'역시군.'

제균은 한숨을 내쉬었다. 하필 그날 그곳에서 바리를 만날 건 뭐람. 덕분에 그동안 자신이 고생해서 알아낸 것을 다 불게 생겼다. 바리에겐 어떻게든 숨기고 싶었는데.

"후우······. 미리 말하는데, 괜한 오지랖은 부리지 말아야 한다."

바리의 눈썹이 꿈틀거렸다. 제균이 지난날을 회상하며 천천히 입을 열었다.

"지난번, 네가 데리고 온 포국 여인들의 영혼. 아무래도 중간에 누군가의 술수가 개입된 것 같다. 인간계의 움직임도 심상치 않고."

"……계속해."

"본디 네가 데리고 왔어야 할 영혼은 포사였어."

"뭐라고?"

"포사의 수명은 이미 오래전에 끝났어야 했지. 그걸 안 지옥의 여신이 포사의 영혼에게 널 가르쳐 줬건만, 너에게 온 것은 그녀가 아닌 포국 여인들의 사령이었다. 그걸 깨달은 지옥의 여신이 아무래도 불안하다면서 날 인간계로 보냈어."

바리는 불안감이 엄습하는 것을 느꼈다. 인간계에서의 사령들의 기이한 행동, 그들을 잡으려 한 인간, 율이 만들어내지 않은 영로. 그 모든 것이 하나하나 떠올랐다.

"난 그날로 바로 인간계로 날아가 황궁을 예의 주시했다. 가장 먼저 포사를 지켜봤지만, 예전보다 사치를 좋아하게 된 것 말고는 별다른 점이 없었지. 한데, 어느 순간 문득 깨닫고 말았어. 그녀 곁에 포국에서 같이 온 시녀가 단 한 명도 남아 있지 않다는 것을. 그것도 갑자기, 한순간에 말이지. 어째서일까?"

잠시 제균이 숨을 골랐다. 그녀에게 설명해야 할 것이 생각보다 많았다.

"분명 포사가 주나라로 왔을 때, 그녀의 곁엔 포국에서 따라온 시녀가 쉰 명이 넘었다고 들었다. 그런데 너에게로 간 사령들은 많아봤자 열댓 명. 그렇담 남은 이들은 어디에 있을까? 그 사실을 깨닫고 사라진 시녀들의 흔적을 찾았지만, 결국 아무것도 찾을 수 없었지."

"……."

"포사는 그녀들을 아꼈어. 같은 나라에서 온 것만으로도 그녀에게 큰 위로가 되었겠지. 그것뿐만이 아니야. 포사는 반혼 이후 괴이한 행동을 많이 보이고 있어. 갑작스런 패악도, 사치도…… 그리고 유왕을 부추기는 것도."

……마치 스스로 나라를 망하게 하고 싶은 것처럼.

제균은 애써 뒷말을 삼켰다. 사실 포사란 존재는 처음부터 이상했다. 단지 반혼 이후로 급격하게 괴이한 행동을 보여, 그 존재가 부각된 것뿐.

바리가 경직된 표정으로 입을 열었다. 입안이 까끌까끌하다.

"그래서, 결론은?"

"포사가 의심스러워. 그녀가 정말 포사인지도……."

제균은 애써 돌려 말했지만, 바리는 그가 말하지 않은 사실을 깨달았다. 그는 지금 자신이 반혼시킨 영혼이 '진짜' 포사가 아니라고 말하고 싶은 것이었다.

바리는 입술을 깨물었다. 영혼의 방에서 포사의 영혼을 빼냈을 때, 자신이 실수했던가? 아니다. 그럴 리가 없었다.

인간들의 영혼엔 생전의 이름이 새겨진다. 이름은 그자의 존재를 증명하는 것. 고유한 영혼의 본질을 만들어내는 매개체이기도 하다. 따라서 모든 영혼은 각기 다른 이름을 가지고, 각기 다른 고유한 영혼의 기운을 지닌다. 비록 겉모습은 다 비슷할지언정, 품고 있는 기운은 확연하게 다르다. 게다가 자신은 언령(言靈)을 사용해 그 본질을 이끌어낸 것. 그렇기에 실수는 당연지사 있을

리가 없었다.

제균이 바리의 눈치를 보며 조심스레 입을 열었다.

"이건 어디까지나 내 추측일 뿐. 내가 잘못 생각한 것일 수도 있어."

그러나 바리는 대답이 없었다. 분명 또 자신의 행동을 되짚어 보며 그 처음을 곱씹고 있을 게 뻔했다. 제균은 속으로 욕설을 내뱉었다.

'제길.'

이래서 바리에게 말하기 싫었다. 괜히 신경 쓸 것을 알기에.

"바리야, 내가 괜한 오지랖 부리지 말라 하지 않았더냐. 지금 인간계 자체가 매우 혼란스럽다. 포사뿐만이 아니라, 한 달에도 몇 번씩 크고 작은 반란과 전쟁이 일어나고 있어. 어디 그뿐인 줄 아느냐? 지난날에 네가 보았듯 누군가가 인간의 영혼을 모으고도 있지."

가장 큰 문제는 감히 누가, 왜 그런 짓을 하고 있느냐는 거였다. 사방팔방 노력을 해봤지만, 아직까진 그들의 정체에 대해 아무런 정보가 없었다.

"어쩌면 위험한 상황이 생길지도 몰라. 그러니 혹여라도 이 일에 관여할 요량이라면, 그 생각 낭상 버려라."

제균이 바리를 살살 달랬지만, 이미 모든 사실을 전해들은 바리는 인간계에 가 직접 눈으로 확인하고 싶었다. 자신이 개입된 일. 혹여 자신으로 인해 잘못되었다면, 당연지사 자신이 그 책임을 져야 한다.

바리가 여전히 말이 없자, 제균이 초초하게 그녀의 대답을 재촉했다.

"바리야. 넌 계속 명계에 남아 있으면 안 되겠느냐? 애초에 인간계는 더 이상 너와 연관된 것이 아니지 않더냐. 널 밀어내기만 했던 곳이다. 네가 인간계와 인연을 끊고 산 지도 백 년이 넘었고. 이제와 신경 쓸 필요가 없단 말이다."

"……일단은 알았어."

계속되는 제균의 부탁에 바리는 결국 내키진 않지만 고개를 끄덕였다. 그럼에도 제균은 한참을 바리에게 다짐을 받고 나서야 사라졌다. 자신에게 이 일을 처음 의뢰한 구화에게도 이 모든 것을 전해주기 위해서였다.

방에 홀로 남은 바리는 깊은 생각에 빠졌다.

"포사."

포사. 도대체 어떻게 된 일일까. 어디서부터 잘못된 거지? 그녀는 비록 걱정하는 제균을 위해 인간계로 가지 않겠다고 말했지만, 사실은 지금 당장이라도 달려가고 싶었다.

더불어 며칠 전에 보았던 광경도 신경 쓰였다. 안식을 빼앗긴 채, 애처롭게 울부짖는 사령들……. 제균의 말을 들어보니, 아마도 자신이 본 것이 처음이고 전부는 아닐 터였다. 어쩌면 그전부터 계속됐고, 그 사이 수많은 이들의 영혼이 어디론가 사라졌을지도 모른다.

"하아……."

밀려오는 두통에 바리가 손으로 이마를 짚었다. 근심 가득한 바리의 모습에 걱정스러워진 유아가 조용히 날아와 그녀의 무릎 위에 앉았다.

[바리님. 무슨 고민이 있으신가요?]

"응, 좀……."

[무슨 일이신데요?]

"유아야. 혹시 율에게 들키지 않고 인간계로 나갔다 올 방법이 없을까?"

율에게 인간계에 가고 싶다 말하면 그는 분명 반대할 게 뻔했다. 인간계의 일은 신경 쓰지 말라 매정히 말할 것이다. 하나 이것은 자신의 일. 자신으로 인해 율이 신경 쓰고 또 걱정하게 만들고 싶지 않았다.

[인간계요?]

바리의 질문에 유아가 뜸을 들이며 입 열기를 망설였다. 바리는 그런 유아의 모습을 놓치지 않았다.

"유아야. 혹시 아는 게 있는 거니?"

[음…… 그게……, 있긴 있어요. 명계의 문을 열지 않고 인간계로 나갈 수 있는 방법이. 하지만…… 이건 좀 위험할지도 몰라요.]

"위험한지 아닌지는 들어보고 판단할게."

[에휴, 바리님. 혹시 영혼의 방을 아시나요?]

그녀가 영혼의 방을 모를 리가 없었다. 처음 명계에 와서 갔던 방이자, 자신이 포사의 영혼을 꺼내온 곳이기도 했다. 창살 아래 갇힌 그 수많은 영혼들의 모습이 지금도 생생하다.

[사실, 그곳에 인간계로 가는 작은 틈이 있답니다. 물론 평범한 인간들은 틈이 있어도 사용하지 못하겠지만, 바리님의 능력으론 가능할 것이어요. 다만…… 정상적인 방법으로 나가는 것이 아니다 보니, 육신을 놓고 영혼인 상태로 인간계로 나가야 해요.]

"영혼만 나간다고?"

[네, 바리님. 그래서 이 방법은 무척 위험해요. 강제로 육신과 영혼을 떼어놓는 것에 어떤 부작용이 있을지 아무도 몰라요. 게다가 영혼의 방 안에 갇힌 수많은 영혼들이 바리님의 육신을 보고 탐하려 들 것이에요. 비록 갇혀 있는 신세라 하나, 그들의 원념을 무시할 수는 없는 노릇이지요.]

바리가 고민에 빠지자, 괜히 제가 입을 놀렸나 싶어 유아가 불안함에 날개를 퍼덕였다. 뒤늦은 후회가 몰려왔다. 유아가 급하게 말을 바꿨다.

[바리님. 웬만하면 그냥 염라대제께 부탁하시는 것이…….]

하나 그 사이, 이미 바리는 결심이 선 뒤였다.

"유아야. 금방 인간계에 갔다 올게. 그러니까 너무 크게 걱정하지 마."

[흑흑, 바리님. 그냥 안 가시면 안 되어요? 염라대제께 걸리면 전 죽어요. 아니죠, 이미 죽었으니 이번엔 완전히 소멸당하고 말 것이어요.]

유아는 쉬이 놀린 자신의 혀를 원망했다. 이 일을 염라대제가 알게 된다면, 분명 자신의 영혼은 지옥의 최하층으로, 아니 아예 산산조각 나 다시는 환생을 꿈도 못 꾸게 될 것이다.

"걱정 마. 너 만큼은 내가 어떻게든 지켜줄게."

하지만 매정한 주인은 빨리 다녀오겠다는 말만 반복할 뿐이다. 그 모습에 유아의 날개가 축 처졌다. 제 입이 원수였다.

"후우."

바리가 숨을 크게 들이마셨다. 처음 하는 것이라 긴장이 되었다. 그녀는 묶여 있던 귀기(鬼氣)를 풀어 자신의 몸에 둘렀다. 붉은 안개가 바리의 몸에 부드럽게 다가와 밀착되었다. 그녀의 한쪽의 귀안이 점점 더 짙게 물들었다. 그녀는 마음속으로 원하는 것을 상상했다.

지금 자신이 원하는 것은, 이혼(離魂). 육신과 영혼을 분리시키는 것.

처음 해보는 일이라 이것을 실제로 행할 수 있을지조차 미지수였지만, 지난번 태령이 자신에게 한 말이 있었다. 내재되어 있는 잠재력을 깨울 수만 있다면 더욱더 성장할 수 있을 것이라고. 그녀는 그 가능성을 믿었다.

바리가 천천히 두 눈을 감았다. 몸에 밀착된 귀기가 서서히 심장으로 모여들었다. 심장 박동이 점차 느려지고, 차분하게 가라앉은 몸이 가벼워지기 시작한다.

완벽한 해방감을 느끼며 바리가 다시 눈을 떴을 땐, 그녀의 영혼은 육신과 분리된 채였다. 이혼(離魂)이 성공한 것이다.

그녀의 영혼 없는 육신이 붉은 안개에 휩싸인 채 바닥에 뉘여 있었다. 그와 동시에 영혼의 방에 갇혀 있던 사령들의 목소리가 커져갔다. 그들이 뻗은 손은 바리의 육신에 닿기엔 짧았으며, 또 너무 약했다.

[갔다 올게.]

[정말 빨리 돌아오셔야 돼요!]

[알았어.]

바리는 율이 자신의 부재를 알아채기 전에 어서 다녀와야겠다고 다짐하며, 유아가 말했던 그 틈을 찾았다. 자세히 보니, 정말로 영혼의 방을 둘러싼 결계의 한 모서리에 실금이 잘게 가 있었다. 바리는 망설임 없이 그 속으로 날아갔다. 하얀 빛이 그녀를 맞이한다.

사령의 모습으로 화한 바리가 도착한 곳은, 유왕이 포사를 위해 별궁으로 지어준 여궁(驪宮)이었다. 늘 따스한 물이 나와 왕실의 온천 휴양지로 지정된 남쪽 여산(驪山)에 지은 궁으로, 포사는 고향에 대한 그리움에 사시사철 이곳을 찾았다.

4개의 수원(水原)에서 뿜어져 나오는 따뜻한 물에 상쾌함을 느껴야 정상이지만, 여궁에 들어서자마자 바리가 느낀 것은 답답하게 억류되어 있는 기운의 흐름이었다.

바리는 기이하게 막혀 있는 기운의 근원을 찾기 위해, 긴장하며 조심스레 날아갔다. 궁 안의 가장 깊은 곳, 포사가 지내는 침전에 점점 가까워질수록 숨이 막힐 정도로 답답해졌다. 무언가 잔뜩 엉킨 채 움츠려 있는 느낌이었다.

'도대체 이건 뭐지?'

바리는 막혀 있는 기운의 근원을 추적하며, 침상 위로 드리워진 황금 비단의 장막 너머로 날아갔다. 포사의 침전 안에는 딱히 특이하다 할 것이 보이지 않았다. 당황한 바리가 잠시 날갯짓을 멈췄다.

그녀는 최대한 멈춰 있는 기운의 근원지를 찾으려 노력했다. 하지만 어찌나 꽁꽁 숨겨놨는지, 쉽사리 찾을 수가 없었다. 그러고 있길 잠시, 뜻밖의 소리가 들려왔다. 평범한 인간들은 들을 수 없지만, 귀(鬼)를 보고 귀(鬼)와 대화할 수 있는 바리에겐 들리는 소리. 그것은 바로 사령들의 울음소리였다.

바리는 곧바로 소리가 들리는, 침전의 깊숙한 곳이자 침상 뒤에 마련된 별원(別願)으로 날아갔다.

'어떻게 이런 일이…….'

바리는 눈앞에 펼쳐진 광경을 믿을 수 없었다. 어찌, 고작 인간에 불과한 존재가 이런 일을 할 수 있단 말인가.

갖가지의 꽃이 자라는 별원(別願)의 중앙 하늘엔 수십여 개의 새장이 매달려 있었다. 그런데 그 새장 안에 든 것은, 새가 아닌 수많은 사령들이었다. 바리는 그중 가장 안쪽에서 홀로 한 새장에 갇혀 있는 영혼을 보고 숨을 멈췄다.

익숙한 영혼. 자신이 유일하게 되살려 낸 존재.

[……포사?]

포사는 새장 안에 쓰러져 있었다. 바리가 재빨리 그녀의 곁으로 날아갔지만, 포사는 미세하게 진동할 뿐, 이렇다 할 움직임을 보이지 못했다.

'이 무슨!'

바리는 치밀어 오르는 분노를 억누를 수 없었다. 생각지도 못한 전개였다. 설마하니 이런 식으로 영혼을 가두고 타인 행세를 했을 줄이야. 머릿속이 복잡해진다. 지금 포사의 행세를 하고 있는 이는 누구인가. 어찌 감히 이런 짓을 벌인 건가.

그녀는 우선 갇혀 있던 이들의 영혼을 꺼내주고자 했다. 그녀가 새장 문을 열려고 안간힘을 썼지만, 문은 꿈적도 하지 않았다. 새장 문에 손을 대면, 파지직─ 하면서 전류가 그녀의 손길을 튕겨낸다.

[도대체 누가……!]

한참을 씨름하길 여러 번. 매번 손이 튕겨졌지만, 바리는 끈질기게 계속 달라붙었다. 그녀가 다시 한 번 새장 문에 손을 갖다댈 때였다.

"게 누구냐?"

갑작스런 여인의 목소리에 바리가 흠칫 놀라 몸을 돌렸다. 그러자 금빛의 화려한 궁의를 입은 여인이 눈에 띄었다. 그 여인은 자신이 반혼시켰던 포사의 생전 모습과 똑 닮아 있었다.

여인이 바리를 위아래로 훑었다. 그녀는 영혼의 모습인 바리에게 시선을 정확히 고정하고 있었다.

"호오, 사령(死靈)이 아니네. 생령(生靈)이구나, 너."

바리의 눈동자가 급격히 흔들린다. 영혼을 보는 것뿐만 아니라, 영혼의 성질도 구별해 낼 줄 아는 것인가? 바리는 저도 모르게 한 발짝 뒤로 물러났다. 본능이 저 여자는 위험하다고 속삭였다.

그 모습에 여자가 요염하게 붉게 칠한 입꼬리를 끌어당겼다.

"내가 두려운 겐가?"

바리가 한 발짝 뒤로 물러선 만큼, 여인이 한 발짝 앞으로 다가왔다.

[당신은 누구지? 당신은 포사가 아니야.]

뒤의 새장에 홀로 갇힌 포사의 영혼을 가리키는 바리의 말에, 여인이 눈을 치켜떴다.

"이것 봐라? 너 그냥 생령이 아니구나. 내가 '진짜'가 아니란 것을 알아채다니. 산 채로 잡아 치우님께 드리려고 했는데 안 되겠어. 네년 영혼을 다시는 환생 따윈 꿈도 꾸지 못하도록 찢어버려야겠다."

[……뭐? 치우?]

바리가 왜 지옥 최하층, 아비옥(阿鼻獄)에 천 년 동안 갇혀 있다는 치우의 이름이 여기서 나오는지 고민하기도 전이었다.

여인의 주변으로 거친 모래바람이 몰아치기 시작했다. 모래바람이 가라앉았을 땐, 포사의 모습을 흉내 내는 여인의 모습은 온데간데없었다. 대신 여인이 서 있어야 할 자리엔, 이마에 뿔을 달고 날카로운 송곳니를 가진 흉측한 모습의 요괴가 서 있을 뿐이었다.

바리는 처음으로 요괴를 보았지만, 본능적으로 그것이 요괴인 것을 알아챘다.

'설마하니 요괴가 포사로 둔갑하고 있었을 줄이야.'

[요괴는 이미 오래전에 사라졌다 들었는데? 갑자기 왜 황궁에 나타난 거지? 그것도 포사의 모습으로. ……설마, 그동안의 포사의 악행도 네가 한 거였나?]

바리의 질문에 요괴가 코웃음을 쳤다.

"흥. 어차피 죽을 목숨이니 내 친히 알려주마. 요괴가 사라졌다고? 웃기지 마라! 간악한 서왕모와 신들 일당에게 우리의 주군이신 치우님이 지옥에 갇히시고, 우리는 때를 기다려 숨어 있었던 것뿐이다. 이제 그 때가 온 것뿐이고!"

분기를 참지 못한 요괴가 발을 크게 굴렸다. '쾅!' 하는 소리가 궁 전체에 울려 퍼졌다.

"어리석은 인간아. 너희들이 한 세계를 가졌다 하여 스스로 강하다 생각하느냐? 그것은 너희들이 오만일 뿐이다. 가장 약하고 욕심만 많은 버러지들. 나는 단지 그 애송이 왕 옆에서 부채질을 했을 뿐인데, 그 애송이가 뭣도 모르고 색에 빠져 그 말을 줄줄이 들어줬지. 하하하, 니들 스스로가 멸망을 부르고 있음을 뉘 알까!"

바리는 요괴의 온몸에서 뿜어져 나오는 인간에 대한 경멸에 흠칫 떨었다. 요괴는 우월감을 한껏 드러내며 바리의 뒤에 있는 포사의 영혼을 가리키며 낄낄 웃었다.

"저것이 포사라 했더냐? 암 맞지. 맞고말고. 그러나 저것은 유왕의 애첩인 포사는 아니다. 애초에 저것이 주나라 황궁에 들어올 때, 내가 바꿔치기했거든. 그때 분명 깔끔하게 목을 잘랐는데, 설마하니 다시 돌아올지는 몰랐지. 흥! 그래도 명계에 처박혀 있으면 환생이라도 할 것을, 제 복을 제가 찬 게지."

[……역시 그런 건가.]

"아, 그래. 저기 포사 말고 시녀 계집들도 있지? 날 포사로 조용히 받아들였으면 그나마 조금이라도 더 살았을 것을. 괜히 날 의심해 가지고. 쯧. 뭐, 어차피 모두 치우님에게 드릴 거였지만. 후후후."

요괴의 가로로 찢어진 눈 사이로, 녹색 눈동자가 지독한 광기로 번들거렸다. 그녀는 고개를 꺾어 웃어 젖히던 것을 갑자기 멈추더니, 고개를 내려 바리를 노려봤다.

"그러니 너도 운명이라 생각하고 받아들이렴. 응? 최대한 덜 아프게 죽여줄게."

곧바로 요괴가 바리에게로 몸을 날렸다. 날카로운 손톱이 바리의 목줄을 잡아채기 위해 쇄도했다. 이혼(離魂) 상태였기에 제 힘을 제대로 쓸 수 없었던 바리는, 간신히 귀기(鬼氣)를 끌어올려 가까스로 요괴의 날카로운 손톱을 흘려보냈다. 가로로 찢어진 요괴의 눈이 기이하게 꺾인다.

"이상하다? 잘 피하네? 애초에 인간이 아닌 건가? 흥, 그래봤자 소용없어. 그 정도의 힘으로는 날 이기지 못해."

요괴가 낄낄거리면서 다시 한 번 바리의 목줄을 노리며 빠르게 파고들었다. 바리가 또다시 간신히 피해 넘겼지만, 요괴가 바리보다 강한 것은 확연히 보였다.

바리가 계속 찰나의 간격으로 피하자, 신경질이 난 요괴가 모

래바람을 일으켰다. 모래바람이 강하게 소용돌이치며 바리에게
로 쏟아졌다.

"이제 그만 죽어버려!"

[윽!]

바리가 귀기(鬼氣)로 급히 장막을 만들어 펼쳤지만, 날카로운
모래바람에 비명을 지르며 찢겨져 갔다. 결국 장막이 힘없이 흩
어지고, 그 속으로 모래바람이 거세게 파고들었다. 바리는 처음
으로 겪는 무력감과 두려움에 결국 눈을 질끈 감았다.

'율!'

간절한 외침. 그 순간, 바리의 목에 새겨져 있던 주인(主印)이
푸르게 빛나기 시작했다. 그것은 그 옛날 율의 것이라 짧은 입맞
춤을 통해 새겨놓은 화흔(化痕). 푸른빛이 바리의 몸을 감싸며
폭사했다. 순식간에 터져 나오는 엄청난 빛에 요괴가 눈을 가렸
다. 잠시 후, 요괴가 눈을 다시 떴을 땐, 이미 바리는 사라진 뒤
였다.

눈을 뜨자마자 보인 것은 자신을 숨 막힐 정도로 안고 있는
율이었다. 율의 얼굴이 창백하게 질려 있었다. 강제적으로 육체
로 소환된 바리는 요괴와의 마찰과 이혼(離魂)의 부작용으로 인
해 몸이 천근만근 무거웠다.

"왜 이런 짓을 한 것이더냐!"

율의 목소리엔 다급했던 그 순간에 대한 원망과 질책이 짙게
묻어났다. 자신이 이혼(離魂)한 상태로 인간계에 간 것은 고작 두

시진도 채 지나지 않았지만, 그동안 그는 많이 걱정했나 보다. 손가락 하나 쉬이 까닥할 수 없는 상태에서, 그녀가 바싹 마른 입술을 가까스로 열었다.

"미안해요. 잘못했어요, 율."

"어찌 겁도 없이……!"

율은 바리가 무사히 돌아왔음에 감사하면서도, 한편으론 그녀의 무모한 행동에 화가 나 참을 수 없었다. 정말로 심장이 멎는 줄 알았다. 바리가 보이지 않아, 그녀에게 줬던 사령을 통해 그녀의 모습을 찾았을 때의 충격이 지금까지 이어지고 있었다.

영혼의 방에 쓰러져 있던 바리. 그것보다 더 놀란 것은, 그녀의 영혼이 육체에서 떠났다는 사실을 알았을 때였다. 빈 육체를 노리는 사령들의 손길을 베어내면서 바리의 몸을 껴안았지만, 그녀의 몸은 얼음장처럼 차가웠다.

이혼(離魂)은 완벽한 신조차도 하기 힘든 어려운 술(術). 하물며 반인반귀인 바리에겐 그 위험성이 더 높을 터.

그는 재빨리 자신이 그녀의 육체와 영혼에 새겨놓았던 주인(主印)을 통해 바리를 불렀다. 계속, 바리가 그의 목소리를 듣고 돌아와 줄 때까지.

"다신 이런 위험한 짓 따위 하지 마라. 까닥했음 육제가 죽어버리고 말았을 거다."

"미안해요, 율. 약속해요. 다시는 하지 않을게요."

바리는 자신의 성급함을 후회했다. 율이 걱정하더라도 그에게 말하고 갔어야 했는데. 그녀는 불안감에 잘게 떨리는 율의 등에 팔을 둘렀다.

"말해보거라. 도대체 왜 어처구니없는 짓을 한 게냐?"

바리는 대답하길 망설였다. 하지만 자신이 숨긴다 하여 언제까지 감출 수 있는 것도 아니었다. 꺼림칙한 것이 여럿 있었기에 바리는 순순히 인간계에서의 일을 꺼냈다.

"제가 예전에 포사의 반혼을 요청한 것을 기억하시나요?"

"기억한다."

그때 바리는 완연한 여인의 모습으로 명계로 와 당돌하게 자신에게 요구했었다. 한 인간의 반혼(返魂)을.

"제균이 구화님의 부탁으로 인간계에 가 포사를 지켜보았다 하더군요. 한데, 포사의 행동이 이전과 매우 달라, 혹 반혼한 영혼이 포사가 아닌 게 아닐까 했더랍니다. 그래서 제가 그것을 확인하기 위해 인간계로 간 것입니다. 혹여라도 제 잘못으로 그런 것이라면 제가 책임지는 것이 옳은 것이니까요."

바리의 목소리가 점차 낮아졌다. 그녀가 본 것은 실로 더 엄청난 것이었다.

"한데 실은 진짜 포사의 영혼은 갇혀 있었고, 요괴 한 마리가 포사로 둔갑해 유왕 곁에 붙어 있던 것이었습니다."

생각지도 못한 단어에 율이 팔을 풀어 바리를 내려다봤다.

"요괴는 그 옛날 치우와 황제의 전쟁 이후로 더 이상 모습을 보이지 않고 있다."

"네. 하나 그것은 분명 요괴였습니다. 게다가 요괴의 입에서 치우의 이름이 거론되었고요. 치우를 위해 모든 일을 벌이고 있는 것이라 했습니다. 지난 번 인간계에 갔을 적, 사령을 모으고 있던 것도 실은 이것의 일환이 아닐까요?"

율의 표정이 심각해졌다. 그 요괴의 말이 사실이라면 간과하고만 있을 수 없는 노릇이었다. 치우는 헌원과도 대등하게 싸웠던 신농의 자손이었다. 서왕모가 헌원을 돕지 않았다면, 그 결과를 장담할 수 없었을 터였다.

"아무래도 구화를 불러야겠구나. 치우를 확인할 겸 아비옥(阿鼻獄)에 가봐야겠어."

지옥 가장 아래층에 위치한 아비옥(阿鼻獄)을 열 수 있는 것은, 죽음의 여신인 서왕모와 그녀에게서 권한을 나눠받아 지옥을 다스리는 구화뿐이다.

여태까지 치우 이전에 아비옥에 수감되었던 죄수는 없었다. 그만큼 아비옥은 생지옥보다 더 지독한 곳이었다. 일(一) 리가 떨어져 있어도 뼈가 녹을 것 같은 지옥의 가장 뜨거운 불길이 아비옥을 둘러쌌으며, 창살 아래로 영원한 배고픔과 고독에 허덕여야 했다.

길을 앞장서던 구화가 아비옥을 목전에 두고 멈춰 서며 숨을 크게 들이마셨다. 난폭하고 잔인하기로 유명한 치우를 보는 것은 구화에게도 무척 긴장되는 일이었다. 구화가 아비옥 입구를 잠근 장치를 풀기 시작했다. 치우가 수감된 감옥까지 계속해서 이어지는 잠금장치들. 무려 아홉 개의 잠금장치를 풀고 나서야 그들은 치우가 수감된 감옥 앞에 도착했다.

어둠에 파묻혀 치우의 모습은 제대로 보이지 않았다. 저도 모르게 긴장한 바리가 침을 삼켰다.

'치우라니.'

최상위 신들과 싸워도 쉽사리 지지 않는다는 사내. 수년의 전투 끝에 간신히 이 지하에 수감시킨 군신(軍神). 그런 그를 직접 눈으로 보는 날이 있을 줄 몰랐다.

바리가 율을 따라 치우의 감옥 앞으로 천천히 걸어갈 때였다. '콰쾅!' 하는 굉음과 함께 창살 사이로 두꺼운 손이 바리의 목을 움켜잡으려 뻗어졌다.

"꺅!"

"물러서라!"

율이 재빠르게 바리의 앞을 막아섰다. 소의 형상에 네 개의 눈과 여섯 개의 팔을 가진 치우가 바리를 보며 으르렁거렸다. 여섯 개의 팔이 창살에 막혀 공중에 헛손질을 했다. 치우가 바리를 노려보며 분노를 뚝뚝 떨어뜨렸다.

"너한테서 그년의 냄새가 난다. 서왕모의 냄새!"

치우를 앞에 둔 바리는 본능적인 두려움을 느껴야만 했다. 앞에 두고 있는 것만으로도 살결에 오소소 소름이 돋았다.

"어째서 너한테서 서왕모의 냄새가 나는 거지? 고작 이런 하찮은 계집에게서?"

"갈(喝)! 닥쳐라, 치우."

율이 날카롭게 일별했다. 율에게서 터져 나오는 힘이 강제로 치우를 억눌렀지만, 치우는 쉽사리 물러서지 않았다. 치우의 목

울대에서 짐승의 소리가 새어나왔다.

"네놈이 감히……."

상황이 이렇게 돌아가자 구화가 이들을 막아섰다. 지금 그들이 여기에 온 목적은 다른 것이었다.

"치우. 그대는 인간계에서 도대체 무엇을 꾸미고 있는 거지?"

치우의 눈동자가 구화 쪽으로 굴러갔다. 치우가 굳어진 구화의 얼굴을 보더니 대소(大笑)를 터뜨렸다. 그가 날카로운 시선으로 이들을 훑어보며 이죽거렸다.

"늘 꾸미고야 있지. 내 아버지를 죽인 헌원을 죽이고, 아버지를 배신한 서왕모에게 벌을 내리고, 내 본래의 자리를 찾기 위해! 어디 그뿐이랴. 날 이리 가두고 감시한 너희들이라고 무사할 성싶더냐."

"그래봤자 이 아비옥에선 그 누구도 탈출할 수 없다."

"글쎄. 그건 두고봐야 알겠지."

구화는 건성인 치우의 반응에, 더 이상 그에게서 얻을 것이 없다 판단했다.

아비옥은 다른 지옥의 감옥과는 확연히 달랐다. 지옥이 만들어졌을 적, 원시천존께서 친히 만든 감옥. 허락된 자가 아니면 그 누구도 이 견고한 문을 열 수 없다.

"그만 가자꾸나, 바리야."

구화가 새파래진 바리의 얼굴을 안타깝게 바라봤다. 바리가 작게 고개를 끄덕였다. 그만 힘이 빠져 버린 그녀의 몸을 옆에서 율이 지탱했다. 그 모습을 유심히 지켜보던 치우가 그들의 등에 대고 나지막이 읊조렸다.

"그거 아나?"

치우가 크크큭, 쇠 긁는 소리를 내며 말을 이었다.

"곧 일식과 월식이 동시에 일어날 것이다."

"헛소리."

율이 낮게 내뱉었다. 일식과 월식이 동시에 일어나는 것은, 하늘이 열린 이후 단 한 번밖에 존재하지 않았었다. 그들의 등 뒤로 치우의 웃음소리가 요란하게 울려 퍼졌다.

그들이 사라지고 다시 홀로 남은 치우가 중얼거렸다.

"그것은 분명 또 한 번 일어난다. 그리 되면 난 이곳에서 나가게 되겠지."

어둠 속에서 치우의 두 눈동자가 시리게 발한다.

❈

율이 안고 있던 바리를 침상 위로 조심스럽게 내려놓았다. 새파랗게 질린 그녀의 얼굴이 안쓰러웠다. 치우의 기세를 정면에서 받았으니 충분히 그럴 만도 했다. 바리가 율의 체온을 느끼기 위해 몸을 밀착시켰다.

"……어째서 치우가 저에게서 서왕모의 냄새가 난다고 한 것일까요?"

그가 단순히 서왕모를 만난 것을 그리 표현했을 리가 없다. 안 그래도 인간계의 일로 인해 머리가 복잡한데, 치우로 인해 더 머릿속에 복잡해졌다.

"도무지 모르겠어요. 치우도, 인간계도…… 뭐가 어떻게 돌아가는 것인지."

"네가 신경 쓸 필요 없다."

"어찌 그럴 수 있나요? 불안해 참을 수가 없습니다. 이번 일은 쉽사리 끝날 것 같지 않아요. 큰 폭풍이 몰아쳐 모든 것을 쓸어내 버릴 것만 같아 두렵습니다."

바리는 평소와는 달리 많이 불안해하고 있었다. 그녀는 반인반귀에 불과했다. 평범한 인간들보다 강한 힘을 가졌다 한들, 신에 비할 게 못됐다. 자신을 노려보던 치우의 눈빛을 잊을 수가 없다. 그의 눈동자에 잡혀 심장이 그대로 터질 것만 같았다.

그동안 신들이 자신에게 호의적이라 잠시 잊고 있었다. 세상을 다스리는 신. 그 누구보다도 강하며 또 교활한 존재. 그들에게 인간은 한낱 미물에 불과했다.

"그대가 불안해할 필요 없다. 내가 그대를 지킬 터이니."

이 작은 연인을 건들려 하는 이가 있다면 그자가 누구든, 하물며 그것이 치우나 서왕모라 하더라도 절대 용서치 않으리라.

율이 바리의 입술 위로 천천히 자신의 입술을 내렸다. 연인의 두려움을 씻어내듯, 위로히듯, 힘을 주듯, 그 모든 바람을 담아 살포시 열리는 바리의 입술 속으로 그의 혀가 파고든다.

그 후, 나흘이 지난 인간계 주(周)나라 건국 280년.

유왕에 의해 폐위되었던 왕비 신후(申后)와 그 아비가 제후들을 이끌고 왕궁으로 쳐들어갔다. 다급해진 유왕이 급히 봉화를 피워 올렸으나, 아무도 유왕을 위해 달려오지 않았다. 그동안 포사를 웃게 만들기 위해 거짓 봉화를 피워 올렸던 탓이다. 결국 유왕은 반란군에 살해되고, 긴 전쟁이 시작되었다. 이들의 반란의 명분은, 이지(理智)를 잃어버린 유왕의 폭정과 신성 모독이었다.

같은 시각, 명계(冥界).

광활한 푸른 대지 위로 수많은 이들의 붉은 혈점이 자욱한데도 명계로 돌아오는 사령은 단 하나도 없었다. 이에 명계가 술렁이는 사이, 또 다른 비보(悲報)가 명계로 날아왔다. 혼란스런 인간계에 수천 년 동안 모습을 보이지 않던 요괴 수백 마리가 나타나 인간들을 마구 살육한다는 내용이었다.

제 十 장
—— 신들의 전쟁 ——

　수천 년 만에 요괴가 세상에 다시 드러나니, 인간들의 목숨은 한낱 파리 목숨만도 못했다. 결국 원시천존이 만드신 세상을 지키기 위해, 오랜 시간 인간계에 관심을 끊었던 신들이 지상 위로 강림했다. 신들은 치우의 싸울아비들과 치열한 접전을 벌였으나, 그 끝은 쉽사리 보이지 않았다.

　그들은 죽음을 다스리는 그들의 수장 서왕모가 현신하길 바랐지만, 그녀는 요지성궁의 문을 굳게 닫은 채 모습을 드러내지 않았다. 그로 인해 전쟁은 점점 더 미궁 속으로 빠져들었다.

　하여, 사령(死靈)의 수습을 위해 전쟁에서 한 발짝 물러나 있던 명계의 신, 율과 구화까지 인간계로 나서야 할 상황이 되고 말았다.

"윽…… 아앗, 앗."

가녀린 신음 소리가 애처롭게 방 안을 가득 채웠다. 바리의 두 다리가 허공에 들린 채 힘없이 흔들렸다. 율은 평소보다도 더 격정적으로 바리를 안았다. 바리 역시 극한의 쾌락에 쓰러질 것 같았지만, 어떻게든 정신을 붙들어매며 그의 등을 꼭 껴안았다. 제발 이 마음이 전해지기를…….

"연모한다. 그 무엇보다도 널."

"저도요. 저도요, 율."

율이 마지막 격정에 올라타며 그녀의 안에 깊숙이 파고들었다. 결국 바리의 눈꼬리에서 투명한 물줄기가 떨어져 내렸다.

"율, ……율."

그녀는 율이 신기루처럼 사라질 것 같아, 그의 이름을 연신 불러댔다. 이 시간이 끝나고 나면, 율은 그녀의 곁을 떠나 인간계로 가야 했다. 바리는 그들을 가만히 놔두지 않는 세상이, 복수를 위해 전쟁을 일으킨 치우가, ……그리고 끝끝내 나타나지 않는 서왕모가 원망스러웠다.

아직도 생생히 기억한다. 마을 사람들이 모두 죽고 그 위로 범람한 붉은 피의 강을……. 마을을 가득 에워싼 검은 연기, 막 새싹이 돋아나려는 대지 위를 덮은 화마의 잔재, 갑작스런 죽음에 방황하는 사령들의 행렬.

그 처참함을 어찌 잊을 수 있을까. 하물며 작은 마을 하나가 이러할진대, 온 나라가 이렇다면……. 바리의 눈가가 부르르 떨렸다.

바리 위에 버티고 선 율이 땀으로 젖은 그녀의 머리칼을 부드러이 쓸었다. 말하지 않아도 그녀의 걱정이 훤히 보였다.

"걱정 마라."

상황이 좋지 않았다. 본디 치우의 군대는 천계에서도 알아주는 싸울아비들이었다. 그 옛날 모든 신선들이 헌원의 편에 섰음에도, 단 한 치의 양보도 보이지 않던 이들이었다. 게다가 이번엔 서왕모까지 문을 잠근 채 밖으로 나오지 않았다.

그로 인해 그녀의 수하이자 영웅을 수호하고 승리로 이끄는 구천현녀 역시 등장하지 않고 있는 이 전쟁 속에서, 그가 온전한 모습으로 바리의 곁으로 돌아올 수 있을지조차 확신할 수 없었다.

하지만 그럼에도 자신은 어떻게든 그녀의 곁으로 돌아올 것이다. 다시는 이 아이를 외로움 속에 혼자 두지 않는다.

"네가 걱정하는 일은 없을 것이야."

율은 바리의 이마에 입을 맞췄다. 잠시 멈췄던 그의 몸이 다시금 움직이기 시작했다. 그 어느 밤도 귀하지 않다 할 수 없지만, 오늘 밤은 천금보다 귀하고 소중하다.

※

유아의 손에 들린 흑(黑)의 갑주(甲胄)와 신의 보검을 바라보는 바리의 심정은 착잡했다. 그가 정말로 전장에 나간다는 사실이 이제야 진정으로 와 닿았다. 당장이라도 눈물이 치밀어오르려는 것을 그녀는 꾹꾹 참아냈다. 자신이 괜히 눈물을 보여 떠나는 율의 발목을 잡을 수는 없었다.

바리가 유아의 손에 들린 갑옷을 들어올렸다. 율의 등 뒤로 갑옷을 끌어당겨 끈을 묶는 그녀의 손이 잘게 떨렸다. 그의 몸을 지켜줄 소중한 갑옷이었다. 튼튼하게 묶어야겠다는 생각이 머리에 가득 찼지만, 떨리는 손은 어찌할 바를 몰랐다. 마침내 바리는 묶인 끈을 여러 번 확인한 끝에야 손을 놓았다.

허리춤에 검까지 찬 율의 모습은 전장의 군신처럼 주위를 압도했다. 마치 이 순간을 준비했다는 듯, 용의 비늘 같은 작은 편판(片板)이 하나하나 제각기 빛나며 갑옷은 그 위엄을 자랑하고 있었다. 그럼에도 바리는 눈물이 차올라 시야가 흐려졌다.

"율. 꼭 무사히 돌아오세요."

"걱정하지 말거라. 신은 쉽사리 죽지 않아."

"네. 당신의 그 말씀만을 믿겠습니다. 제가 명계를 잘 지키고 있을 터이니, 이곳은 걱정하지 마셔요."

율이 바리를 와락 껴안았다. 품 안의 그녀의 체온을 느끼고, 그녀의 숨결을 들이켰다. 자신이 지금부터 하려는 일에 바리는 분개할 것이다. 자신을 원망해도 좋다. 하나…… 그녀를 그 어느 위험에도 노출시킬 수 없었다.

"미안하구나. 난 이 명계보다 그대가 더 소중하다."

"네? 그 무슨……."

바리는 말을 끝맺을 수 없었다. 힘이 빠진 몸이 율의 품속으로 고꾸라졌다. 바리의 머리가 율의 탄탄한 팔 위로 떨어졌다. 바리는 갑자기 일어난 이 상황을 이해할 수 없었다. 몸이 움직이지 않았다. 그녀의 의지에 반하고 있었다.

율이 가볍게 바리의 몸을 안아 올렸다. 그녀를 내려다보는 그의 얼굴엔 결연함이 엿보였다.

"과거, 구화가 그대에게 행했던 것과 같은 술(術)이다. 정신은 깨어 있지만, 육체는 잠들어 있을 것이다. 이 전쟁이 끝나는 그 순간까지."

바리는 '어째서?'라고 묻고 싶었지만 입이 움직이지 않았다. 율은 바리를 안아든 채 방을 나와 어디론가 향했다. 그가 두 팔 가득 안긴 바리의 체온에 희미하게 웃었다.

"명계가 어떻게 되든 상관없다. 아니, 솔직히 말하면 이 세계가 어떻게 되든지 신경 쓰지 않아. 그저 난 그대를 지키기 위해 전쟁터로 간다. 그러니 그대는 기다리고 있어. 상처 하나 입지 않은 온전한 모습으로."

율은 지옥의 9층 중앙에 위치한 구화의 유왕옥궁(幽江獄宮)으로 향했다. 지옥의 연못엔 이미 구화와 신선의 모습으로 돌아온 제균이 그들을 기다리고 있었다. 구화 역시 전쟁터에 나갈 준비를 마친 상태였다. 그녀의 등 뒤로 지옥의 연못을 둘러싼 연옥불이 그들을 배웅하기 위해 춤추듯 일렁였다.

구화가 율의 품에 안긴 바리에게 눈길을 주다, 이내 율을 올려다봤다.

"준비는 모두 끝났다."

미리 율에게 전갈을 전해 받은 뒤였다. 확실히 바리를 지옥의 연못에 봉(縫)하는 것이 그녀를 지키기에 가장 안전한 방법일 터다. 지옥의 연못은 원시천존의 피를 담아 만들어진 곳. 허락된 이들이 아니라면 그 누구라도, 하물며 치우라도 다가가지 못할 것이다.

구화가 길을 터주기 위해 연못 옆으로 물러섰다. 율의 무거운 발걸음이 떼어졌다. 그의 발걸음은 묵직했지만 망설임은 없었다. 그가 연못에 가까이 갈수록 지옥의 연옥불이 그를 환대하듯 옆으로 비켜섰다. 그 사이를 율이 막힘없이 들어갔다.

율은 연못의 수면 위를 밟고 섰다. 그의 발걸음에 연못물이 찰랑이며 잔잔한 파문을 일으켰지만 그의 발걸음을 붙잡진 않았다. 이윽고 연못 중심에 들어온 율이 멈췄다. 그는 마지막으로 자신 품에 안긴 바리를 내려다봤다. 이제 정말로 헤어질 시간이었다.

그가 바리를 물 위로 천천히 내려놓았다. 바리의 몸이 그대로 물속으로 곤두박질치지 않고 허공에 두둥실 떠올랐다. 율이 허리춤에 꽂아둔 검을 꺼내들어 그대로 팔목을 그었다. 붉은 선혈이 손목을 타고 수면 위로 떨어져 내린다.

웅웅—

신의 피를 머금은 연못이 기이한 소리를 내며 수면 위로 파도를 만들어냈다. 일렁이는 물결 속에서 새하얀 연꽃이 모습을 드러냈다. 연꽃은 아직 봉오리인 채로, 완전한 개화를 기다리고 있었다. 그의 뒤에 서 있던 구화가 속삭였다.

"백련(白蓮). 신의 꽃……."

백련은 오직 지옥의 연못에만 피는 연꽃. 신의 피로 각성하여 신만을 수호한다.

백련은 점차 몸을 부풀리며 마침내 수면 위, 바리의 몸 바로 아래로까지 올라왔다. 의식은 막바지로 향해가고 있었다. 율이 마지막으로 자신의 손가락 끝을 칼로 베어내어, 바리의 심장 위에 기이한 글자를 써 내려갔다. 마지막 획을 그은 율의 손이 바리의 가슴께에서 떨어져 나가자, 피로 쓰인 글자가 새하얀 빛을 터뜨렸다. 빛은 길게 늘어지며 백련을 향해 돌진했다. 이윽고 백련의 봉오리 안으로 빛이 흡수되었다.

"백련은 이제 널 주인으로 인식할 터. 그 어느 위험으로부터도 널 지켜줄 게다."

그의 말이 끝나기 무섭게 백련이 개화하기 시작했다. 봉오리에서 펼쳐져 나오는 순백의 꽃은 강한 신성을 머금어 고결한 아름다움을 자랑했다. 바리의 몸을 삼킬 수 있을 만할 크기로 꽃을 피운 백련이 바리의 몸을 부드럽게 꽃잎으로 감싸 안았다. 이내 백련 속으로 바리의 몸이 사라졌다.

마지막으로 율이 백련의 표면을 천천히 쓸었다. 이제 전쟁이 끝나고 나서야 다시 만날 수 있겠지. 율은 바리의 얼굴이 있을 만한 곳을 짐작하며 그 위로 입술을 내렸다. 그의 눈이 천천히 감긴다.

"연모한다."

연모한다, 진심으로 널 연모해. 율의 손에 힘이 들어갔다. 이윽고 그가 눈을 다시 떴을 땐, 그의 눈동자는 단 하나의 번민도 없이 냉정하게 식어 있었다.

"이제 그만 가도록 하지."

둥, 둥, 둥.

전쟁을 알리는 북소리가 하늘 아래로 무겁게 울려 퍼진다. 본디 인간에게 주어졌던 황금의 대지는 주인을 잃은 채 이방인들에게 유린당하며 제 품을 내주고 말았다. 더 이상 봄을 알리는 녹(綠)의 자연은 없었다. 봄은 죽었고, 차가운 겨울이 도래했다.

날카로운 칼날에 붉은 살점이 대지 위로 후드득 떨어졌다. 율의 검에 베인 치우의 싸울아비의 몸이 밑으로 허물어졌다. 그러나 율은, 상대가 채 쓰러지기도 전에 다른 이를 찾아 검을 휘둘렀다. 본디 그 역시 싸울아비였다. 그에게 주어진 운명은 그를 전쟁 속에 붙들어놓았으니…… 천 년을 잠들어 있던 그의 본능이 서서히 깨어나고, 손끝의 감각이 점차 살아났다.

베고 또 베길 수 일째. 그는 계속 느껴지는 기이한 감각에 칼을 휘두르면서도 다른 것에 신경이 쓰였다. 오랜 세월을 전쟁 속에서 살아온 그의 본능이 속삭였다.

'무언가 이상해.'

그의 시선이 치우의 싸울아비들을 훑었다. 살육의 현장에서 그들은 신들과 뒤엉켜 있었다. 서로를 죽고 죽이면서도, 요괴들은 마치 시간을 끄는 듯이 보였다. 마치 다가올 무언가를 기대하는 것처럼…….

챙!

"어디에다 신경을 팔아먹은 것이더냐, 서왕모의 개여!"

갑자기 한 요괴가 율의 앞으로 튀어나오자, 그의 눈썹이 꿈틀했다. 현재 이 전쟁을 이끄는 요괴들의 우두머리 중 하나인 계집이었다. 또한 포사로 분해 유왕을 부추겨 결국 인간계를 자신들의 목적을 위한 수단으로 쓴 책략가이기도 했다.

하얀 섬광이 터지며 두 검이 빠르게 부딪쳤다. 요괴는 집요하게 율의 심장을 향해 파고들었고, 율은 유연하게 요괴의 칼날을 넘기며 빠르게 다가섰다. 요괴는 치열한 접전 속에서 율을 향해 이죽거렸다.

"이를 어쩌나? 니들 주인이 나타나지 않으니? 주인 잃은 개들 꼴이 말이 아니구나. 하하."

"닥쳐라."

"그거 아나? 서왕모는 이 전쟁에서 영원히 나타나지 않을 것이다."

요괴가 이를 갈며 속삭였다. 그녀의 분노가 활활 타올랐다. 서왕모. 간악한 계집. 그 계집 때문에 치우님께서 지옥에 갇히고 말았다. 유왕을 부추겨 삼짇날에 서왕모를 욕보인 것으로 성에 찰 리가 없었다. 기다리고 기다린 끝에 마침내 그 울분을 터뜨릴 때가 왔다.

'후후, 멍청한 계집. 고작 하찮은 감정 따위에 눈이 멀어서는.'

"갈(喝)!"

율의 칼날이 빠르게 요괴의 목줄을 향해 쇄도했다. 계속 이어지는 합(合)에, 요괴는 서서히 그에게 밀리는 것을 느꼈다. 그녀는 자신의 물러서야 할 때를 깨달았다. 괜히 여기서 아까운 목숨을 잃을 필요가 없었다.

요괴가 율의 날카로운 검날을 튕겨내며 뒤로 물러섰다. 요괴를 노려보는 율의 시선은 살기로 가득 차 소름이 돋을 정도였다. 그러나 요괴는 두려움을 숨기며 입꼬리를 끌어당겨 조소했다.

"오늘은 여기까지. 흥, 우리가 언제까지 물러설 거라고 생각한다면 큰 오산이다. 우리의 목적은 이뤄진다. 넌 명계 밖으로 나오면 안 됐어."

요괴가 손가락 하나를 펼쳐 하늘을 가리켰다. 현재 하늘엔 태양밖에 떠 있지 않았다.

"과거의 시간은 돌아온다. 태양과 달은 또 한 번 만나게 될 것이다."

그렇게 제 할 말을 마친 요괴는 사람들 사이로 유유히 모습을 감췄다.

또 하루의 지독한 전쟁이 끝나고, 막사로 돌아온 율은 요괴의 말을 곰곰이 되씹었다. 요괴의 두 가지 말이 율의 머릿속에서 어지럽게 굴러다녔다.

"서왕모는 이 전쟁에서 영원히 나타나지 않을 것이다."

"태양과 달은 또 한 번 만나게 될 것이다."

어찌하여 세상을 수호하는 서왕모는 모습을 드러내지 않는가. 또 그것을 어찌 요괴가 장담하는가.

율의 미간에 짙은 주름이 잡혔다. 그가 머리칼을 쓸어 올리며 한숨을 내쉬었다.

"후……."

어서 바리에게 돌아가고 싶었지만, 전쟁은 쉽게 끝날 것 같지 않아 보였다. 요괴와의 접전을 통해 확실해졌다. 그들은 전쟁을 부러 끌고 있었다. 아마도 요괴가 말한 태양과 달이 만나는 또 한 번의 날을 위해.

백오십 년 전과 동일한 하늘의 모습. 일식과 월식이 동시에 일어나니, 태양과 달이 서로를 가까이하며 하늘에 떠 있을 터. 만약 과거와 같다면, 신력(神力)은 약해지고 요력(擾力)은 지하에서부터 끌어 오른 음기에 반응해 최상치가 될 것이었다.

'아니, 그럴 리가 없다.'

그날은 본디 있어서도 안 되고, 있을 수도 없는 날. 억만 겁의 우연이 겹쳐 만들어진 '단 하루'였다.

하나 그의 이성이 이리 냉철하게 판단하고 있음에도 불구하고, 그의 본능은 다른 말을 내뱉었다. 전쟁 속에서 느껴지는 기이한 감각은 여태 율의 몸 안에서 꿈틀대고 있었다. ……그리고 불행히도 그 감각은 곧 현실로 나타났다.

하급 신 하나가 급하게 율의 막사로 뛰어 들어왔다.

"염라대제! 하늘이, 하늘이 이상하네!"

그의 다급한 말에 율이 막사 밖으로 나갔다. 하늘 위로 아침을 알리며 밝게 떠오르고 있는 태양. 달은 이미 어둠 저편으로 사라진 뒤였다.

쉽사리 혼란을 드러내지 않던 율의 눈동자가 한순간 흔들렸다. 땅거미 아래로 가라앉았던 달이 다시 지상 위로 떠오르기 시작한 것이었다. 천문(天文)이 역행한다. 그와 동시에 치우의 싸울아비들의 진영에서 엄청난 환호가 터져 나왔다.

율의 심장이 크게 뛰기 시작한다. 요괴의 비웃음이 환청처럼 들려온다.

"과거의 시간은 돌아온다. 태양과 달은 또 한 번 만나게 될 것이다."

하늘을 비춰야 할 태양의 빛이 달빛에 가려 숨을 죽인다. 하늘에 점차 어둠이 차오른다. 밀려들어 오는 음기에 대지 아래에서부터 무언가 꿈틀대는 것이 느껴졌다. 그것은 점점 더 빠른 속도를 내며 지상 위로 돌진하고 있었다. 땅 위로 금이 가기 시작하고, 그 사이로 귀(鬼)들의 음습한 향이 손을 뻗으며 새어나오기 시작했다.

두구구구—

땅이 거칠게 울렸다. 피로 물든 대지는 아가리를 벌리며 쩌억쩌억 갈라졌다. 그리고 그 속에서 귀(鬼)들의 안배를 받은 검은 무언가가 모습을 드러내기 시작했다. 지하를 밟고 올라서는 그의

발소리가 쿵, 쿵, 소리를 내며 창공을 뒤흔들었다. 율은 '그것'의
모습이 보이기 시작하자 신음을 내뱉었다.

"하."

소의 형상에, 네 개의 눈과 여섯 개의 팔이 달린 이. 그것은
분명 치우였다.

치우의 모습이 드러나자 감격에 찬 요괴들의 환호성이 전쟁터
를 휩쓸었다. 율의 옆에 서 있던 하급 신이 치우가 내뿜는 위압
감으로 인해 다리가 풀려 풀썩 주저앉았다. 그가 허망하게 중얼
거렸다.

"아…… 치, 치우다. 어, 어째서……."

율의 주먹이 분노를 이기지 못하고 떨렸다. 손톱이 악력을 이
기지 못하고 살을 파고들었다. 그 사이로 붉은 선혈이 뚝뚝 흘러
대지를 적셨다. 요괴가 자신에게 했던 말이 무엇이더라……?

"넌 명계 밖으로 나오면 안 됐었어."

자신들이 명계 밖으로 나온 틈을 타서, 치우가 밖으로 나왔다
는 것인가.

'이렇게 이게 가능한 거지?'

치우는 절대 아비옥(阿鼻獄)에서 나올 수 없다. 허락된 이가
아니면 그 누구도 아비옥의 문을 열 수 없기에. 그런 그가 나왔
다는 것은 서왕모와 구화 둘 중 하나가 아비옥의 문을 열어주었
다는 것이다.

구화는 현재 자신과 함께 전쟁에 참전 중이다. 대지 위로 떨어져 내리는 핏방울의 속도가 점차 빨라진다. 스쳐 지나갔던 그녀의 말이 하나하나 머리에 박힌다.

"……때가 되었기에. 그래도 한때 내 연인이었던 희만의 아이기에, 마지막 자비를 내리는 것이다. 빼앗기지 않으려면 지켜라, 그 모든 위험으로부터. 이것은 경고다."
"나에게 칼을 겨눌지라도?"

악문 이 사이로 이름 하나가 튀어나왔다.
"서왕모!"
치우를 지옥에 가뒀던 그녀가, 아비옥의 문을 열어 치우를 다시 지상에 풀어줬다는 것인가. 정녕 세상을 수호하는 여신인 그녀가, 서왕모가 우리를 배신했단 말인가……!
만월(滿月)의 음기가 고개를 들기 시작했다. 요괴들의 요기가 폭발적으로 튀어 오르고, 갈라진 대지 사이로 때를 놓치지 않은 명계의 이들이 손을 뻗으며 짙은 사기를 내뿜었다.

바리는 꿈을 꾸고 있었다. 그립고, 간절하고, 또한 지독한 미몽(迷夢)이었다. 바리는 어째서 자신이 이런 꿈을 꾸고 있는지, 그 이유조차 모른 채 여전히 꿈속을 헤매고 있었다.

미몽(迷夢)의 시작은 태령에게서 전해들은 서왕모의 이야기에 흥미를 가지던 희만의 모습이었다. 희만은 한 나라의 위대한 군주였지만, 또한 미지의 세계를 동경하는 사내이기도 했다. 그는 곧바로 곤륜산으로 향했다. 거칠고 험난한 길을 지나 서왕모를 만난 그는 마치 운명처럼 그녀와 사랑에 빠졌다.

그렇게 희만이 모든 것을 잊어버린 채, 그녀와의 시간을 음미하고 있던 어느 때였다. 동쪽 변방의 침공으로 주나라의 도성이 위급하다는 소식이 당도했다. 그는 그제야 오랜 시간이 지났다는 것을 깨달았다. 서왕모는 연인의 발걸음에 눈물로 매달렸다.

"흰 구름은 하늘에 떠 있고, 산봉우리 드높이 솟았는데. 그대 가시는 길은 아득하고, 산과 내가 우리 사이를 떼어놓았네. 바라건대 그대 오래 사시어, 다시 오실 수 있기를……."

희만이 눈물짓는 서왕모의 눈가를 닦으며 그녀의 손을 붙잡았다.

"동쪽의 내 땅으로 돌아가, 나라를 잘 다스리리. 만백성이 잘 살게 되면 그대를 볼 수 있으리. 삼 년이 되면, 내 다시 이곳으로 돌아오리."

그러나 그는 삼 년이 지나도 서왕모의 곁으로 돌아오지 못했다. 인간은 어찌 이리도 악한가. 세상의 처음과 끝을 함께하는 신에 비해, 일백 년도 채 안 되는 인간의 목숨은 찰나와도 같았다.

"아아, 희만……."

서왕모가 연인을 잃은 슬픔에 잠겨 있던 어느 날이었다. 아침임에도 불구하고 하늘에 태양과 달이 동시에 뜨니, 이날은 기이하게도 신들의 힘이 약해지고 인간계의 귀(鬼)들이 활개를 쳤다. 그리고 그중엔 희만도 있었다.

희만은 귀(鬼)의 모습으로 서왕모를 찾아가 마지막 사랑을 나눴다. 그들에게 허락된 단 한 시각. 희만은 다음 생을 기약하며 떠났고, 서왕모는 다시금 홀로 남겨졌다. 하나 슬픔도 잠시, 그녀는 곧 자신의 뱃속에 희만의 정(情)이 남아 있다는 것을 떠올렸다. 그 순간만큼은 어떤 갈등도 존재하지 않았다. 안 되는 것을 알면서도 그녀는 결국 금기에 손을 댔다.

그런데 예기치 못한 문제는 다른 곳에서 발생했다. 얼마 지나지 않아 서왕모는 희만의 영혼이 명계로 돌아가지 못했음을 알게 되었다.

"혹, 인간 사내 영혼 하나를 찾으십니까?"

자신을 치우의 수하라 표현한 요괴 하나가 서왕모 앞에 모습을 드러냈다. 그녀가 손을 들어 펼치니 그 안에 희미한 빛을 내뿜는 희만의 영혼이 쓰러져 있었다. 서왕모의 분노가 하늘로 치솟았으나, 요괴는 오히려 오만하게 웃으며 거래를 제안했다.

"제겐 이깟 인간 영혼 따위 필요 없지요. 그러니 저와 거래를 하시는 것이 어떠십니까?"

"뭐라?"

"치우님을 풀어주십시오."

"아니 된다!"

서왕모는 단번에 거절했다. 치우를 풀어줄 순 없다. 어찌 잡은 치우였던가. 신농의 죽음을 받아들이지 못한 그가 반란을 일으켜 세상이 얼마나 쑥대밭이 되었던가. 결국 죽이지도 못하여 간신히 가둬놓는 것이 전부였거늘.

서왕모의 단언에 요괴의 입술이 비틀렸다. 서왕모의 대답은 이미 예상했던 터였다.

"그럼 이것은 어떠하십니까? 하늘에 달을 만들어주시지요."

순간 서왕모는 말문이 막혔다. 어찌 하여 달을 '만들어' 달란 말인가. 이미 하늘엔 달이 존재하거늘……. 그녀의 생각을 알아챘는지 요괴가 덧붙였다.

"어디에 쓰일지는 말할 수 없지요. 그저 당신은 저에게 약조해주시면 됩니다. 저희가 원하는 그 순간, 하늘에 달을 만들어주실 것을요. 또한 저희가 하는 일에 상관치 마십시오. 우리가 무엇을 하든, 당신과 당신의 휘하 신들은 절대 간섭을 해서는 아니 됩니다."

요괴가 희만의 영혼을 올린 손을 꽉 쥐었다. 그 악력에 희만의 빛이 사그라지며 괴로움을 토해냈다. 아닌 듯하면서도 그것을 본 서왕모는 다급해졌다. 그녀의 손이 부들부들 떨렸다. 요괴가 서왕모의 손끝을 보며 입꼬리를 만족스레 끌어당겼다.

"약조, 해주시겠습니까?"

"……약조한다."

신의 언약(言約)은 목숨과도 같은 것. 서왕모는 무슨 일이 있어도 이 약조를 지켜야 할 터. 서왕모의 속눈썹이 파르르 떨렸다. 그녀의 검은 눈동자에서 분노가 튀어올랐다.

"그러니 어서 희만의 영혼을 내놓아라!"

요괴는 서왕모의 분노를 앞에 두고서도 여유로운 표정으로 고개를 저었다.

"그럴 순 없지요. 이 자의 영혼은 모든 거래가 끝나면, 그때 드리기로 하지요. 그럼 다시 만날 그날까지 무탈하시길."

요괴의 모습이 한순간의 환영처럼 요지성궁에서 사라졌다. 홀로 남은 서왕모의 얼굴이 애달프게 일그러졌다.

"아아, 나의 희만……."

열 달 후, 그녀의 품에 갓 태어난 여아가 안겨졌다. 그녀는 괴로웠다. 자신의 선택으로 인해, 이 아이는 부모도 모른 채 인간계에 버려질 것이다. 치우의 싸울아비가 알면 이 아이 역시 인질이 될지도 모르기에. 그리되면 그들의 요구를 또다시 거절하지 못할 터였다. 그것이 치우의 해방이더라도……. 결국 그녀는 아이의 얼굴을 제대로 바라보지도 못한 채, 선녀를 시켜 아이를 내다 버릴 것을 명령했다.

시간이 흐른다. 자유롭게 유영하던 시간의 물결이 멈춘 곳은 그로부터 백오십 년이 지난 어느 날이었다. 하루하루 요괴와의 약조를 되새김질하며 희만을 그리던 서왕모의 앞에 지난날의 요괴가 다시 나타났다.

"때가 되었습니다."

서왕모는 자신 앞에 모습을 드러낸 요괴를 향해 찢어죽일 듯 날카로운 기백을 내뿜었다. 제 아무리 요지성궁 밖으로 나간 적이 없다고는 하나, 그녀가 인간계에서 벌어진 일을 모를 리 없었다. 치우의 수하들이 비밀리에 인간들의 영혼을 빼돌리고 있다는 것을.

"무슨 일을 벌이는 것이더냐! 감히 인간들을 건들이다니!"

"그것은 당신이 알 필요가 없지요. 당신은 그저 우리와의 약조를 지키면 됩니다."

"뭐라!"

여전히 서왕모의 기세가 사납자, 요괴의 눈빛이 요사스럽게 빛났다. 요괴가 품속에서 작은 새장 하나를 꺼냈다. 그 새장 안에는 힘을 다 빼앗긴 채, 바싹 마른 영혼 하나가 있었다. 서왕모에게서 날 선 비명이 터져 나왔다.

"희만!"

"약조, 지키셔야 하지 않겠습니까? 돌아오는 만월의 아침에 달을 띄워주시지요."

아침? 서왕모의 눈이 가늘어지다 곧 크게 떠졌다. 아침은 태양의 시간. 달이 간섭해서는 아니 될 날.

"설, 설마……."

서왕모의 눈동자가 크게 흔들리는 것을 지켜보던 요괴는 요사스럽게 웃어댔다. 흘러나오는 목소리엔 서왕모를 향한 조롱기가 다분했다.

"그렇게 그리 쉽게 약조를 해서 쓰겠습니까? 설마 잊으신 것은 아니시지요? 백오십 년 전의 그날을. 만월과 태양이 하나가 되는 날. 당신들의 잘난 신력이 약해지고 우리들의 힘이 강해지는 바로 그날!"

"네놈들이 아무리 그런다 한들 치우는 밖으로 나오지 못하느니!"

"그건 당신이 상관할 바가 아니지요. 신의 언약은 목숨과도 같은 것. 꼭 지켜져야 할 약속이지요. 이 달 보름, 아침입니다."

스르륵거리는 소리와 함께 요괴의 주변으로 모래바람이 일기 시작했다. 요괴가 사라지기 직전 서왕모를 정면으로 직시하며 입술을 움직였다.

"연모란 것이 참으로 지독한 것이 아니렵니까? 이제와 말씀 드리는 것이지만, 피도 눈물도 없는 형벌과 죽음의 여신인 당신이 고작 인간 사내 하나에 빠져 이러고 있을 줄 그 뉘가 알았겠습니까. ……어리석긴. 그것이 제 목을 조르는 줄도 모르고."

순간 분노한 서왕모의 힘이 곤륜산 전체를 뒤흔들었다. 그러나 이미 요괴는 유유히 사라진 뒤였다.

서왕모는 결국 언약을 지킬 수밖에 없었다. 그녀는 저치들이 사령들을 모아 무엇을 벌이려는지조차 짐작하지 못했다. 제 선택으로 인해 수많은 인간들이 힘없이 쓰러져 가고, 신들은 긴 전쟁 속에서 점차 지쳐 가고 있었다. 그것을 지켜볼 수밖에 없던 그녀는 괴로웠다.

약조된 만월의 아침. 언약을 지킬 수밖에 없게 된 그녀는 결국 태양이 떠 있는 하늘에 달을 띄웠다. 그와 동시에 그녀는 곧바로 치우가 있을 아비옥(阿鼻獄)으로 향했다. 그가 아비옥에서 탈출할 순 없겠지만, 그녀는 왠지 모를 불안감에 사로잡혀 있었다. 그리고 불행히도 그것은 곧 현실이 되었다.

치우는 마치 서왕모의 방문을 알고 있었다는 듯, 태연자약한 모습을 보였다.

"하하, 서왕모. 드디어 만났구나."

"원하는 것이 무엇이더냐. 도대체 무엇을 꾸미길래!"

서왕모의 일갈에 치우의 눈이 무섭게 번뜩였다. 창살을 잡은 치우의 여섯 개의 손에 힘이 들어갔다.

"원하는 것? 그것을 정녕 모르겠더냐? 내가 원하는 것! 그것은 바로 너희들의 절망이지!"

"뭐라?"

"이번엔 내가 이겼다, 서왕모."

치우의 송곳니가 어둠 속에서 반짝였다. 그의 말이 끝남과 동시에 어디선가 빛의 무리가 아비옥 안으로 들어와 치우에게로 쇄도하기 시작했다. 서왕모가 본능적으로 눈을 가렸다 다시 떴을 때, 그녀는 가슴에서 느껴지는 강한 고통에 쓰러질 수밖에 없었다. 그녀의 몸이 힘없이 무너졌다.

"허, 허억……. 어떻게, 어떻게…… 네가!"

"어떻게 나올 수가 있었냐고? 바로 네년 덕분이지."

치우는 지난날의 기이한 밤에 느꼈던 환희를 기억해냈다. 그 기억에 본능적으로 피가 들끓기 시작했다. 해와 달이 동시에 하늘에 뜨니, 이날의 음기가 참으로 극성스러워라. 이는 곧 지옥 중의 지옥인 아비옥에까지 가까스로 스며들어 치우의 곁을 맴돌았다. 그때 그는 저주스런 창살 너머 자신에게로 쇄도하는 음기를 보며 생각했더란다.

어쩌면 자신의 해방이 가능할지도 모른다고⋯⋯!

"네년이 곧바로 예(羿)를 시켜 태양을 떨어뜨렸다면, 오늘은 오지 않았을 터. 그랬다면 나는 그날의 영향을 눈치채지 못했겠지. 서왕모, 애초에 최상위 신이란 직급은 네년 분수에 맞지 않았던 것이다."

치우가 서왕모의 가슴에 꽂힌 자신의 잘 벼린 손톱을 빼냈다. 서왕모의 옷자락이 붉게 물들었다. 그녀의 고개가 힘겹게 돌아가 감옥 안으로 향했다. 그녀의 눈동자가 경악과 혼란으로 잘게 흔들렸다.

"어떻게 이런 일이⋯⋯, 그럼 그동안 사라졌던 사령들이⋯⋯."

"어디 그뿐일 줄 아느냐."

그녀의 말에 치우가 코웃음 치며 손을 펼쳤다. 그의 펼친 손 아래로, 잘게 부서진 조각들이 어둠속에서 빛을 내며 서왕모의 코앞으로 흘러내렸다. 그것을 확인한 서왕모의 입에서 비명이 터져 나왔다.

"아, 아, 아⋯⋯ 희마아아아아아안!"

그것은 치우에게 붙잡혀 버린 희만의 부서진 영혼의 조각들이었다. 그녀가 덜덜 떨리는 손을 펼쳐 그것들을 손에 담으려 애썼다. 그 모습을 지켜보던 치우가 손바닥으로 얼굴을 가리며 조소를 터뜨렸다.

"이런 어리석은 계집 같으니라고. 약조는 지켰느니라. 내 수하가 영혼을 돌려준다 하였지, 하나 그것이 온전한 상태라고 약조한 적은 없으니."

가려진 손 사이로 보인 그의 검은 눈동자 두 쌍은 광기로 얼룩져 있었다. 꿈은 이것을 마지막으로 흐릿해지기 시작하더니, 이내 그들의 모습을 지워냈다.

꿈이 끝났음에도 바리는 여전히 이곳을 헤매고 있었다. 그렇게 얼마나 지났을까. 뭔가가 그녀 앞에 나타나기 시작했다.

처음엔 순백의 빛 조각들이었다. 바리 앞에 오롯이 모여들던 그것들은 이내 몸집을 부풀리더니, 사방팔방으로 빛 무리를 뿌리기 시작했다. 바리가 눈을 찌푸리길 잠시, 그 사이로 작은 무언가가 희미하게 보였다. 이윽고 모든 빛이 걷히고 나타난 것은 다름 아닌 태령이었다. 태령의 눈동자는 깊은 슬픔을 담고 있었다.

"이게 무슨 일인지요? 방금 제가 본 것은……?"

"네가 본 것은 서왕모의 기억의 편린이다. 그녀는 지금 상처 입은 몸을 이끌고 요지성궁에 가 있다."

바리는 이해가 되지 않았다. 방금 저가 본 것이 서왕모의 기억, 그녀의 과거라고? 말도 안 된다고 생각했다. 그렇다면, 자신은 무엇이 되는가. 그녀는 분명 자신에게 냉정히 말하지 않았던가? 자신의 부모는 희만과 인간 신녀였다고. 하지만 방금 그 환상은…….

바리의 생각을 짐작이라도 했는지, 태령의 입이 힘겹게 열렸다.

"미안하다. 서왕모로선 최선이었을 것이다."

"그, 그게 무슨 말씀이십니까? 그럼 서왕모가 제 어미라도 된다, 이 말씀이십니까?"

"그녀는 널 지키고 싶어 했던 것이니……. 부디 그녀를 용서해 다오."

"용서라니요!"

태령은 어찌하여 용서란 단어를 이리도 쉽게 입에 담는가. 결국 바리의 눈동자에서 눈물이 방울방울 떨어져 내렸다. 그녀는 치밀어 오르는 분기와 원통함을 참기 위해 입술을 깨물었다. 그녀의 입술이 금세 붉게 물들었다. 태령은 그 모습을 안타깝게 바라보면서도 곧바로 본론을 꺼냈다. 더는 한 시도 지체할 수 없다.

"아이야, 지금 내겐 시간이 없다. 나는 간신히 사념체로 네 꿈속에 나타난 것이니. 내 본체는 천계에서 단 한 발자국도 움직일 수 없다."

"……예?"

"나는 중립을 지켜야 하는 신. 원시천존의 또 다른 대리인. 세상이 어떻게 움직이든 나는 그것에 내 스스로 관여해선 아니 돼. 하지만, 그러기에 지금 세상은 너무 혼란스럽다. 율과 구화가 지상으로 올라갔지만, 그것은 본디 치우가 계획했던 것. 모든 것이 치우의 계획대로 움직이고 있다. 이대로라면 신들은 전멸하고 원시천존이 세우신 세상은 무너진다."

태령의 단언(斷言)에 바리의 입술이 덜덜 떨렸다. 짙은 탄식이 새어나왔다.

"아아, 율……!"

"지체할 시간이 없다. 내가 이리 널 찾아온 것은, 모든 것을 끝낼 이가 '너'뿐이기 때문이다."

"그것이 무슨 말씀이십니까?"

"이 세상에 단 하나뿐인 존재. 귀(鬼)와 인간, 그리고 신의 힘까지 지닌 너만이 모든 것을 저지할 수 있다. 아이야. 네가 할 수 있는 일을 생각해 내라. 너라면 할 수 있으니."

태령의 몸이 점차 흐릿해졌다. 태령이 자신의 몸을 내려다보며 절망적으로 읊조렸다.

"벌써 시간이 끝나가는 겐가……."

"태령님!"

바리가 급하게 태령의 몸을 잡아보려 했지만, 그녀의 손은 허공을 저을 뿐이었다. 태령이 고개를 저으며, 간절하게 내뱉었다.

"아이야, 내 신위(神位)를 기억하더냐? 꼭 기억해야 하느니라. 나는 서왕모와 함께 죽음을 관장하는 또 다른 신. 죽음은 모든 것의 끝이자 시작이니라."

태령이 말을 마치며 손을 펼쳤다. 그 위로 작은 빛 조각 몇 개가 어리더니, 곧장 바리에게로 날아갔다. 바리가 자신의 품으로 달려온 빛을 바라봤다. 태령이 마지막으로 사라지기 직전 속삭였다.

"……너의 잠재된 힘을 믿어라. 너는 서왕모의 유일한 아이이니라."

태령의 모습이 완전히 사라지자, 바리는 비로소 꿈에서 깨어났다. 태령이 그녀에게 보여주고자 한 것은 모두 끝이 났다. 바리는 여전히 움직이지 않는 육체를 느끼며 비탄에 빠졌다.

'도대체 내게 무엇을 바라신단 말이십니까?'

그 무엇보다 이대로는 신들이 전멸할 것이라는 그의 말이 그녀를 더욱더 절망스럽게 만들었다. 바리는 어떻게든 몸을 움직여 보려 했지만, 율의 술(術)에 걸려 손 하나 까딱할 수 없었다. 그녀가 움직일 수 있는 것은 오직 정신뿐이었다.

'안 돼. 이래선 안 돼.'

보아야 한다. 자신이 이곳에 갇혀 있던 사이 인간계가 어떻게 된 것인지. 이대로 율이 돌아올 순간만을 기다리며 눈과 뒤를 닫을 순 없다.

'제발, 제발……!'

바리는 스스로에게 속삭였다. 그토록 저주스럽던 귀신의 힘에게 간절히 애원했다.

'부탁이야. 제발 도와줘!'

그녀의 염원이 깊은 잠에 빠졌던 귀기(鬼氣)를 서서히 깨우기 시작했다. 심장에 얽매여 있던 기운이 지옥의 연못에 흘러들어 연못물과 점차 섞여갔다. 지옥의 연못은 본디 모든 지옥을 감시하고, 지하 밖의 세상을 비추는 거울. 바리의 염원에 연못은 세상을 비추는 거울이 되어, 그녀가 원하는 것을 보여주기 시작했다. 수많은 것들이 순식간에 몰아친다.

가장 먼저 보인 것은 곤륜산, 서왕모의 요지성궁이었다. 서왕모는 상처 입은 몸을 이끌고, 천계의 대라천이 보이는 신선 제단 위로 쓰러져 눈물을 흘리고 있었다.

"내가 도대체 무슨 짓을……! 아아……."

서왕모의 눈꼬리에서 흘러내리는 투명한 물방울들이 대지 위를 적시고, 이내 작은 개울이 되어 요지(瑤池)로 섞인다. 이는 흐르고 흘러, 곤륜산을 타고 내려와 인간계에까지 이어졌다.

그곳은 이미 아수라장이었다. 부활한 치우의 발짓 한 번에 땅 위의 모든 것이 쓸려 나가고, 그의 손짓 한 번에 지상으로 번개가 내리쳤다. 태양과 달의 만남으로 신력(神力)이 약해져야 함이 정상이지만, 치우는 마치 영향을 받지 않는 듯 보였다. 그로 인해, 구화는 이미 화마(火魔) 속에 쓰러져 있었고, 율은 중상을 입은 몸으로 치우와 맞서고 있었다. 강한 음기를 지닌 두 존재의 마찰에 대지가 비명을 지르며 찢겨나가고, 하늘이 거칠게 울렸다.

'율……!'

모든 것이 엉망진창이었다. 서왕모도, 치우도, 전쟁도, 모든 것이……. 그리고 짙은 화마 아래 짓밟힌 것은 이뿐만이 아니었다.

[살려줘…….]

[구해줘, 우릴 구해줘…….]

[싫어, 싫어……! 제발 명계로 보내줘!]

[제발 우리에게 안식을……, 자비를…….]

사령들은 그 누구라도 좋으니 제발 도와 달라 울었다. 그것들은 이내 보이지도 않을 바리에게로 도움의 손짓을 보냈다. 그만 쉬고 싶다는 그 애처로운 목소리가 어지럽게 울려 퍼졌다.

지독한 어둠이 바리를 감싼다. 태고의 어둠이자, 음습한 향을 진하게 지닌 어둠이었다. 움직이지 않는 몸 안에 갇힌 그녀의 정신 역시 아득해져 간다. 눈이 감긴다. 그러나 그럴수록 오히려 인간계의 모습은 더욱더 뚜렷하게 보이고 들린다. 그녀의 몸이 더, 더, 깊은 어둠 안으로 잠긴다.

모든 것이 어지럽게 뒤섞인다. 알고 보니 자신의 어미였던 서왕모, 부활해 인간계를 휩쓰는 치우와 온 힘을 다해 대치하고 있는 율, 그리고…… 그 모든 거대한 존재 아래 쓰러져 가는 한없이 약한 존재인 사령들. 이 모든 것이 바리를 어둠의 저편으로 이끈다. 급박하게 돌아가는 인간계의 모습을 바라보고 있음에도 그녀의 몸은 무거워져 전혀 움직이질 않는다. 지독한 어둠에 빠져 깊은 잠에 든 바리의 귓가에, 태령의 애절한 목소리가 울려 퍼진다.

"아이야. 네가 할 수 있는 일을 기억해 내라."

'내가 할 수 있는 일이 정녕 무엇이란 말인가.'

어둠 속에서 무언가가 그녀를 끝없는 어둠의 저편으로 더욱더 끌어당긴다. 그녀의 온몸을 결박한다.

……그녀가 깊은 어둠 속에서 다시 눈을 뜬 것은, 이로부터 수일이 지난 뒤였다.

비로소 어둠 속에서 눈 뜬 그녀는 더 이상 혼란과 방황 속에 잠겨 있지 않았다.

'나가야 해.'

이곳에서 나가야 한다. 더 이상 이곳에 갇혀 있으면 아니 된다. 어서 밖으로, 지상으로, 자신을 부르는 그곳으로, 자신이 해야 할 일이 있는 그곳으로 가야 한다.

그녀의 영혼에 잠재되어 있던 귀기(鬼氣)가 막고 있던 둑을 엎어내고 순식간에 해일처럼 밀려 나오기 시작했다. 붉은 기운이 그녀의 의지를 머금어 짙게 일렁였다. 잠자고 있던 그녀의 힘이 깨어나자, 붉은 기운은 이내 짙게 안개를 형성하며 바리의 몸을 둘러싼다.

그것은 순식간에 벌어진 일이었다.

파앗- 하는 소리와 함께 붉은빛이 백련 밖으로 나가기 위해 거칠게 요동쳤다. 마침내, 그녀의 힘을 이기지 못한 백련의 달혔던 꽃봉오리가 점차 열리기 시작했다.

백련이 개화한다. 한 잎, 두 잎…… 그리고 마지막 스물여섯 번째 잎까지 활짝 열린다. 백련이 만개하고 그 속에 숨겨졌던 바리의 몸이 허공에 두둥실 떠올랐다.

연못을 지키던 제균은 갑작스레 일어나는 일에 당황했다. 그는 곧 신력을 끌어올려 바리를 붙잡기 위해 그녀에게로 쏘아 보냈다. 그러나 신력은 바리를 감싼 붉은 귀기(鬼氣)에 막혀 흩어져 버렸다.

"이, 이게…… 갑자기 무슨 일인 게지?"

제균이 어리둥절하는 사이, 바리의 감겼던 두 눈이 점차 떠졌다. 활짝 열린 눈꺼풀 사이로 보이는 것은, 어둠 속에서 별을 담은 흑안(黑眼)과 그 어느 때보다도 붉게 물든 귀안(鬼眼)이었다.

바리가 가벼운 발걸음으로 물 위를 밟고 지옥의 연못 밖으로 내려왔다.

"바, 바리야."

당황한 제균이 바리를 불렀다. 설마 저 스스로 백련에서 나온 것인가.

"시간이 없어."

"시간이 없다니?"

"가야 해."

"어딜? 설마 지상으로 가려는 게냐? 그리는 안 된다! 그곳은 전쟁터야. 가봤자 방해만 될 거라고!"

제균이 바리의 앞을 막아섰다. 육척이 넘는 제균의 큰 키가 바리의 앞을 모두 가렸다. 그러나 바리는 아랑곳않고 왼손을 펼쳤다. 왼손 안엔 있던 것은 여덟 개의 작은 빛 구슬. 새근새근 잠자고 있던 그것들이 곧 오랜 잠에서 깨어나 천천히 날갯짓을 하기 시작했다.

"이, 이것은……?"

제균이 여덟 개의 작은 사령을 바라보며 말을 더듬었다.

여덟 개의 사령은 바리의 주변을 빙 돌기 시작하더니 이내 그녀의 앞에서 제 모습을 갖추기 시작했다. 바리가 애틋한 눈빛으로 그것들을 바라보며 중얼거렸다.

"……내 아버지의 팔마(八馬)다."

흙을 밟지 않을 정도로 빠른 '절지', 새를 추월하는 '번우', 하룻밤에 천리(千里)를 달리는 '분소', 자신의 그림자조차 추월하는 '월영', 빛보다 따른 '유휘'와 '초광', 구름을 타고 달리는 '등무', 마지막으로 날개가 있는 '협익'.

모두 주나라 목왕이었던 희만이 아꼈던 명마(名馬)들이고, 태령의 손에서 주인을 찾기 위해 잠들었다 비로소 그 딸에게로 돌아온 영혼들이었다.

바리가 손을 들어 자신의 앞에 서 있는 협익의 등을 부드럽게 쓰다듬었다. 그 손길에 협익이 날개를 펼치고는 얼굴을 바리의 가슴께에 비벼댔다.

"타라는 것이니?"

바리의 물음에 협익이 푸르릉거리며 고개를 끄덕였다. 바리는 지체 없이 협익의 등 위로 올라탔다.

"바리야! 가면 아니 된다!"

"아니. 꼭 가야 돼, 제균."

일말의 여지가 없어 보이는 바리의 모습에 말문이 막혀 버린 제균이 결국 깊은 한숨을 내쉬며 머리를 털었다. 저렇게 고집부리는 바리는 그 누구도 막아낼 재간이 없을 터였다.

"아, 제길! 그럼 나도 같이 가!"

"그럼 먼저 아비옥으로 가자."

"거긴 왜!"

바리의 눈동자가 짙게 변했다.

"확인해야 할 것이 있어. 협익, 지옥으로 내려가자."

협익의 말발굽이 멈추자, 바리가 가벼운 몸놀림으로 협익의 등에서 내려왔다. 아비옥은 이미 활짝 열려 있었다. 그녀가 아비옥의 깊은 곳에 위치한 감옥으로 걸어 들어갔다.

치우를 가뒀던 철장 주변 바닥엔 작은 빛 덩이 수 개가 떨어져 있었다. 그것들은 치우에게 희생된 사령들로, 치우에게 모든 힘을 빼앗겨 버린 뒤다.

"……가엾은 것."

치우로 인해 예정되지 않은 죽음을 맞고, 또 안식조차 찾을 수 없는 불쌍한 영혼들. 바리의 시선이 천천히 굳게 닫혀 있는 철장 너머로 돌아갔다. 짙은 어둠 속에서 그녀의 붉은 눈동자가 도드라졌다.

예상은 확신이 되었다. 그녀는 어찌하여 치우만이 지상에서 제 본위의 힘을 낼 수 있는지에 대한 답을 찾아냈다.

"역시……."

"뭐라도 알아낸 게냐?"

"응. 이제 그만…… 아니, 잠깐만."

순간 바리의 시선이 한 지점에서 멈칫했다. 그녀의 눈동자가 잘게 흔들렸다. 그녀가 철창 앞에 다가가 무릎을 꿇었다. 그리곤 손을 뻗어, 생기를 잃어 바싹 말라 버린 작은 조각 하나를 주워 들었다. 산산이 부서진 영혼의 파편이었다.

눈가가 파르르 떨렸다. 비로소 확실해졌다. 자신이 해야 할 일을 이제야 알 것 같았다. 바리가 영혼의 파편을 소중히 품에 안았다.

"이제 됐어. 지상으로 올라간다."

바리가 천천히 몸을 일으켰다. 제균을 돌아보는 그녀의 눈동자가 확신을 품고 오롯이 빛나고 있었다.

제 十一 장

화마(火魔)의 끝

　태양이 달에 가려 그 빛을 잃고 어둠만이 가득하니, 세계의
질서가 무너지고 그 속에서 안타까운 신음만이 가득 차올랐다.
낮이자 밤이 된 경계 없는 하늘 아래. 서왕모조차 목숨을 채 취
할 수 없었다던, 전설의 무용을 자랑하는 치우가 속박에서 벗어
나 지상을 밟았다. 치우는 그동안 억눌렀던 제 포악한 성정을 드
러내며 거침없이 신들을 쓸어내기 시작했다.

　그의 발 아래로 대지가 갈라지고, 그의 손톱에 날카로운 소용
돌이가 몰아치고, 그의 포효에는 천둥이 울러 퍼졌다. 치우에게
대적하고자 했던 이들이 힘없이 무너져 내렸다.

　"큭."

　치우의 힘에 밀려난 율이 잠시 거친 호흡을 골랐다. 그의 온몸
엔 고된 전투의 흔적을 증명하듯 자상(刺傷)이 가득했다. 천문이

역행하는 바람에 신력이 제어되어 본래의 힘을 다 운용할 수가 없었다. 이런 지상 위에서 힘을 다 발휘하는 것은 오직 치우뿐이다.

신들 사이에서도 전장의 왕이라 불리던 치우. 율이 마지막을 직감하며 대지에 검을 박고 다시 몸을 일으키려 할 때였다. 대지 위의 사령들이 무언가를 직감하며 속삭였다.

[온다. 오고 있어. 이곳으로 오고 있어!]

'……무엇이?'

이 절망적인 전쟁 속으로 그 누가 온단 말인가. 땅의 깊숙한 곳에서부터 울림이 퍼져 나온다. 무언가가 빠르게 지하 밖으로 올라오고 있었다. 지상 아래의 곳은 명계와 지옥. 그곳에 남아 있는 이는 바리밖에 없다.

'그럴 리가 없다.'

율은 부정했다. 그녀는 이곳에 올 수도 없고, 이곳에 와서도 아니 됐다. 그러나 그는 대지를 가르고 나타난 존재에 분노를 터뜨릴 수밖에 없었다.

"바리!"

바리를 태운 날개 달린 검은 흑마가 대지를 밟으며 가볍게 내려섰다. 히이잉! 협익의 울음소리가 화마에 쓸린 전쟁 속에서 울려 퍼졌다. 바리가 협익을 타고 재빨리 율의 앞으로 날아왔다.

"율!"

율은 제 품 속으로 파고드는 바리의 체온을 느끼기도 전에, 분노와 두려움을 느꼈다. 그가 제 목숨을 바치더라도, 치우에게서 연인을 지킬 수 없음을 알기 때문이다. 율이 바리의 팔을 잡아당겼다.

"바리! 네 어찌……!"

분명 그녀를 잠재우고, 그로도 모자라 백련 속에 봉인했는데!

바리는 율의 분노를 직면함에도 불구하고 그가 무사함에 깊이 안도했다. 그녀가 그의 얼굴을 매만졌다. 오랜 전쟁 속에서 누적된 피로와 상처로 그의 얼굴은 까칠했다. 바리가 부드럽지만 단호한 목소리로 속삭였다.

"율. 해야 할 일이 있어서 왔어요."

"네가 이곳에서 할 수 있는 일은 없다."

그렇다고 이젠 바리에게 돌아가라 말할 수도 없었다. 이미 치우는 그녀가 지상으로 나온 것을 눈치챘다. 어딘가에서 대기를 타고 흘러드는 그녀의 냄새에 치우가 눈을 가늘게 떴다.

"……이 역겨운 냄새."

서왕모와 비슷한……. 치우의 잇새로 짐승의 소리가 새어나온다. 그의 손에 힘이 들어가기 시작했다.

"어디에 있는 것이냐! 계집!"

율이 재빨리 바리를 자신의 뒤로 숨기기 위해 몸을 일으키려 했다. 바리가 그런 그의 손을 붙잡았다.

"잠시만 기다려 줘요. 당신이 해야 할 일은 따로 있어요."

"헛소리! 네 목숨보다 중요한 것은 없다. 내가 막아낼 테니, 그 사이 넌 어서 몸을 피해야 한다."

"안 돼요. 그럴 순 없어요."

"바리!"

다급한 율에게서 노성이 터져 나왔다. 바리는 잠시 치우를 흘 낏 돌아봤다. 분노로 온몸을 떠는 치우의 모습이 보였다. 그는 유일하게 자신이 서왕모의 딸인 것을 본능적으로 알아챘다. 그 만큼 서왕모를 미워하고, 저주하는 것이겠지. 어디서부터 엉킨 것인지 모를 악연의 고리. 그 억겁의 세월을 이젠 정말로 끊어낼 때가 되었다.

바리는 다시 율에게로 고개를 돌렸다.

"잘 들어요. 치우가 지상에서 모든 힘을 발휘한 것은, 치우의 육체를 사령이 구성하고 있기 때문입니다. 치우는 지금 완벽하게 현신(現身)한 것이 아닙니다. 그의 육체는…… 지옥의 아비옥에 여 전히 갇혀 있어요. 나온 것은 그의 영혼뿐. 그것은 제가 이혼(離 魂)했던 것과 같은 이치겠지요."

바리는 지옥의 연못을 통해 보았던 사령들을 떠올렸다. 수백, 수천, 아니, 수만의 영혼들이 자신에게 손을 벌리는데, 그 영혼 들의 모습은 그 어디에도 보이지 않았다. 그들은 어디에 있는가. 어디서 그리도 자신을 부르는가.

꿈속에서 보았던 서왕모의 기억이 스쳐간다. 서왕모는 치우의 철창을 열어준 적이 없다. 그럼에도 치우는 철창 밖으로 나와 서 왕모를 공격했다. 치우의 손톱에 가슴이 뚫려 쓰러진 그녀는 철 창 속의 무언가를 보며 놀라했다.

"……어떻게 이런 일이……, 그럼 그동안 사라졌던 사령들이……"

바리는 아비옥에 가서야 비로소 치우가 사령들을 통해 새로운 육신을 만들어냈음을 확신했다. 치우를 가두던 철창의 문은 여전히 굳건히 닫혀 있었다. 감옥 속에 잠들어 있는 치우의 육체. 그리고…… 그 밑에 쓰러져 있던 수많은 사령들.

그들은 어찌하여 인간의 영혼을 모았는가. 어찌하여 해와 달을 하늘에 동시에 띄웠는가. 천문의 역행으로 음기가 강해지니, 이로 인해 사령들의 힘 역시 강해졌다. 치우는 그것을 이용해 수천, 수만의 사령을 모아 아비옥으로 이끈 것이다. 음기를 통해 하늘의 눈을 가리고, 약해진 서왕모의 힘을 피해 이혼(離魂)함으로써 그의 영혼은 밖으로 나왔고, 사령들을 모아 영혼을 받들 육체를 만들었다.

그동안에 있었던 모든 일이 이제야 아귀가 딱딱 맞아 떨어졌다. 그랬기에 태령의 말대로, 모든 일을 원상태로 돌릴 수 있는 이는 자신밖에 없었다. 자신이 가진 것은 귀(鬼)의 힘. 오히려 하늘에 가득 찬 음기로 인해 제 힘은 평소보다 수 배는 강해진 터다.

"……그러니, 제가 치우의 육체를 무너뜨릴 테니, 당신은 그 틈에 치우의 영혼을 베세요."

강제로 이혼(離魂)한 부작용이 분명 존재할 터. 어쩌면 영혼에 가해진 충격으로 인해, 육체와의 연결고리가 끊겨 치우는 그대로 소멸할지도 모른다. 바리가 품속에서 작은 영혼 하나를 꺼내들어 율에게 건넸다.

"빛보다 빠르다는 '초광'입니다. 이 아이가 당신을 안전하게 태워 치우에게로 가줄 겁니다."

바리가 율의 뒤에서 나와 치우를 정면으로 바라봤다. 과연 그 명성답게 시선을 마주하는 것만으로도 고통스러웠지만, 그녀는 눈을 피하지 않고 꿋꿋이 버텼다. 뒤따라 율이 몸을 일으켜 세웠다.

"안 돼. 무리다. 제발 부탁이니 몸을 피하거라."

"율, 제발요. 저도 압니다. 저 혼자서는 당연 무리겠지요. 하나 걱정하지 마세요. 치우에게 흡수당한 사령들을 다시 본래의 순리로 되돌리는 것은 다른 이가 할 겁니다."

그들의 대화는 치우의 노성으로 끊어졌다.

"쥐새끼처럼 도대체 어디에 숨은 거냐! 이 서왕모의 냄새를 가진 년아! 분명 가까이에서 느껴지는데!"

그가 주변을 둘러보며 대지 위로 발을 쿵쿵 굴렀다. 그로 인해 온 대지가 울리고, 번개가 바리와 율 주변에 내리꽂혔다. 율이 재빨리 검을 들어 바리 앞을 지나가는 번개를 베어냈다. '콰쾅!' 하는 굉음이 지축을 뒤흔들었다.

"이젠 모든 것을 마무리할 때입니다. 뒤를 부탁드릴게요."

바리가 다급한 목소리로 간절히 부탁했다. 더는 시간이 없었다. 율은 결정을 내려야만 했다.

"하, 정말이지……. 대신 절대 다쳐선 아니 된다."

"걱정 마셔요."

그를 향해 작게 웃어준 바리의 표정엔 어느새 결연함이 깃들어 있었다. 그녀는 사랑하는 이들을 위해 사념체의 모습으로 자신의 꿈속에 나타난 신을 생각했다. 자신의 신위(神位)를 기억하라고 당부하던 그. 과거에 한 번 보았던 행위.

"태을구조천존."

바리가 예전 명계에서 포사가 간절히 입에 담았던 그 이름을 입안에 머금었다. 인간과 귀(鬼)만이 부를 수 있는 존재. 죽음의 고통 속에서 그의 이름을 열 번 외치면 나타난다는 천계의 신.

"절대로 네 뜻대로 되진 않을 것이다, 계집!"

한 번의 부름이 둘이 되고, 셋이 되어가려던 찰나였다. 이상한 낌새를 눈치챈 여요괴가 바리에게 달려들었다. 율이 재빨리 그녀 앞에 서 요괴를 막아섰다. '챙!' 하는 날카로운 쇳소리와 함께 요괴의 몸이 튕겨졌다.

"네놈!"

"율!"

"네 상대는 나다. 바리, 넌 원하는 바를 이루라. 네 앞을 가로막는 자, 그 누구도 살려두지 않으리."

율의 주변에 검은 기운이 휘몰아치며 검날이 시린 빛을 발했다. 그리고 요괴와 율의 신형이 부딪쳤다. 치우의 번개와 요괴의 맹공격을 믹아내는 율을 지켜보던 바리는 이를 악물었다. 자신의 일을 마저 끝내야했다.

"태을구조천존. 태을구조천존…… 태을구조천존."

절망의 끝에서 누군가가 기대에 찬 목소리로 '설마'라며 중얼거렸다.

"정말로 중립을 지켜야 하는 그를 인간계에 불러내려는 건가?"

율의 보호 끝에 부름은 마침내 아홉 번을 지났다. 이제 남은 것은 단 한 번. 율이 여요괴의 가슴에 검을 박는 순간, 바리가 마지막으로 신의 이름을 입에 담았다.

"태을구조천존!"

바리의 말이 끝남과 동시에, 불타 버린 대지 위로 새하얀 빛이 터져 나와 어둡게 가라앉은 전쟁터 곳곳에 퍼져 나갔다. 눈이 멀 것 같은 순백의 빛의 향연에 요괴들이 눈을 찌푸리며 고통스러움을 토해냈다.

"으, 으아악! 이게 뭐야!"

"몸이 타들어가는 것 같아!"

빛이 사라지고, 그 속에서 드러난 이는 아홉 머리의 사자 등 위에 연화좌를 깔고 올라탄 작은 남아. 그러나 그는 서왕모와 마찬가지로 세상을 수호하는 천계의 최상위 신이었다.

신수의 아홉 머리가 제각기 다른 방향을 향해 입에서 사나운 불을 토해냈다. 그것들의 포효가 치우의 그것보다도 더욱 크게 대지를 흔든다.

"크아아아앙!"

누군가가 그를 보며 환호를 터뜨렸다.

"태을구조천존이다. 원시천존의 또 다른 대리인! 그가, 그가 나타났어!"

태령이 신수 위에서 내려와 바리 앞으로 다가갔다.

"내 신위(神位)를 기억해 냈느냐?"

바리가 작게 고개를 끄덕였다.

"나를 불러낸 아이야, 원하는 것을 말해보라."

태령의 얼굴은 평온해 보였으며, 또 한편으론 바리가 할 대답을 기대하고 있는 듯 보였다. 바리는 그의 신위(神位)와 그가 가진 힘을 떠올렸다.

그는 지하에 떨어진 인간을 구제하는 지옥사면권을 지닌 신. 죽은 이에게 생명을 다시 부여하여 반혼(返魂)을 행하는 신. 마지막으로 서왕모와 함께 죽음을 다스리는 신이기도 했다.

"……태령님은 생명을 돌려주고, 또한 그 생명을 거두는 신. 죽음을 다스리는 또 하나의 신이시여. 반혼이 가능하다면, 순리에 맞춰 혼을 있어야 할 곳으로 돌리는 것도 가능할 터. 하여 부탁드립니다. 치우에게 붙잡혀 강제로 이승에 남은 저 가엾은 이들에게 온전한 죽음을 선사해 주십시오."

바리의 대답에 태령의 얼굴이 환해졌다. 아이는 이 혼란 속에서도 헤매지 않고 올바른 답변을 찾아냈다. 그것이 기특하고, 또 고마웠다.

"좋다."

태령의 몸이 빛에 휩싸인다. 가득 찬 신성이 그의 주변으로 뿜어져 나온다. 마침내 빛 속에서 그의 모습이 보이기 시작하자, 바리의 눈동자가 커져갔다. 어린아이 같았던 몸이 순식간에 성장해 온연한 장정(壯丁)의 모습을 하고 있었다.

그가 부드럽게 미소를 지으며 그녀에게로 손을 뻗었다. 그 손엔 서천화원에서만 핀다던 하얀 국화 한 송이가 들려 있었다.

"아이야, 그럼 네가 해야 할 일이 무엇인지 알겠느냐?"

바리의 시선이 치우에게로 향했다. 수많은 사령들이 치우에게 붙잡혀 울고 있었다. 그것을 바라보던 바리의 눈동자가 어느새 강한 심지를 품었다.

"네. 제가 완전한 죽음을 부여받은 사령들을 명계로 이끌겠습니다. 지상과 지하를 잇는 길이 되겠습니다."

이것이 태령이 자신밖에 할 수 없다고 말한 또 다른 이유였다. 사령을 안타깝게 여기고, 그들을 위로하며 또한 이끌 수 있는 존재는 반인반귀인 자신뿐이다.

태령은 만족스러운 모습으로 고개를 끄덕였다. 이제 모든 것을 순리대로 돌릴 수 있다.

"네가 원하는 것을 들어주겠노라."

그의 말이 끝남과 동시에, 바리가 태령에게서 전해 받은 국화의 꽃잎이 허공으로 날아간다. 국화꽃잎은 대기 중에 너울너울 날아 바리의 곁을 휘감고, 나아가 바람을 타고 온 사방으로 퍼졌다. 고작 한 송이의 국화에 불과했던 그것은 어느덧 수백만의 국화가 되어 꽃비를 내렸다. 전장 곳곳에서 휘날리는 하얀 꽃잎 사이로 태령의 목소리가 울려 퍼진다.

"가거라."

바리가 결연한 눈빛으로 치우에게로 향했다. 꽃잎은 치우의 곁에서도 맴돌고 있었다. 내리는 꽃비를 맞은 치우는 고통스런 신음을 내뱉었다.

"으으윽……!"

꽃잎들은 치우의 몸을 녹였다. 치우에게 흡수되어 거대한 육체를 구성하던 사령들이 하나하나 그에게서 떨어져 나오기 시작한다. 꽃비가 바람에 날려 휘몰아친다. 죽음의 숨결을 담은 국화 꽃잎 아래로, 강한 신성이 대기를 에워싼다. 결국 그 속에서 치우의 비명이 하늘을 찢을 듯이 울려 퍼지고, 그의 몸을 둘러싼 사령들이 뿔뿔이 흩어졌다.

"안 돼에에에!"

길 잃은 사령들이 허공을 맴돌며 슬픈 귀곡성(鬼哭聲)을 내뱉었다.

[도와줘, 도와줘.]

[이제 그만 우리에게 안식을…….]

[돌아가고 싶어…….]

어디로 가야 할지도 모른 채, 그저 애처롭게 울어대는 사령들. 그들은 이내 음기로 가득 차오른 달의 힘을 받아 생전의 모습을 형성시켰다. 요괴의 발길 아래 무참히 쓰러졌던 그 당시의 상처 입은 모습으로, 그들은 자신들을 도와줄 '누군가'를 향해 손을 뻗었다. 그들을 둘러싼 죽음의 향기가 바리에게로 넘실넘실 다가온다.

폐허가 된 대지 위로 붉은 강이 흐르고, 그 위를 수많은 사령들이 떠돈다. 그 모습은 바리의 마음 깊숙하게 가라앉은 오래된 한 기억을 또다시 들춰냈다.

강자의 무자비한 폭력에 힘없이 쓰러져 간 마을 사람들. 그들은 갑작스런 죽음에 본디 가야 할 길을 잃고 구슬피 울었다. 더 이상 살아 있는 존재가 아니 된 사령이 되어서야, 죽음을 볼 수 있는 자신에게로 달려들어 매달렸다. 그녀의 귀안(鬼眼)을 두려워하고 경멸했던 그들이, 그 앞에서 슬픔을 노래하며 손을 뻗었었다.

그때 자신은 어찌 했더라? 아아, 그래, 그때는 그저 괴롭고 슬퍼서 눈물만 흘렸더랬지. 아무것도 할 수 없는 자신의 무능력함을 원망했더랬지…….

어쩌면 이 모든 것이 자신의 운명인지도 모른다. 이치를 어긴 존재로 태어나 원치 않은 힘을 가졌다. 그때는 그것을 원망하고 회피하기에 급급했는데……. 그것을 인정하는 데 너무 오랜 시간이 걸렸다.

귀(鬼)의 힘을 타고난 그 순간부터, 사령들과 자신은 떼어낼 수 없는 운명이자 동반자로 예견된 것이다.

'아아, 어찌 이리 사랑스러운가. 어찌도 이리 안타까운가…….'

바리가 자신의 온몸을 휘감은 사령들을 향해 손을 뻗었다. 사령들이 자신을 떼어낼까 불안해하며 애처롭게 몸을 떠는 그 사이, 바리는 오히려 그들의 몸을 부드러운 손길로 매만졌다.

"걱정 마라. 더 이상 너희들을 내치지 않을 것이니."

예상치도 못한 바리의 말에 사령들이 놀라 바리를 올려다봤다. 이미 수백의 영혼이 뭉쳐진 그것들은 흡사 검은 안개가 되어 그 형태조차 구분이 제대로 되지 않건만, 바리는 그것을 사랑스럽게 바라보고 있었다.

[정…… 말로?]

바리의 눈꼬리가 곱게 휘었다. 그녀는 더 이상 그들을 거부하지 않을 것이었다.

"그렇대도."

바리의 반쪽자리 귀안(鬼眼)이 진홍의 불빛처럼 반짝이며 힘을 머금기 시작한다. 그 어느 때보다도 붉었으나 투명했고, 또한 그 깊이는 가늠하지 못할 정도로 깊었다. 사령들은 처음으로 그들을 바라보는 바리의 눈동자에서 어미의 품과도 같은 따스함을 느꼈다.

바리의 제어에서 풀려난 귀기(鬼氣)가 붉은 안개를 형성하며 그녀의 주변으로 새어나온다. 그것은 곧 그녀의 품속에서부터 퍼져 나와 사령들 사이를 부드럽고도 포근히 매만지며 그들을 품었다.

[아아. 따뜻해…….]

그녀는 자신의 몸속에 가득 차오른 귀(鬼)의 힘을 느꼈다. 하늘에 뜬 만월이 그 어느 때보다도 깊고도 짙은 음기를 통해 자신에게 힘을 실어주고 있었다. 그녀가 뿜어내는 붉은 기운이 폐허가 된 대지 위로 내려앉았다. 귀기(鬼氣)가 일렁였다. 지하로 내려앉은 명계의 기운이 바리의 부름에 반응하여 지상으로 올라왔다. 곧 그것들은 바리의 발아래로부터 시작되어 지상과 지하를 잇는 길을 만들어냈다. 바로 사령들을 명계로 이끌어줄 영로(靈路)였다.

마지막으로 바리는 주변을 훑었다. 치우는 갑작스레 흩어져 버린 육체로 인해 힘을 잃고 고통 속에서 분노를 터뜨리고 있었다.

이 모든 일을 벌인 장본인. 그로 인해 모두가 슬픔을 겪었다. 자신도, 율도, 구화도, 태령도, 수많은 사령들도, 그리고…… 자신의 부모님도.

이내 바리와 율의 시선이 마주쳤다. 바리가 그를 향해 작게 미소를 지으며 고개를 끄덕였다. 이제 정말로 모든 것을 끝낼 때가 되었다.

바리는 자신의 품속에 안긴 사령들의 존재를 느꼈다. 이미 죽어 육체가 없음에도 그들이 따스하다 느껴지는 것은 괜한 생각일까.

바리가 사령들을 향해 두 팔을 벌렸다.

"자아, 이제 나와 함께 가자꾸나. 내가 그대들과 함께하겠느니."

그녀의 말이 끝남과 동시에, 그녀 주변으로 붉은 기운이 요동친다. 내재되어 있던 모든 힘이 일제히 터져 나온다. 귀곡성이 울려 퍼지는 죽음의 땅 위로, 청아하고도 애절한 목소리가 내려앉는다.

넋이야- 하아- 아- 넋이로다
이 망자씨 이제 가시면 언제 와요
오만 날을 일러 주시오 애처런 인간의 명세로구나
삼천벽도 요지연으 숙낭자를 보러 갔소
표진강 숙행이는 때도 못 찾나봐 지리산 포숭가 봐
어느 때나 대씨기와 구공은 청담회포를 풀을까

넋이오 넋이로다 원와진생으 무별령 넋이 열령

에-심심삼캐는 옥호강 염심불사 물색상 아지매 염주 법개강허고

외성의 무불가 평등사 나무 화척의 간고 서방 대교조

이-무량수 여래불 극락세계 사십팔원 중생

넋이요 넋이요 넋이로다.

힘이 폭주한다. 붉은 기운이 대지와 하늘 곳곳으로 퍼져 나간
다. 바리는 영로(靈路)의 맨 앞에 서 사령들의 길잡이가 되었다.
그 뒤로 갈 길을 잃어 방황하던 사령들이 일제히 그녀를 따라나
섰다. 명계로 향하는 길. 마지막으로 지상을 훑던 바리의 눈동자
가 크게 떠졌다.

'……어머니?'

저 멀리 보이는 곤륜산의 정상, 서왕모가 있는 요지성궁에서
신성을 품은 화살 하나가 빠르게 달을 향해 날아갔다. 신성이 달
에 꽂히며 달에 균열을 만들었다. 이내 달엔 금이 가기 시작하더
니 순식간에 무너져 내리기 시작한다.

하늘이 본래의 천문(天文)에 순행하며 원래대로 돌아간다. 달
에 가린 태양이 제 힘을 발휘하며, 하늘을 가득 채웠던 음기를
밀어낸다. 지금은 태양의 시간. 태양이 품은 양기가 대지 위로
내리쬐니, 신들의 억제된 신력(神力)이 돌아오기 시작했다.

율이 초광을 타고 빠르게 치우에게로 달려갔다. 그의 등 뒤로
는 서왕모가 달을 부숨과 동시에 내려보낸, 영웅을 수호하고 그
들을 승리로 이끈다는 구천현녀가 그를 호위하고 있었다. 치우의

가슴을 향해 달려가는 그의 검이 태양의 빛을 받아 수많은 역광을 뿜어내며 반짝였다.

"율!"

결(結)

　길고 길었던 신들의 전쟁이 드디어 종말을 고했다. 전장의 왕
이라 칭송받았던 치우는, 이날 염라대제의 칼날 아래 영혼이 조
각나 영원한 죽음을 맞이하게 되었다. 남은 것이라고는 아비옥
안에 여전히 갇혀 있는 영혼 잃은 육체뿐이었다.

　인위로 만들어졌던 달이 부서지고, 신력이 돌아온 신들은 서
왕모의 비호 아래 치우의 싸울아비들을 완전히 섬멸하였다.

　서왕모는 비록 치우의 간악한 술수에 말려들었다고는 하나,
제 직책을 잊고 그를 도운 죄로 스스로 벌을 요청하였다. 결국
또 다른 천계의 최상위 신인 태을구조천존께서 강림하시어 서왕
모에게 벌을 내리셨으니, 이는 평범한 인간이 되어 인간계에서
백 년의 시간을 보내라는 형벌이었다.

　마지막으로 서왕모의 딸로 밝혀진 반인반귀(半人半鬼) 여인은,

전장에서 세운 그 공로를 인정받아 신의 직위를 수여받게 되었다.

태을구조천존께서 친히 그녀를 앞에 두고 '혹여, 마음에 담아 놓은 신위(神位)라도 있더냐?' 물으시니, 그녀가 입가에 고운 미소를 띠우며 대답하였더라.

"네, 저는⋯⋯."

❀

제사상을 앞에 두고, 여신에게 굿의 시작을 알리기 위한 무악(舞樂)이 울려 퍼지기 시작했다. 붉은 무복(巫服)을 차려입은 여인이 오른손엔 삼불제석(三佛祭釋)이 그려진 부채를 들고, 왼손엔 신령한 방울을 들고 빠르게 춤을 춘다. 이윽고 그녀의 입에서 여신을 부르는 오구굿의 사령가(死靈歌)가 흘러나온다.

나는 너를 버렸는데
너는 나를 찾았도다.
나는 너를 죽였는데
너는 나를 살렸도다.
나는 부모 아니건만
너는 자식이로구나.
나는 임금 못 되건만
너는 백성이로구나.

나는 사람 아니건만

너는 사람이로구나.

나는 한때 살건만

너는 영원히 살겠구나.

나는 이승 왕이지만

너는 저승까지 왕이구나.[5]

　무당이 제사상 앞을 빙빙 돌더니 이내 춤을 멈추고 그 앞으로 몸을 숙여 엎드렸다. 원통하게 죽은 아이의 옷을 이용해 만든 매듭을 천천히 풀어내며 여신의 강림을 기원했다.

　"여신이여. 바라건대, 제발 이 길 잃은 불쌍한 영혼을 안타깝게 여기시어, 사령(死靈)을 거두어 저승으로 인도해 주시옵소서."

　굿판 주변에는 수많은 인파가 몰려 있었다. 그 사이에 껴 굿을 구경하던 한 아낙이, 옆의 아낙에게 속닥거렸다.

　"이게 무슨 굿이길래 이리 요란스러운가?"

　"왜, 그 염씨네 장남이 억울하게 물에 빠져 죽지 않았으이. 그 아이가 원통함에 저승으로 가지 못하고, 자꾸 제 어미 꿈속에 나타난다 하여 이리 굿을 하는 것이 아니던가."

　아이는 몰려 있는 사람들 속에서 어미를 찾았지만, 아무리 찾

---

5) 사령(死靈)굿에서 구연되는 '바리공주' 서사 무가. 무조전설(巫祖傳說)이라고도 칭하며, 오구굿, 지노귀굿 등의 무속 의식에서 구연된다.

아도 그녀가 보이지 않았다. 더군다나 사람들이 이리도 많은데 아무도 자신의 존재를 눈치채지 못하고 있었다. 벌써 며칠을 이러고 있는지 모르겠다. 엄습해 오는 불안감과 두려움에 아이의 눈에 눈물이 가득 차올랐다. 이곳은 너무 어둡고 추웠으며 또한 무서웠다.

[흑흑…… 엄마 무서워.]

제발 누구라도 좋으니 자신을 봐주길……. 아이가 염원을 하고 있을 때였다. 투명한 나비가 어디선가 날아와 그의 눈앞에서 어른거렸다. 이윽고 누군가가 그의 어깨를 부드럽게 감싸 안았다. 그 포근함에 아이의 고개가 위로 들렸다. 흑안(黑眼)과 홍안(紅眼)을 각각 지닌 아름다운 여인이 그를 향해 미소를 짓고 있었다.

"아이야. 나랑 같이 가지 않으련?"

마음에 가득 찼던 두려움이 눈 녹은 듯 사라져 간다. 아이는 본능적으로 여인의 손길에 경계를 늦추고, 그 속에서 안식을 찾아갔다. 아이가 고개를 끄덕이자, 여인이 그를 향해 손을 뻗었다. 아이는 그 손을 마치 구명줄인 양 꼭 붙잡았다. 그러자 그녀와 그의 발밑으로 빛으로 가득 찬 길이 생겨나기 시작했다. 길은 땅거미 너머 지하로 향하고 있었다. 여인이 아이의 손을 잡고 그 길을 걸어갔다.

마침내 여인의 발걸음이 멈춰 섰다. 사방이 어둠으로 가득 찬 그곳에서, 여인이 한 곳을 손가락으로 가리켰다. 아이의 시선이 그녀의 손가락을 따라갔다. 그 끝엔 마치 어머니의 뱃속에 들어

온 것처럼 포근한 안식을 주는 공간이 펼쳐져 있었다.

"이곳이 바로 명계란다."

아이는 그제야 자신의 죽음을 깨달았다. 아이가 순진한 눈망울로 여인을 바라보며 물었다.

[당신은 누구인가요?]

아이의 질문에 여인의 눈매가 곱게 휘었다.

"나는 사령(死靈)을 위로하고 그들을 명계로 이끄는 무조신(巫祖神)[6], 바리란다. 자아, 아이야. 이제는 그만 그 고단한 삶을 쉬어도 된단다. 어서 가보렴."

여신의 대답에 아이가 활짝 웃으며 명계로 달려 들어갔다. 명계를 가득 채운 어둠이 아이를 환영하며 포근하게 감싸 안는다.

홀로 남은 여신이 천천히 명계로 걸어 들어가자, 입구 앞에 누군가가 그녀를 기다리고 서 있었다. 멀리서도 확연히 구분되는 그의 모습에 여신의 입가에 미소가 어렸다. 그가 그녀를 향해 두 팔을 펼치자, 여인의 발걸음이 점차 빨라졌다. 마침내 제 품에 안착한 여인을 그가 강인한 두 팔로 강하게 끌어안았다.

"율."

"어서 와라, 바리. 나의 여인, 나의 여신아."

---

6) 무조신(巫祖神): 무당의 조상이나 시조로 여겨지는 신. 바리공주는 사령(死靈)을 통제하며, 죽음이란 현상을 관장하는 신이다.

"혹여, 마음에 담아놓은 신위(神位)라도 있더냐?"

"네, 저는 죽은 사람의 영혼을 위로하고 저승으로 인도하는 이가 되고자 하옵니다."

〈終〉

— 외전(外傳) —

윤회(輪廻)

파르르 새가 날아 뜰앞 매화에 앉네(翩翩飛鳥 息我庭梅)

매화 향기 진하여 홀연히 찾아왔네(有列其芳 惠然其來)

여기에 둥지 틀어 너의 집을 삼으렴(亥止亥棲 樂爾家室)

만발한 꽃인지라 먹을 것도 많단다(華之旣榮 有--其實).[7]

선녀의 청아한 목소리가 청공을 메우고, 그 아래로 새하얀 꽃잎이 노랫가락에 맞춰 부드럽게 춤을 췄다. 음률이 백색의 바람을 타고 가볍게 하늘 위로 날아갔다. 과거의 혼란스러웠던 시간은 모두 한순간의 꿈에 가까워라. 지금은 모든 근심을 잊고 즐거운 나날을 보내니 어찌 아니 기쁠쏘냐.

모든 다섯 세계가 안정된 지금, 태령의 서천화원에서 다과회를

---

7) 정약용, '매화와 새'

즐기는 바리의 얼굴에는 연신 해사한 웃음꽃이 가득 피어 있었다. 그녀의 몸은 율의 큰 품 안에 갇혀 편안히 기대고 있었다. 바리는 지금 자신이 보내는 이 모든 시간들이 전부 소중하고 정겨웠다.

"오랜만에 반가운 얼굴들을 보니, 참 좋구나."

태령은 서왕모 대신 천계 최상위 신의 위치에서 세계를 유지하느라 바빠, 정말 오랜만에 명계를 찾았다. 그는 여전히 작은 남아의 모습으로 자신의 신수에 등을 기대고는 국화차 한 모금을 들이마셨다.

"그래, 잘들 지냈는가?"

"못 지낼 일이 무어 있겠는가, 태령."

그의 옆에 앉은 구화가 부드럽게 웃으며 그의 말에 맞장구를 쳤다.

"고작 수십 년 보지 못한 걸로 그새 우리를 그리워한 건가?"

"늙은이의 감성을 부추기지 말게나."

"풋. 못 본 새 농이 늘었군."

태령의 능청에 구화와 바리가 동시에 웃음을 터뜨렸다. 두 여인의 맑은 웃음소리가 화원 곳곳에 퍼져 나간다.

흘러가는 시간이 아쉬울 정도로 즐겁던 짧은 다과회가 어느덧 끝이 났다. 율이 바리를 품에 안아 둘만의 침실로 향했다. 바리를 살포시 침상 위로 내려놓은 그가 그녀를 자신의 품으로 끌어당겼다. 바리는 가볍게 웃으며 자연스레 율의 품속으로 쏘옥 들어갔다.

바리가 아직도 즐거움이 채 가시지 않은 들뜬 목소리로 종알거렸다.

"율. 오늘따라 태령님께서 기분이 좋아 보이셨습니다. 무슨 좋은 일이라도 있으신 걸까요?"

"글쎄……. 확실히 오늘 그의 모습은 여느 때와 다르긴 달랐지."

서왕모가 인간의 모습으로 인간계에 내려간 이후로, 그는 슬픈 눈을 한 채 한동안 명계에 보이지 않았다. 치우가 사라진 이후 백 년. 벌써 백 년이라는 시간이 지났다. 그들에게는 찰나의 시간에 불과했지만, 그 사이 인간계에선 주나라가 멸망하고 새로운 왕조가 세워졌다.

"태령님께서 기운을 차린 듯하여 기뻤습니다. 후후, 무슨 좋은 일이라도 있으신가 봅니다."

바리가 율의 품 안에 깊숙이 더 밀착했다. 그러자 율이 단단한 팔을 뻗어 그녀의 몸을 감쌌다. 바리의 눈가가 약간 촉촉해져 있었다.

"……어머니는 어찌하고 계실까요? 혹여 고생이라도 하실까 봐 걱정이 이만저만이 아닙니다."

바리의 목소리는 슬픔을 담고 있었다. 간신히 어머니라 부르게 되었는데, 그분은 벌을 받기 위해 먼 길을 떠나셨다. 그분이 야속하고도 가여워, 바리는 그녀를 여전히 그리워하고 있었다.

"걱정 말거라. 분명 잘 지내고 있으실 게다."

율이 바리의 이마에 짧게 입을 맞췄다. 마치, 바리의 슬픔을 위로하는 듯한 여운이 남는 입맞춤이었다.

"⋯⋯네."

"그런 걱정일랑 붙들어 매고, 이제 날 봐주지 않겠느냐. 구화를 향해 그리 웃어주고는 오늘 날 향해서는 미소 한 점 보이지 않는구나."

그답지 않은 투정에 바리가 작게 웃었다.

"그럴 리가요. 전 늘 당신을 향해 웃고, 당신과 함께 즐거운 영원을 보낸답니다. 괜한 투정이십니다."

바리가 그의 얼굴을 보기 위해 고개를 살포시 들어올렸다. 역시나. 그의 입가에는 말과는 달리 진한 미소가 걸쳐 있었다. 바리가 그의 입술을 가볍게 훔쳤다. 마치 새가 부리를 콕 찍는 듯한 짧디짧은 입맞춤이었다. 순간 율의 눈동자에 이채가 어렸다.

"감질나게 해놓고, 그리 가면 아니 되지."

미처 그 뜻을 이해하지 못한 바리가 두 눈을 동그랗게 떴다.

"네? 그 무슨⋯⋯."

바리가 짧게 반문하려는 찰나였다. 율이 순식간에 바리의 입술을 삼켜 버렸다. 언제나 들이켜도 다디단 그녀의 타액이 그의 것과 어지러이 뒤섞였다. 곧 그들의 침실에는 뜨거운 공기가 가득 차오르기 시작했다.

다과회가 끝났음에도 불구하고 태령은 홀로 서천화원에 남아 있었다. 아홉 머리의 신수가 그의 곁에서 그르렁거리며 낮은 숨소리를 내뱉었다. 태령은 신수의 머리를 부드럽게 쓸어내리며 무언가를 유심히 지켜봤다. 그의 시선 끝에는 허공에 두둥실 떠오른 수경(水鏡)이 있었다. 그는 수경을 가득 채운 어느 이들의 모습을 보며, 그 어느 때보다 환하게 웃음꽃을 피워냈다.

"내 약속을 지키겠다, 그리 말하지 않았더냐."

이제 비로소 마음의 짐을 덜 수 있게 되었다. 자신이 그들에게 선물한 것은 저것으로 끝이었다. 오랜 시간이 흘러 끊어진 인연이 다시 이어지게 되었으니, 그는 더 이상의 여한이 없었다.

그가 허공으로 가볍게 손을 뻗었다. 그의 손짓에 곱게 잠들어 있던 흰 국화들이 고개를 들고 일어나 노래를 부르고 춤을 췄다. 이내 그의 손끝에 새하얀 빛이 모이기 시작하더니, 어느새 만개한 커다란 흰 국화 한 송이가 손에 들려 있었다.

태령이 하얀 국화의 향긋한 향내를 한번 들이마신 뒤, 그것을 수경 아래로 떨어뜨렸다. '퐁!' 소리와 함께 국화가 수경 안쪽으로 떨어져 내려갔다. 그것을 마지막으로 수경에 비치던 것들이 모습을 감췄다.

"이젠 정말 모든 것이 끝이 났군."

그는 천천히 눈을 감았다. 오랜만에 깊은 잠을 잘 수 있을 듯싶었다.

❧

서왕모가 오늘날에 대한 벌을 받은 직후, 태령이 지친 어깨를 한 그녀에게로 다가왔다. 그의 눈길이 서왕모의 고이 모은 양손 아래로 향했다. 그녀의 손 안에는 바리에게 전해 받은 희만의 깨어진 영혼 조각들이 잠자고 있었다.

태령의 눈동자가 슬픔으로 일그러졌다. 그러나 여기서 제 슬픔을 드러낼 순 없었다. 그가 힘겹게 한 글자 한 글자를 내뱉었다.

"……양회. 과거, 내가 그대에게 약속한 것이 있었지. 그대에게 희만을 돌려주겠다고."

생기를 잃은 서왕모의 눈동자가 간신히 태령에게로 향했다.

"내, 무슨 일이 있어도 그 약속을 지키겠네. 그러니 조금만, 조금만 더 기다려 주게. 내 오랜 친우이자 형제여."

서왕모는 아무 말 없었다. 대신 그녀는 조용히 제 손에 들린 깨어진 희만의 영혼 조각을 그에게 내밀었다. 태령이 신력을 운용해, 그것을 조심히 품 안으로 가져왔다. 차갑게 식은 영혼의 조각들이 태령의 가슴을 헤집었다. 결국 태령의 눈꼬리에서 눈물한 방울이 떨어져 내렸다.

"꼭, 꼭, 지키겠다네."

⚜

서왕모는 인간의 모습으로 인간계에 내려와 사막을 걷고 있었다.

희만은 언제나 보지 못한 세계에 대한 동경을 품었더랜다. 그는 제 곁에 있으면서도 미지의 곳을 상상하며 눈을 빛냈었다. 그래서 그녀는 그가 품었던 꿈을, 그가 원했던 여행의 길을 대신 걸어가기로 했다.

광활히 펼쳐진 대지 위로 수많은 붉은 모래알이 그녀의 발아래서 뜨겁게 부서져 내렸다. 긴 천으로 온몸을 휘감은 그녀는 쉴 새 없이 걸었다. 붉은 태양이 그녀의 숨을 앗아갈 듯 머리 위로 작렬하고, 그녀의 눈앞엔 모래 위로 피어오른 아지랑이가 가득 차올랐다.

서왕모는 거친 숨을 몰아쉬었다. 너무 오랜 시간 이 사막을 걸어, 그녀의 체력은 한계에 다가와 있었다.

"이제…… 끝인가……."

이번 생의 끝은 뭘까. 인간으로 변했으니, 인간처럼 죽음도 존재할까? 수많은 생각이 교차하는 순간이었다. 아지랑이 사이로 검은 무언가가 보이기 시작했다. 곧, 그녀는 자신의 눈을 의심할 수밖에 없었다. 낙타를 타고, 터번으로 얼굴을 가린 한 사내가 그녀에게로 다가오고 있었다. 그가 한 발짝, 한 발짝 그녀에게로 다가올수록, 서왕모는 숨이 멎는 것만 같았다. 이것은 신기루인가, 아님 꿈인가.

사내는 검게 그을린 얼굴에 짙은 눈썹을 지녔지만, 순한 눈매만은 그를 꼭 닮아 있었다.

마침내 사내가 그녀의 앞에 멈춰 섰다. 서왕모는 덜덜 떨리는 손을 들어 제 입가를 가렸다. 그녀의 눈에 투명한 물방울들이 차올랐다.

그 순간, 태령의 목소리가 스쳐갔다.

"내 약속하겠네. 그대에게 꼭 희만을 돌려주겠노라고."

결국 그녀의 눈에서 뜨거운 눈물이 흘러내렸다. 오랜 시간 말을 하지 않아 목이 껄끄러웠지만, 감격에 겨운 신음 소리는 자연스레 터져 나왔다.

"……희만!"

사내가 놀란 눈을 하더니, 이내 그녀를 향해 짙은 미소를 지어 보였다.

그렇게 오랜 시간이 흘러, 삼 년 뒤에 돌아오겠다며 떠난 그녀의 정인이 드디어 그녀의 곁으로 돌아오게 되었다.

제균

　제균(濟均). 인간일 적의 이름은 주성. 대대로 재상을 해오던 집안의 다섯째로 태어났으나, 그는 인간사에 아무런 관심이 없었다. 우연히 만난 스승 덕에 우화등선하여 신선 중에서도 가장 으뜸인 천선(天仙)의 자리에까지 올랐으나, 그것 역시 그가 원하던 바가 아니었다. 그저 흘러가는 시간을 주체하지 못하다 보니, 어느 샌가 천선이 되어 있었을 뿐이다.

　바리를 만나기 전까지 그는 단 한 번도 신선계를 벗어난 적이 없었다. 복숭아꽃이 흐드러지게 핀 그곳에서 안빈낙도하며 조용히 시간을 죽쳤을 뿐이다. 그런 그가 신선계 밖으로 나온 것은, 곤륜산 끝자락에 산다는 한 기이한 존재에 대한 소문을 들은 뒤였다.

　갓 우화등선한 지선(地仙)들이 바리에 대한 이야기를 흘렸다.

요괴도 아니고 인간도 아닌 것이 기이한 술을 행하며 살아가고 있다며, 마땅히 신선으로서 그녀를 퇴치해야 하는 것이 아닌가 의견을 모았다. 귀찮음에 계속되는 진언을 몇 번이고 흘려 넘기던 그가 결국 곤륜산으로 향한 것은 그로부터 십 수 년이 지나서였다.

그는 그 순간을 아직까지도 잊을 수가 없었다. 삼백여 년 가까이 살아온 그의 긴 삶 속에서 바리를 만났던 그 순간만이 또렷하게 각인되어 있었다. 막 방년(芳年)을 넘긴 듯해 보이는 한 작은 계집이 밤나무 가지에 앉아 있었다. 초연하게, 또 의연히 앉아 있지만 그 모습이 어쩐지 외로워 보여, 결국 그는 손 한 번 써보지 못하고 돌아가야 했다.

그는 그로부터 한 달여간을 끊임없이 그녀의 곁에서 맴돌았다. 말 한 마디 제대로 붙이지 못하는 그로 인해 짜증이 난 바리가 먼저 입을 열었다.

"할 말 있으면 하시지요."

"네가 그 소문의 반인반귀이더냐?"

"세상에 본인 이외의 반인반귀가 또 있는 게 아니라면, 저이겠지요. 고작 그것을 물으려 이리 사람을 귀찮게 하신 겝니까?"

"……아니, 난 너와 친구가 되고 싶구나."

그것은 문득 튀어나온 말이었다. 태어나 처음으로 누군가를 가까이하고 싶다고 생각했다. 내뱉고 나서야 비로소 놀랐다. 설마 자신이 이런 말을 할 줄이야. 그것은 바리도 마찬가지였는지, 두 눈을 토끼처럼 크게 뜨다 이내 고개를 팽하니 돌려 버렸다.

"싫습니다."

하지만 제균은 이미 그녀의 흔들림을 보고 말았다. 태어나 처음으로 타인에게 거절당했지만, 그의 입가에선 미소가 지워지지 않는다.

그렇게 그는 그녀의 곁을 꿋꿋이 맴돌았다. 그녀가 보는 것을 따라 보았고, 그녀가 있는 곳에 함께 앉았다. 그녀의 시선은 늘 인간계에 닿아 있었다. 차마 곤륜산 밖으로 발걸음 한 번 못 내밀면서도, 그녀의 눈동자는 인간들에게서 떨어질 줄을 몰랐다.

그것을 깨달은 그는 다음 날부터 극락조의 모습으로 화한 뒤, 인간계에 내려가 소식을 물고 왔다. 그녀가 자신을 받아줄 때까지 끊임없이.

그로부터 또 수년이 지나서야, 마침내 바리는 제 곁을 내주었다.

극락조의 모습으로 의자 위에 살포시 내려앉은 제균은 눈앞에서 벌어지는 모습에 심기가 심히 불편했다. 극악하기 짝이 없는 염라대제가 자신의 귀여운 바리를 품에서 안고 도무질 놔주질 않는 탓이다. 예전엔 그나마 좀 자제를 했는데, 이젠 주변에 누가 있든 간에 아무런 거리낌이 없었다.

"아니, 우리 바리가 어여쁜 건 알지만, 그건 좀 심한 거 아니오?"

제균이 볼멘소리로 율을 힐난했다. 어지간히 해야지, 좀! 태고신 태령과 지두부인 구화는 익숙해진 것 같아 보이지만 자신은 아직 아니었다. 그러나 돌아오는 건 싸늘한 율의 시선뿐이다. 그는 오히려 보란 듯이 바리를 제 품 안 가득 껴안았다. 그 명백한 적의에 제균은 순간 뜨끔했지만, 그동안 쌓였던 게 참으로 많았던지라 불만을 토해냈다.

"차라리 방 밖으로 내보내지 말지 그러시오."

"바리가 싫다 하지만 않았어도 벌써 그랬을 것이다."

그럼 이미 한 번은 시도했다는 것이군. 율의 말에서 어렵지 않게 그 뜻을 유추한 제균은 순간 어이가 없어졌다. 잠자코 사태를 관망하던 바리가 마침내 입을 열었다.

"제균. 왜 그러는데?"

"내 비록 네가 안정을 찾을 수 있는 곳을 찾길 바랐다만, 이건 좀 심하지 않더냐. 저 지엄하신 염라대제 덕분에 내가 네 곁에 얼씬거릴 수가 없다. 아니, 하물며 사령도 네 곁에서 머물거늘, 어찌 나만 아니 된단 말이더냐!"

그의 분노는 바로 여기서 기인한 것이었다. 온종일 염라대제가 붙어 있어, 그녀의 곁에 다가갈 틈이 없었다.

사실 그동안 율은 계속해서 그를 경계하고 있었다. 단순히 그가 사내란 이유로.

'지독한 놈.'

제균이 쌍심지를 켜며 율을 노려봤다. 인간계로 치면 자신이 처남이나 다를 바가 없거늘, 어찌 이리 나를 박대한단 말인가.

내게 잘 보여도 시원찮을 판에! 그러나 그는 곧 염라대제의 시린 시선에 슬쩍 눈을 내리깔 수밖에 없었다.

"귀찮군. 그럼 사령이라도 되든가."

"나, 참. 그걸 지금 말이라고……!"

순간 그는 할 말을 잃었다. 신선에게 죽음이란 게 과연 존재나 하는 것인가. 이미 인간의 생의 굴레를 벗어던졌거늘. 또 자신이 사령이 된다 한들, 과연 곁을 내주도록 내버려 둘까? 아니, 오히려 이때다 싶어 자신을 윤회의 굴레에 집어넣을 게 뻔했다.

결국 상황을 지켜보던 바리가 둘을 중재하기 시작했다.

"그만들 하시어요. 애들처럼 뭘 이런 걸 가지고 다투신단 말입니까."

"리야, 이런 거라니! 내겐 얼마나 중요한 문제인데!"

바리의 말에 제균은 사뭇 억울했다. 정녕 아무도 자신의 이 고통을 알아주지 않는단 말인가! 그런데 그때, 그들을 흥미진진하게 지켜보던 구화가 웃음기 머금은 목소리로 입을 열었다.

"그럼 이건 어떠합니까, 천선. 우리 내기를 한번 해볼까요?"

"내기?"

순간 내기란 단어에 제균의 귀가 쫑긋했다. 덩달아 신수 위에 누워 있던 태령도 두 눈을 빛내며 몸을 일으켰다. 구화가 의미심장한 미소를 지었다.

"사실 내기랄 것도 없습니다. 그저 바리에게 잠시 휴가를 주는 것이지요."

휴가란 단어에 순간 율의 눈썹이 꿈틀거렸다. 그가 어디 한번

해보라는 식으로 구화를 노려봤다.

"바리가 지상과 지하를 오간 지 벌써 백 년이 지났습니다. 그러니 바리가 잠시 쉬고 올 수 있도록 인간계로 내보내는 것이 어떻겠습니까? 딱 이레. 그동안 율이 참지 못하고 바리를 찾아가면 천선이 이기는 것이요, 참아낸다면 율이 이기는 것이겠지요."

"그게 도대체 내게 무슨 의미가 있는 거지?"

더는 들어줄 수가 없었다. 고작해야 하는 말이 저거라니.

율의 표정이 점차 험악해지자, 구화가 어깨를 으쓱이며 대꾸했다.

"보상에 따라 달라지지 않겠는가. 그래, 네가 이기면 천선이 백 년 동안 지하에 못 내려오도록 하는 게 어떻겠는가? 단, 천선이 이긴다면 바리의 곁을 둘이서 나눠야 하겠지."

"그 무슨……."

"결과야 뻔하지 않은가? 보나마나 율이 질 내기일세."

율이 화를 내기도 전에 태령이 단언했다. 그 모습에 율의 미간에 불만족스런 감정을 드러내듯 짙은 주름이 잡혔다. 하나 반대로 제균은 만족스런 얼굴로 고개를 주억거렸다.

"난 좋소. 해보겠소."

애초에 저 염라대제가 바리를 두고 이레씩이나 떨어질 수 있을 리가 없었다. 이 내기는 분명 자신에게 유리한 부분이 많았다. 태령도 벌써 단언하지 않았던가.

구화가 빙긋 웃으며 바리를 돌아봤다.

"역시 천선은 참으로 호탕하오. 그럼 바리야, 네 의견은 어떻느냐?"

구화가 맞장구를 치며 바리를 돌아보자, 바리가 잠시 고민하는 표정을 짓다 이내 빙긋 웃었다. 자신도 제법 결과가 궁금해졌다.

"전 좋습니다. 해보고 싶어요."

"너!"

율이 살짝 당황한 음색으로 품 안의 바리를 내려다봤다. 바리가 그와 시선을 맞추며 노래하듯 속삭였다.

"명계에 이런 소소한 내기라도 없으면 지루하여 어찌하겠습니까. 실은 저도 내심 궁금하던 찰나였습니다. 그동안 단 한 번도 이리 떨어진 적이 없었지 않습니까."

"하아. 정말이지……."

율이 짙은 한숨을 내쉬었다. 바리까지 좋다고 한 마당에 더는 거부할 수가 없었다. 저 천선만 아니었어도! 그가 이 모든 일의 원흉인 제균을 노려보며 나직이 내뱉었다.

"좋다. 대신 천선, 네놈이 진다면 다신 명계에 얼씬거릴 생각 따위 하지 않는 게 좋을 게다."

⬩

바리가 인간계로 올라온 지 이틀이 지났다. 그녀는 익숙한 발걸음으로 당연하게 곤륜산 끝자락에 위치한 자신의 옛 보금자리로 향했다. 많은 시간이 흘렀어도 그녀의 밤나무는 여전했다. 나무 안에 위치한 은신처 역시도.

과거에 그리했듯, 바리는 밤나무 가지에 앉아 인간계를 내려다 봤다.

"그 취미는 참으로 변하지 않는구나."

언제 온 건지, 신선의 모습으로 화한 제균이 바리의 옆에 털썩 앉았다. 제균의 시선도 바리를 따라 인간계 너머로 향했다. 바리가 나지막이 중얼거렸다.

"세상이 진정 많이 변했어."

이곳 곤륜산은 변한 게 하나 없는데, 인간계는 고작 백 년 사이 너무 많이 달라져 있었다. 주나라는 무너졌고, 그 사이 수많은 나라가 중원의 패권을 두고 싸웠다. 더 이상 완벽한 중원의 패자는 존재하지 않았다. 많은 나라가 서로를 견제하고, 전쟁을 벌이고, 그럼에도 그 속에서 인간들은 생과 사를 이어가고 있었다.

"변하지. 변하기에 인간인 것이거늘."

제균의 시선이 슬쩍 바리의 옆모습에 닿았다.

이제는 어엿한 여신이 되었건만, 그녀는 여전히 인간과도 한없이 닮아 있었다. 아마 가장 인간과 비슷한 여신이 아니려나. 이 세계에 그녀만큼 인간을 생각하는 이도 없으리라.

격세지감이 느껴졌다. 그 작았던 아이가, 그 여렸던 아이가 이젠 여인이 되고 여신이 되어 많은 이들을 품고 있었다. 하나 그렇다 해도, 아직까지 자신에겐 어린아이와도 같다.

제균이 문득 생각난 것에 콧잔등을 찡그렸다.

"네가 보기엔 염라대제가 정말 이레를 버틸 수 있을 것 같으냐?"

제균의 질문에 바리가 피식 웃음을 흘렸다.

"아마도 아니."

역시, 너도 그렇게 생각하고 있었군. 제균이 고개를 주억거렸다. 아무래도 모두가 그리 생각하는 것 같았다. 아마 염라대제 홀로 그렇지 않다 우기는 거겠지.

"그런데도 왜 내기를 받아들이라 했던 게냐?"

"네가 섭섭해하니까."

"응?"

순간 생각지도 못한 대답에 제균의 눈동자가 커졌다. 지금 내가 제대로 들은 것이 맞나?

제균이 고개를 갸웃하는 사이, 바리가 제균을 돌아봤다. 그녀의 각기 색이 다른 눈동자가 제균을 오롯이 담았다. 그녀가 부끄러워하는 듯하면서도 조심스레 제 속마음을 표현했다.

"그동안 너를 너무 막대한 것 같아서. 이리 너와 함께 있는 시간을 갖고 싶었다."

"뭐?"

제균은 지금 자신이 헛것을 보고 듣고 있는 게 아닌가 싶을 정도로 믿을 수가 없었다. 바리가, 이 녀석이 지금 내게 제 입으로 같이 있고 싶다고 한 게 맞나? 그녀와 함께한 백 오십여 년의 세월 중 실로 처음 있는 일이었다.

"그동안 진심으로 고마웠다, 제균. 정말 감사하고 있어."

"어디 떠나기라도 하는 게야? 갑자기 그 무슨……."

"한 번쯤은 꼭 말하고 싶어서. 사실 많이 늦기도 했지만, 꼭 말해주고 싶었어. 넌 내가 처음으로 사귄 친우이자, 정을 느끼게 해준 오라비와도 같아. 네가 어떻게 생각할진 모르겠지만, 제균 넌 내게 가족이었어."

"리야."

"고마워. 그때 먼저 다가와 줘서. 함께해 줘서. 네가 있어서 난 이 길고 긴 시간을 버틸 수 있었어."

네가 아니었음, 율을 만나기도 전에 자멸하고 말았을 거야. 바리가 작게 덧붙였다. 순간 제균의 눈가에서 눈물이 뚝 하고 떨어졌다. 제균이 소매로 눈물을 훔치며 씩 웃었다.

"새삼스럽긴. 이제라도 내 진가를 알아줘서 다행이네."

바리가 낮게 웃음을 흘렸다. 제균은 비실비실 계속 웃음을 흘렸다.

이 아이와 함께한 지 벌써 백 년이 훌쩍 넘었다. 그리고 앞으로도 우리에겐 무한한 시간이 흐르겠지. 하나 그럼에도 우리는 이 수많은 인간들과 함께 늘 새로운 하루를 보낼 것이다. 똑같은 하루는 존재하지 않으니.

'넌 정말 많이 변했구나.'

다행이다. 제균은 이제야 정말로 한시름 덜 것 같았다. 더 이상 위태롭고 외롭던 예전의 그 작디작은 아이가 아니라서. 하지만 그럼에도 난 네 곁에 있고 싶다. 너와 함께 이 길고긴 세월을 함께하고 싶어.

"난 언제든 네 곁에 있을 게다. 네 오라비로서, 네 친우로서."

그로부터 또 이틀이 지나, 약속한 이레 중 사흘이 지난 날이었다. 해질녘의 하늘. 낮과 밤이 교차하는 시각. 푸른 하늘 사이로 노을이 붉게 내려앉았다. 바리는 오랜만에 과거 사령들을 맞이했던 연못가에 앉아 물장구를 치고 있었다.

그녀는 문득 제 어깨를 부드럽게 감싸 안는 손길에 설핏 웃음을 흘렸다. 유아도 같이 오지 않았는데 자신이 여기 있는 걸 어떻게 알았을까.

"제가 여기에 있는 걸 어찌 아셨습니까."

"모르는 게 더 이상하지. 난 네 모든 것을 알고 있으니."

"많이도 참으셨습니다. 이대로 이레를 채우는 것이 아닌가 싶어, 내심 걱정했습니다."

부러 뒤돌아보지 않아도 알 수 있다, 이 부드러운 손길의 주인이 바로 율이라는 것을.

바리의 말에 율이 슬쩍 미간을 좁히며 그녀를 품 안으로 끌어당겼다. 사흘이 마치 수십 년과도 같이 느껴졌다. 그녀의 달콤한 향취가 곤두서 있던 율의 신경을 쓸어내렸다. 심신이 점차 안정되는 것 같았다. 그제야 율의 입가가 느슨히 풀렸다.

"너를 보지 못해 안달 난 내 마음을 네가 알긴 알까."

"알다마다요. 이리 와주셔서 기쁩니다."

바리가 자신의 허리를 껴안은 그의 손을 꼭 부여잡았다. 그러자 율이 더 힘 줘 안으며 그녀의 정수리 위로 입술을 내렸다. 가벼이 내려온 입술은 그녀의 정수리를 타고 내려와 곳곳을 지분거렸다.

그녀가 어째서 내기를 수락한지 잘 알고 있었다. 내심 천선이 신경 쓰였겠지. 그래서 자신 역시도 내기를 수락했다. 차라리 수일을 내어주고, 앞으로 수십 년이 넘는 시간 동안 그녀의 마음을 가벼이 해주고 싶었기에. 하나 그 수일은 뜻하지 않게 율에게 있어 생각보다도 더 긴 인내를 요구했다.

"이제 된 건가? 아니, 되지 않아도 어쩔 수 없다."

그녀의 대답이 어떠하든, 율은 자신이 먼저였다.

그와 동시에 그가 그녀의 얼굴을 제 쪽으로 돌려 탐스러운 입술을 삼켰다. 그동안 채우지 못한 갈증을 채우고자 그녀의 입술을 지독히도 괴롭혔다. 삼키면서 빨아올렸고, 그러면서도 잘근잘근 씹었다. 한참 동안 그녀의 입술을 탐하던 그는 바리가 숨을 헐떡이고 나서야 간신히 그녀를 놔주었다.

"아무래도 오늘 밤 너를 잔뜩 괴롭힐 수밖에 없겠구나. 도무지 이걸로 성에 차지 않아."

"여기서 이러시면 아니 됩니다. 여긴 어머니의 소유지여요. 노하실 겁니다."

"그러라 하지. 어차피 지금은 인간이지 않더냐."

"아아. 호랑이 없는 굴에 여우가 왕이라더니, 딱 그 짝이로군요."

일말의 망설임 하나 없이 율이 대꾸하자, 바리가 어쩔 수 없다며 고개를 설레설레 흔들었다.

　그래, 그는 이런 사내였다. 오만하고, 당당하나 저만은 끔찍이 생각해 주는 연인.

　그녀의 말은 그걸로 끝이었다. 다시금 그녀의 입술이 그에게 삼켜졌기 때문이다.

작가 후기

안녕하세요? 작가 이지안입니다. '러프' 출간한 지 얼마 되지 않아 이렇게 다시 새로운 책으로 찾아뵙습니다. 우선 이 글을 끝까지 읽어주신 독자님들께 감사를 표합니다. 어려울 수도 있는 글이라 계속해서 수정을 했지만……, 그럼에도 여전히 생소하실 수 있다 생각됩니다. 주석도 달아보고, 최대한 문장을 깔끔히 하려 부단히도 노력했습니다.

사실 이 책은 제 처녀작으로, 제가 막 고등학교를 졸업했을 때 썼던 글입니다. 하하. 그래서 많이 엉성할 수 있습니다. 수정하는데 정말 눈물을 한 사발 쏟고 싶었어요. 어린 시절의 패기와 호기로움이 이제 와 절 고생시키네요. 그래도 뭐, 지금 쓰라 하면 또 못 쓸 테니, 전 꽤 만족한답니다.

이 글은 아시다시피 바리공주를 모티프로 했습니다. 도교, 고대 중국사, 한국 민속신앙을 이리저리 섞었습니다. 신들의 이름과 배경(ex 태을구조천존, 염라대제, 서왕모, 치우 등)은 도교에서, 인간계의 배경은 고대 중국사인 주나라에서, 그리고 바리에 대한 설정은 한국 민속신앙에서 따왔습니다. 사령가(死靈哥)는 대부분 한국 민속 신앙이라 보시면 됩니다.

왜 이렇게 어려운 글을 썼냐고 물으신다면, 전 그냥 '그땐 어린 나머지, 겁이 없어서……'라고 말끝을 흐릴 것 같습니다. 갑자기 바리공주 이야기에 꽂혔고, 저만의 판타지를 창조하고 싶었습니다. 그 엄청난 포부의 결과물이 지금의 '바리'네요.

글이 어렵고 엉성한 나머지 그 당시엔 투고한 출판사마다 전부 반려당했었습니다. 칠전팔기의 정신으로 수년이 지나 지금에서야 간신히 종이책 출간을 하게 되었습니다. 많은 고배를 마시게 한 글이지만, 그럼에도 제겐 참 뜻 깊은 작품입니다. 아마 이 작품이 없었다면, 전 지금 로맨스소설 작가로 활동하고 있지 않을지도 모릅니다. 바리는 처음으로 완결 지은 글이었고, 이 글 덕분에 작가연합 '기밀'에 들어가 정말 좋으신 작가님들을 많이 만나게 되었으니까요.

작가연합 '기밀'에서 함께해 주신 작가님들, 지금 제 곁에 있어주신 작가님들, 그리고 이 글이 종이책으로 세상에 나올 수 있게 많은 도움을 주신 청어람 편집자님들께 이 자리를 빌려 감사의 말씀 올립니다. 여러분 덕분에 현재의 제가 있게 되었습니다.

아, 물론 독자님들께도 정말 무한한 감사를 드립니다.^^ 여러분의 댓글과 리뷰 덕분에 저는 계속해 성장할 수 있었습니다. 비평이 작가에게 얼마나 중요한지를 정말 절실히 깨달았습니다.

비록 쓰는 글마다 '특이하다(라 쓰고 '호불호가 엄청 갈리는'이라 읽음)'라는 평가를 면치 못하는 작가이지만, 그래도 앞으로 더 정진하여 다양한 글을 쓰는 작가가 되겠습니다. 쓰다 보면 제 색을 찾지 않을까 긍정적 기대

를 해봅니다. 제겐 아직 글 쓸 날이 많으니까요.^^

　그럼 저는 이만 이 아이를 떠나보내려 합니다. 여러 번 수정을 거친 글인데도 여전히 아쉬움이 많이 남네요. 첫 작이라 애착이 커서 그런가 봅니다. 다음번 글은 조금 더 성장한 모습으로 독자님들을 만나뵙도록 하겠습니다. 감사합니다.

　봄을 맞이하며,
　이지안 올림.

참고 문헌

- 『도교의 신들』(마노 다카야 저, 들녘, 2001년 7월 15일)
- 『목천자전(穆天子傳)』
- 사령가 '서부평야 씻김 굿'
- 조상굿 '충남 부여(扶餘) 지방의 축원굿'
- 시경(詩經) '도요(桃夭)'
- 오구굿 '바리공주'
- 정약용 '매화와 새'